去見16歲的你 (上)

鍾僅 著／夏青 繪

高寶書版集團

目錄
CONTENTS

第一章　回到十六歲

考完期末考試後，高一年級開始了漫長的暑假。

張蔓批改完最後一張試卷，收拾好東西，拎著包出了辦公室。她正在鎖門，口袋裡的手機忽然震動不停。拿出手機看了螢幕一眼，是母親張慧芳。

「喂，媽……嗯，今天放假了，我這週末回來……知道了。」

不知道從什麼時候開始，母女倆之間對話大多以催婚為結尾。張慧芳說，像她這樣三十多歲的女人，再不談戀愛結婚，就會澈底喪失荷爾蒙，再難動心。

張蔓覺得這話說的對，也不對。

她對周圍形形色色的男人確實沒了感覺，但近年來卻越發頻繁地夢見一個人，每每夢中醒來，紊亂的心跳彷彿重複了年少時的悸動。

剛走到教學大樓樓下就遇到教務主任周文清：「張老師，晚上有空一起吃個飯嗎？」

張蔓想起方才電話裡張慧芳的催促，決絕的說辭到嘴邊變成了：「有空。」

男人聞言有些詫異，轉而神情愉悅：「那妳等我一下。」

張蔓點點頭，拿著包站在樓梯口，看他步伐匆匆地往樓上走，心裡嘆了口氣。

周文清的意思她不是不知道。平心而論，他是個沉穩踏實的男人，工作能力強，生活上很有責任心。雖然年紀比她還要大幾歲，而且離過婚，但對她來說算是優選了。

他很快下來，換了件看起來充滿活力的襯衫，然而臉上略微下垂的法令紋讓他看起來有點疲憊。兩人去了學校旁邊一家川菜館。

周文清選了個角落的位子，用紙巾把桌椅先擦了一遍，才請她坐下。

很紳士。

「張老師來點菜，女士優先。」

張蔓按照慣例勾了一個乾鍋千葉豆腐和一個辣子雞。

然而，她剛點完把菜單遞給他，就被他劃掉了，選了另外兩個新式的菜。

張蔓有點詫異，抬眼看他。

周文清笑著說：「我就猜到妳會點這兩個，我還記得當年妳剛來我們學校的時候，第一次教師聚餐就點這兩個菜，並且這麼多年一直都沒變。張蔓，生活不是一成不變的，有時候人可能會一直待在自己的舒適區，沒有勇氣跳出來。但改變也不都是壞事，何不試試呢？不管是菜，還是人。」

張蔓低頭，內心有些震動，知道他意有所指，但又不知道怎麼接話。好在周文清也沒為難她，換了個話題。

一頓飯吃到一半還算融洽，周文清很會帶動氣氛，就算她沒怎麼說話，兩人之間也不尷尬。

這時放在桌上的手機響了，是訊息提示音，連續地響了多下。

「不好意思啊，我看下訊息。」

她打開手機，發現是閨密陳菲兒。

『蔓蔓妳在哪？快看第一則熱門關鍵字！』

『！！！』

陳菲兒連續打了好幾排驚嘆號，應該是她粉的小鮮肉脫單了。張蔓心不在焉地打開社群，看了熱門關鍵字一眼。

這一眼，讓她整個人瞬間凝固。

熱門關鍵字第一竟然是……他的名字，前面掛著一個沸字，如同三個月前成為首位獲諾貝爾獎的國家物理學家時那樣。

但後面的兩個字映入她的視線，過於猛烈洶湧的衝擊讓她有一瞬間解讀無能，澈底喪失了理解能力。

『李惟自殺』。

自殺？什麼意思？

明明是簡單直接的訊息，不用思考就能理解的字面意思，她卻突然看不明白，大腦彷彿停止轉動，或者說是開啟了自我保護機制，給全身每個細胞緩衝時間。

張蔓點進那則熱門關鍵字，來來回回翻看了幾分鐘，麻木呆滯的狀態逐漸消失，混亂的思緒還沒能準確消化這個資訊，心臟卻已經猝不及防地錯跳。

「哐！」玻璃杯落地碎裂的聲音尖銳刺耳，她回過神，才發現手裡的杯子掉地上了。

周文清很快招呼服務生來收拾，有些擔憂地看著她。

「張老師，妳怎麼了？」

張蔓張了張嘴，說不出話。她整個人無意識地發起抖來，體內的溫度逐漸流失，像是被吸進一個黑洞，陷入無邊無際的恐慌。在所有情緒鋪天蓋地將她淹沒之前，她拿著包猛地站起來：「周……周老師，我身體不太舒服，先走了。」

她快步走出餐廳，街上的車燈刺眼，讓她有一瞬間眩暈。手機在不停地震動。

『……蔓蔓妳沒事吧？』

『蔓蔓，妳現在在哪？』

張蔓想回覆，嘗試了一下發現雙手抖得根本無法打字，索性放棄。她無意識地走著，渾身的力氣只夠支撐她走到一個沒人的街角。她慢慢靠牆蹲下來，捂著嘴深深地喘息，企圖吸入一些微涼的空氣來緩解心裡的劇痛。太陽穴不受控制地跳動，呼吸道因為劇烈的抽泣而痠痛不已。

但最令人痛苦的是，儘管身體已經失去控制，但思緒卻那麼清晰，清晰得可怕。

她哆嗦著雙手，打開社群，抱著最後一絲僥倖。

一定是弄錯了，一定是謠言，他剛剛拿了獎，怎麼可能自殺呢？

然而事情的前因後果，社群上分析得很明確，容不得一點質疑。

李惟死了，被人發現在家中自殺，就在頒獎典禮的前一天。

他在臨死前在給他的PhD學生Jackie的信裡寫道：『……你是個很有天賦的學生，我已經向William教授推薦了你，很抱歉即將給你帶來的不便……這些年我一直在瘋狂地做一件事，物理就是我的全部。其實很早之前，我就預感到，在它結束的那一天，黑暗會完全將我吞沒。』

後來，Jackie接受採訪：「收到這封郵件的時候我就感到不對勁，立刻報了警，可惜警方趕到教授家裡時，一切都晚了。這個世紀最耀眼的天才，永遠離開我們了。」

和他在普林斯頓共事的研究人員也聲稱：「人類失去了一位偉大的天才。」

他的心理醫生透露，李惟從小就患有嚴重的妄想症和憂鬱症，這些年一直透過藥物壓制。但研究工作的結束讓他的憂鬱症猛烈爆發，最終走向自殺。

『李的內心世界其實比旁人豐富千百倍。他常常會想像一些世上並不真實存在的東西，並且極易因外界刺激而情緒失控。這就是我們所說的妄想症。與此同時，李是一個敏銳又充滿智慧的人，這些精神疾病讓他有強烈的無法掌控的無力感，最終放棄了自己的生命。』

張蔓淚眼模糊地看到這裡，又抖著手翻了其他知情人的透露，一些時隔多年的事情忽然變得清晰。

妄想症……原來如此。

原來當年那些事情，真的不是他故意為之，他沒有對她說謊。

他只是生病了。

一個個畫面在她腦海中連成一串。

她那時對他的欺騙感到匪夷所思，委屈地質問他，更是在得到否定答覆後惡語相向。

她真的不知道啊，不知道他其實是生病了。

還記得在他們相處的最後一段時間，他消沉到了極點，空洞陰鬱得像一縷孤魂。

張蔓張了張嘴，喉頭壓抑的哽咽終於克制不住，成了撕心裂肺的放聲大哭。

某些事情她那麼多年都無法釋懷，如今卻全都有了解釋，但那又怎麼樣，他不在了。

前兩年，在老家收拾東西時，張蔓發現一封夾在物理書裡的情書，署名竟是李惟。

他在裡面寫著：人類對於宇宙的認知，就像是在無邊黑暗中的螢火之光。還有那麼多的未知是我們看不到也摸不到的。我想走近那片未知，去感受黑暗。張蔓，妳願意陪我嗎？

那時候她才知道，原來當年，他真的喜歡她，就像她喜歡他一樣。那個偏執孤獨的天才少年，其實也曾有過溫柔的一面，他那麼小心翼翼地向她伸出手，想要把他的全部溫柔和真心遞給她。

是她沒能好好留住他眼裡的溫柔，讓他如今選擇了永遠奔向黑暗。

如果、如果能回到當年……

「起床了，今天第一天開學報到，別遲到了。」

張蔓聽到母親張慧芳的聲音，恍惚地睜開了眼。

大腦還是需要半分鐘的緩衝時間來提醒自己，她已經重生了，回到了十九年前。

她從被窩裡坐起來，有些不熟練地捲起窗簾。外頭盛夏的暖陽在清晨就已經明媚，打在身上暖烘烘的，全身每個細胞都活過來。

這天是她重生的第四天，也是高中入學的第一天。這天她將會遇到還是少年時的李惟，並且和他成為同學。

張蔓揉了揉眼，看著窗外既熟悉又陌生的景色發呆。

她回來了，回到了N城，回到了有他在的地方。

前世自從李惟死後，她就像變了一個人。食不知味，夜不能寐，整個人像快速脫水般瘦了下來。持續了整整兩個月的失眠和夢魘嚴重到第二天沒辦法去上課。

就這樣，她辭了工作，拎了個小箱子，隻身一人去了各地旅行，試圖轉換心情。只是沒想到歸途中遭遇了土石流，等她醒來之後，便發現自己回到了十六歲，回到了十九年前這個滿是香樟的N城。

張蔓在衣櫃裡挑了一件白色的連衣裙換上，對著鏡子稍微整理一下髮型。鏡中少女身形消瘦，面色略帶蒼白，臉只有巴掌大，便顯得一雙眼睛大得有些突兀。

她的長相完美遺傳了母親張慧芳，膚白臉小，還有兩顆酒窩。這種長相其實很甜美，但因為張蔓不愛笑，所以反倒有些陰沉。

打開房門，張慧芳正坐在沙發上玩手機，看她出來，有些驚訝地抬抬眼。

「喲，千年鐵樹開花了。這裙子我買回來的時候妳不是說打死都不穿嗎？」

張慧芳穿著一件米色針織裹身連衣裙，配上精緻的珍珠耳環。這年她三十五歲，正好和張蔓前世同個年紀，那時她還沒經歷那些撕心裂肺的生活，還是那個極愛打扮、明豔動人的她。

張蔓沒說話，自顧自去洗手間洗漱。

要說這世上哪對母女性格最不像，她和張慧芳肯定得占一席。

張慧芳年輕時是N城小有名氣的酒吧駐唱歌手，長相漂亮明媚，性格任性灑脫，聽說從前追她的人排了一條街。但張蔓並不知道自己的父親是誰，因為張慧芳從來不提。自她記事起，張慧芳就一個接一個地換男朋友。

她似乎很容易陷入愛情，又很容易厭倦，只要戀愛的感覺一消失，她就會乾淨俐落地分手，絲毫不將就。

然而張蔓自己卻性格內斂、沉默寡言。她冷眼看張慧芳帶回來一個又一個男友，更是打心底不相信愛情。

什麼愛情，不過是寂寞的男男女女打的幌子。

她一直這麼覺得。

可直到前世李惟死的時候她才明白，本質上她和張慧芳是同類人，都沒辦法將就。只不過她把那種偏激和執念表現得默不作聲，連她自己都沒察覺。

N城一中離她們家只有十分鐘的路程，張蔓拿了早餐，匆匆下了樓，憑著記憶往學校方向走去。

高一教學大樓下已經圍了很多新生和家長，他們對照著公告欄上的分班表找自己或者孩子的名字。張蔓直接上了三樓，左數第一間教室，高一一班。她升學考成績還不錯，吊車尾進了理科實驗班，而李惟則是這年的升學考榜首。

她站在門口躊躇片刻，做了個深呼吸，這才走進去，目光直直地投向教室後側那個靠窗的角落。

米色的窗簾隨著晨風飄蕩，十六歲的少年穿著簡單乾淨的白T恤，剪著清爽的短髮，規規矩矩坐在位子上看著書。

在一群跳脫興奮的新生裡，他顯得太不一樣了。

他低著頭，那麼安靜，渾身散發著生人勿近的壓抑氣息，以至於以他為中心的一公尺範圍之內，彷彿是另一個世界。

他的側臉被柔和的朝陽鍍上一層暖黃色的光，飽滿的額頭，挺直的鼻梁，微抿的嘴唇，硬朗的喉結。

由上至下的線條像是精雕細琢出來般完美。

張蔓站在門口，足足看了有一分鐘，她抬手描摹著他逆光的輪廓，咧了咧嘴角，喉嚨突然有些微哽。

她竟然真的再一次見到了活生生的他，而不是社群大圖上蓋著白布的冰冷屍體。

還記得前世的這一天，她來得早，正好坐在旁邊的位子。少年走進教室，似乎已經看好了那個靠窗的位子，於是走過來，詢問她能不能坐在她旁邊。

張蔓想到這裡，深吸一口氣，目光堅定地向他走去。

是初見時的開場白，不過這次是她主動：「同學你好，請問我可以坐你旁邊嗎？」她的聲音有些顫抖，嘴角的笑容也有點難看。

少年抬起頭看她。

他有一雙極好看的眼睛，那眼裡彷彿藏了大海和星空，在這樣明亮的陽光裡也那麼耀眼。他的目光在她臉上短暫地停留了一下，輕輕點了點頭，把攤開的書往自己的方向挪了挪，將整個桌面空出來給她。

少年的手指乾淨修長，手上拿的書包了墨綠色的紙製書皮，邊邊角角都很整齊。

張蔓見他點頭答應，鬆了口氣，拚盡了全身力氣，忍住想要立即上前抱住他的衝動。她放下書包掛在椅背，在他身邊坐了下來。

「同學，我叫張蔓，你……叫什麼名字？」

他或許是看書太入迷，沒理她。

於是張蔓自作主張地拿過他手裡的書，翻到第一頁。是一本《量子力學》的課本。書本標題的下面，他用墨藍色的墨水寫著自己的名字。

張蔓伸出食指，點在他秀氣工整的字跡上，略帶停頓地唸出來：「李、惟。」

說著又重複了一遍：「李惟，你的名字好好聽。」

李惟、李惟。這個在夢裡唸了千百遍，往心裡藏了十幾年的名字，總算可以正大光明地說出來。

少年因為她唐突的行為皺了皺眉，片刻之後又恢復了之前的面無表情，對她略微點點頭，繼續看書。

臉上寫滿了不想再理她。

張蔓輕輕吐出一口氣，這個情況在她意料之中。

他一直是一個孤僻難相處的人，自成一個世界，和周圍所有同齡人格格不入。

前世她和李惟雖然也是隔壁桌，但兩人都是沉悶的性格，又習慣安靜，所以第一個學期疏遠得像陌生人，以至於他到底是從什麼時候喜歡上自己的，她還真的不知道。

不過沒關係，可以慢慢來，她有的是時間和精力。

報到結束後正式開學。

九點一過，班導師劉志君進來，隨便點了幾個男生去樓下教材科搬書：「周揚，去樓下搬國文課本……還有李惟，搬一下英語課本和聽力練習卷。」

少年放下手裡的書，點點頭站起來，看了張蔓一眼。

張蔓立刻會意，將椅子往前挪，方便他出去。

大概過了十多分鐘，拿課本的同學陸陸續續回來了，李惟卻一直沒回來。

張蔓盯著教室後門看了好幾分鐘都沒看到人。這時她的腦海裡突然記起前世李惟也被叫去搬書，回來之後整個人灰頭土臉十分狼狽，還向班導師請了一個多星期的假。

張蔓想到這裡，有些心慌，猛地站起來。

站立的瞬間竟然有點眩暈，她按了按眉心，壓下心裡的不安，疾步往教室門外走去。

或許是前世李惟給她留下的陰影太重，以至於只要他出點小狀況，她都會不由自主地胡思亂想。

張蔓奔跑著下樓，剛到樓梯口就看到了心裡的那個人，然而眼前的一幕，讓她的心裡瞬間「咯噔」了一下。

令她不安的事情已經發生了。

一樓走廊上，少年被兩個奔跑打鬧的男生狠狠一撞，重心不穩之下狠狠摔倒在地。他下意識地往地上一撐，整個身體的重量全都壓在手臂上，與地面撞擊的時候發出了「嘭」的一聲。手裡抱著的課本散落一地，白色的T恤上沾了不少灰塵，和地面摩擦的地方還破了洞。

少年還沒緩過神來，維持著摔跤的姿勢，低著頭，垂著眼眸，不知道在想什麼。

而那兩個撞到他的男生站在一旁，卻完全沒有要去扶他的意思。

這兩人張蔓當然認識，也是一班的同學，其中一個瘦弱一點的叫王曉楓，另一個高高壯壯的皮膚略黑的男生叫劉暢。

聽說他們和李惟是同一個國中的。

王曉楓看清摔倒在地的人，頓時嚇得嘴唇哆嗦：「李……李惟，我們……不是故意的，你……」

他話沒說完，就被一旁的劉暢制止了：「怕什麼？不就撞了一下嗎，有什麼大不了的。」

地上的少年抿了抿唇角，沒說話。他用一隻手撐著地面，卻沒能一下子站起來，好看的眉頭不由得微皺。

但也就只是一個極其短暫的停頓。

他換了隻手，支撐著站起身，彎腰去撿地上散落的書本。

從始至終，他都沒看那兩人一眼。

張蔓站在樓梯口看著他的背影，只覺得心口微酸。

很多時候，李惟給她的感覺就像是一個局外人，飄蕩在俗世外，置身事外地看著鬧鬧嚷嚷的紅塵。憤怒、爭吵，甚至打架，都是這個年紀的男生受到嘲諷和挑釁時本能的反應。人只要活在社會群體中，就會發生摩擦，就會意難平。

但他沒有，這個世上除了物理，其他都與他無關。

這種感覺讓她十分無力，她想把他拴在身邊，擔心有一天他在自己看不見的時候，澈底拋棄這個世界。

在心裡的惶恐越發擴大之前，張蔓走到他身邊。

劉暢見李惟不理他，心裡更加不爽，還想繼續挑釁。誰知他剛上前一步，腳尖卻被人狠狠踩了一腳。

他痛呼出聲，剛想罵人，一低頭，發現踩他的居然是個一百六左右，看著斯斯文文的少女。

看她那架勢，好像是無意的，而且，她長得……還挺好看。

於是劉暢把即將爆的粗口嚥了回去。

張蔓一邊狀似惶恐地向他說了一聲抱歉，一邊更用力地輾了一腳，在劉暢反應過來之前有些驚訝地握住李惟的手臂，抬到眼前。

「同學，你的手臂破了好大一塊，都流血了。走，我陪你去醫務室包紮一下。」她說著，將李惟手裡的幾本英文書搶過來，塞到一旁劉暢的手裡。

「兩位同學，能不能麻煩你們搬一下書，搬到高一一班，謝謝！」

她說這句話的時候，語速緩慢，聲音輕柔，臉上的神情還刻意模仿了張慧芳，露出那種明媚、燦爛、帶著兩顆深深酒窩的笑容。

果然一旁的劉暢和王曉楓都一愣，呆呆地點點頭，機械性地蹲下撿起地上的英語課本，二話不說往樓梯上走，剛剛的不愉快和挑釁似乎全忘了。

張蔓鬆了一口氣，揉揉略微僵硬的臉，這才發現自己剛剛竟然一直抓著少年的手臂。他身上的體溫透過她掌心的傳感細胞傳到心臟，那種溫熱真實的感受忽然給了她極大的安全感，像是吃了一粒定心丸。

張蔓不自覺地彎了彎嘴角，略微不捨地鬆開了手。

少年從剛才就一直在看她，不過眼中並沒有什麼特別的含義。他對她點頭致謝，轉身就要往樓上走，顯然根本沒把手臂上的傷口當回事。

張蔓急忙拉住他沒受傷的手腕，這次有點用力，把他往反方向拉：「醫務室在那邊，你走錯了。」

李惟感到一陣阻力，眼神微怔，轉身看著她拉著他手腕的手。

十六七歲的少女，個子小小的，那麼纖細瘦弱，但力氣好像不小，讓他一下子竟然沒能掙脫開。

如果再用力掙脫，可能會弄疼她。

少年唇角微抿，不再掙扎，跟著她往醫務室走去。

醫務室在學生餐廳旁邊，離教學大樓有一段距離。她拉著他一路走，兩人都沉默著沒有說話。

少年手臂上的溫度讓她手心發燙，張蔓咬著牙，忽略心裡的異樣，始終沒放手。氣氛似乎有些尷尬，但她也不是挑起話題的高手，索性閉了嘴沒說話。

轉身偷偷看他一眼，少年臉上的表情卻很恬靜，完全沒感覺到尷尬不適。
張蔓放下心來。是啊，跟他在一起，從來不必刻意找話題，因為他們都喜歡安靜。

醫務室就在橋的那邊，兩人很快就走到了。
「老師，這位同學的手臂受傷了，好像挺嚴重的。」
穿著白大褂的男醫生大概五六十歲的年紀，看起來慈眉善目的。他扶了扶鼻梁上的老花鏡，抬起李惟的手臂看了看。
「腫的這麼厲害，可能是骨裂了。傷口倒是還好，雖然流了很多血，但應該不深。」
說著，他又讚賞地看了李惟一眼：「小夥子可以啊，都腫成這樣了還面不改色的，有骨氣。」
張蔓聽了醫生的話，心裡狠狠一扯，深吸了一口氣。
她湊上去仔細看，發現他傷口的周圍已經腫了很高一塊，顏色青紫，看著駭人。
竟然傷得這麼嚴重……
校醫帶著他進裡面檢查，張蔓坐在門口的長凳上等。
思緒有些混亂，她努力回憶前世的一些細節，卻發現自己一點都想不起來。只記得他請假回家，一個多星期之後才回學校，當時班裡還有一些同學說他剛入學就能享受資優生的待遇。

所以，他那時硬扛著骨裂的疼痛將那些課本搬到三樓，然後孤身一人回家了嗎？

張蔓知道，他家裡根本就沒人，回去也只能自己照顧自己。何況以他的性子，根本不會去醫院。前世的那一個多星期，他是怎麼過的？就讓骨頭硬生生長好嗎？

她倒吸了一口冷氣，攥緊了手心。

這才第一天，還有什麼事情是她從前不知道的？

檢查結果很快出來，張蔓跟進去，坐在旁邊聽醫生分析。

「左前臂關節處骨裂，得打石膏固定，不能讓它移位。這段時間注意千萬別動左手。你們年輕人身體素質好，只要好好靜養，幾個星期就長好了。」

李惟聽到要打石膏時皺了皺眉頭，張口想要拒絕，卻被張蔓搶先。

她的語速比平常快了一些：「打石膏，打厚點。」

醫生被她逗笑了：「小同學，石膏可不是越厚越好的。」

張蔓知道自己犯了常識錯誤，有些尷尬地低下頭，用餘光瞄了旁邊坐著的李惟一眼。

少年的目光停在她髮頂，沒有什麼焦距，但好在沒說出反駁的話。

打石膏的過程很快，大概二十分鐘後，李惟就綁著厚厚的石膏走了出來，整隻左手臂吊在脖子上，樣子有點滑稽。

張蔓看著他面無表情的臉，心裡某個角落又泛起了熟悉的痛感。

她無奈地想著，似乎兩人之間的疼痛總和是一定的，就好像他表現得越不疼，她的心就越疼。

這是骨裂啊，可不是簡簡單單的小傷口。

前世她當高中老師的時候，班裡有同學不小心摔跤導致骨裂。這個年紀的少男少女，還是溫室裡最嬌弱的花朵，五分的疼痛他們能表現出八九分。

但李惟除了剛站起來的時候皺了下眉頭，一直到現在都默不作聲地忍著。

怎麼可能不疼呢？

她心裡難受極了，走過去，扶住他另外一隻手，慢慢牽引著他往外走，小心翼翼地說：「李……同學，你疼不疼啊？疼的話你喊出來，我不笑你。」

少年聞言低聲說道：「不是腿受傷。」

張蔓這才反應過來。可她此時此刻就是想離他近一點，一點都不想鬆開他：「你現在一隻手吊著石膏，身體重量不平衡，走路不穩。」

「……」

李惟沒說話，只是側過身避開她的攙扶，動作雖輕，卻不容拒絕。

張蔓看他獨自往前走，內心酸澀，她快步跟在他身後，沒有繼續上前攙扶他。

她告訴自己，不著急，慢慢來。

他們到教室時，班導師正在講話。

兩人悄聲從教室後門進去，但李惟打著石膏的樣子仍是吸引了全班同學以及班導師的注意。不管認不認識他，同學們此刻都交頭接耳起來。就連之前在樓下不斷挑釁的劉暢也有些愧疚，他沒想到李惟竟然傷得這麼嚴重。看他不爽是一回事，他卻沒想真的害他受傷。

班導師劉志君見狀，皺著眉問了一句：「李惟同學，你怎麼了？」

語氣不是太好，第一天開學就發生這樣的事，要是家長找來，他作為班導師要擔一定的責任。

李惟平靜又機械性地說著一貫的回答：「沒什麼，就是摔了……」

然而這次，出了變故，他的話被人打斷了。

「報告老師，剛剛我在樓下都看到了，他被這兩個同學撞了。」

少女的聲音和他一樣沒什麼起伏，只是在做不偏不倚的陳述。

她一邊說，一邊抬起手指了指劉暢和王曉楓。

她的話音剛落，班導師劉志君眼神犀利地望向剛做完自我介紹的劉暢，臉上的表情不是很溫和。

全班同學也都看向他。

劉暢的臉瞬間紅了，結結巴巴地說道：「老師，我……我跑得太急了，我也沒想到會害他受傷。」

劉志君從來不是什麼慈眉善目的班導師，也懶得聽他解釋下去：「劉暢和王曉楓寫一封道歉信，今天放學之前交給李惟同學，並賠付相應的醫藥費。李惟，你把道歉信帶回去給家長簽名，明天交給我，這件事就這樣。全班同學要引以為戒，你們現在都不是國中生了，別總是下課瘋玩，有這個時間不如在教室裡看書……」

張蔓偷偷抬頭瞄了李惟一眼，他還是若無其事地看著自己的書，神情絲毫沒有任何的波動。

她心裡明白，她的舉動對他來說可能不是幫忙，而是找麻煩。

他是真的不在乎，也懶得管。

張蔓捏了捏新課本的封面，咬了咬唇。可是她就想看他生氣，看他像普通人那樣去爭吵，而不要永遠活在自己的世界裡，什麼都不在乎。

道歉信很快交了過來，劉暢梗著脖子結結巴巴地道了歉，王曉楓的態度倒是不錯，甚至幫李惟從學生餐廳帶了午飯。

那兩封道歉信被李惟收進書包，張蔓突然想起，班導師讓他給家長簽名，他能找誰簽？

他家裡已經沒人了。

中午吃完飯休息時間，班裡有幾個女生過來找李惟搭訕。以他出色的外表，想不讓人注意很難。

幾個女生中間帶頭的是戴茜，她們班新上任的學藝股長。

前世剛開學時，因為李惟的出現，整個一中都轟動了，不管是高一的女同學還是高二高三的學姐，都為李惟瘋狂了很長一段時間。

但後來，隨著和李惟有關的傳言傳遍學校後，全校同學對他的態度發生了巨大的轉變。當年張蔓一直對那些傳聞嗤之以鼻，如今想來，恐怕其中大部分是事實。

兩人的位子被幾個女生圍住了，看著她們略帶興奮的眼神，張蔓垂眸，心裡帶著一絲怒氣。她們前世口口聲聲說喜歡他，但聽到不好的傳聞後就避之不及，甚至惡語相向。

隨即她又難受起來。

何必說別人呢，她自己不也一樣。雖然前世她對那些有關他的傳聞嗤之以鼻，但當發生了那件事以後，她還不是選擇了不相信他，並且連招呼都沒打一聲就轉學了。

她和她們一樣。不對，她其實傷他更深。

「李惟同學，你有什麼才藝專長嗎？學校下個月有國慶表演，剛剛班導師要我安排同學們報名。」戴茜是個挺漂亮的女生，個子高挑挺拔，說話時習慣下巴上揚。

李惟眼皮都沒抬，只是搖了搖頭。

戴茜還想借著這個話題再多說兩句，張蔓沒給她機會：「妳沒看到他手不方便嗎？就算有什麼才藝也表演不了。」

戴茜噎了一下，沒想出來新話題，只好說了一句「注意休息」就走了。走之前還意味不明地看了張蔓一眼，顯然對她的插話很不滿。

「李惟，你不用理她們。你手腳不方便，那個什麼國慶表演，也不需要每個人都參加。」

少年抬起頭，破天荒的回了一個字：「嗯。」

他的目光在身旁少女的臉上稍稍停了一瞬，又回到手裡的書本上。

沒人注意到，他的眼裡閃過了一絲諷刺。

這樣的事，他經歷了太多太多次。每次新到一個地方，總會受到一些追捧，但之後，他們都會害怕他、厭惡他，哪還會有半點喜歡。

他的新同學，恐怕也是這樣吧。

人的意識和情感，是最虛無縹緲的東西，他不想，也不需要去沾染半分。

一隻手有很多事情都不方便，比如換鋼筆的墨水。

李惟不熟練地單手擰開墨水瓶和鋼筆後蓋，在操作的時候卻不小心蹭到一手墨。他有些呆愣地看著手上髒兮兮的墨水，眼底閃過一絲懊惱。

張蔓下課正好去三班找閨密陳菲兒，回來的時候就看見他呆呆地坐著，手上全是黑乎乎的墨汁。

「你換墨水怎麼不等我回來啊？」張蔓有些責怪地看他一眼，「還傻坐著幹什麼，去洗手啊。」

少年似乎是剛回過神來，愣愣地站起來走去洗手間。等他回到教室的時候，卻發現桌上的東西收拾得整整齊齊。

桌面淌了一小片的墨汁用溼抹布擦得不留痕跡，鋼筆吸好墨蓋著，墨水瓶也已經蓋好蓋子放進了包裝紙盒裡。

他抿著唇看了身邊的女生一眼。

她正在和前桌說話，聲音低低的，沒有太多的表情，額前整齊的瀏海隨著她點頭搖頭一晃一晃。

一天時間下來，李惟覺得她是一個有些奇怪的人。大多數時候她是極其安靜的，和人說話的時候也沒什麼存在感，還不愛笑，就像現在。

但有時候又不同，比如在樓下她踩了劉暢的那兩腳，他看得清清楚楚，分明是故意的；她拉著他的手去醫務室，容不得他拒絕；上午，她大聲的向老師報告他是被人撞的，眼裡閃過一絲怒氣。

還有剛剛，責怪自己為什麼不等她回來，那眼裡的嗔怒，就好像他是歸她管的。

李惟突然有點煩躁。

何必呢，反正沒幾天就變了。

他搖搖頭，把思緒集中到剛剛沒推完的那個公式上。這個世界上還是有一些東西是永恆不變的，它們一直在那裡靜靜地等著他，從來不會騙他。

張蔓見李惟開始看書，自覺地幫他把鋼筆蓋擰開，倒扣在尾端，遞到他手裡。又準備了幾張計算紙，墊在桌面上。

她很自然地做著這些，但這次卻是吃力不討好。

少年有些反應過激地把她塞到他手裡的筆重重放下，到筆袋裡重新拿了一支。他把她準備的計算紙推到她自己的桌上，自己攤開一本練習本，推算起來。

好像在跟她作對。

他修長的指關節上還染著一點墨水，沒洗乾淨，他緊緊地握著筆，張蔓都擔心那根筆會不會被捏碎。

張蔓深吸一口氣，倒是不沮喪。這才第一天，總要給他點適應的時間。

就算是一隻流浪的小貓在被收養時，都會無所適從地焦躁很久，何況是一個孤獨了這麼多年的人。

第二章　決定幫他做飯

開學第一天，各科老師沒講什麼課，也沒留作業。下課的時候，閨密陳菲兒過來找她，兩人一起去了門口的飲料店。

「蔓蔓，剛剛那個男生就是妳新的隔壁桌？也太帥了吧！有沒有聯絡方式？」

剛出教室門，陳菲兒就開始一連串地打聽，滿眼興奮。

陳菲兒和張蔓從小學的時候就是閨密，現在兩人又在同個高中，不過她在普通班。她性子活潑，樂觀跳脫，不管遇到了什麼事都能嘻嘻哈哈地面對。這也是張蔓最喜歡和她在一起的原因，她的快樂總是能傳遞給她。

但此時她卻有些無奈：「菲兒，妳別打他主意，他是我喜歡的人。」

陳菲兒愣了，完全不相信這種話會從無欲無求本人張蔓嘴裡說出來。

她嚴重懷疑自己聽錯了。

「妳剛剛說什麼？」

張蔓沒好氣地重複：「我說，我喜歡他，要跟他在一起，就這樣。」

「……」陳菲兒有點震驚地張著嘴，「我靠，不是吧蔓蔓，千年神木突然開竅了？不是，妳怎麼了，妳媽又交新男友刺激到妳了？」

她說著還神經兮兮地來摸她的額頭。

張蔓無奈地笑了笑，拍掉她的手：「胡說什麼呢？我跟妳說正經的，我要追他。」

前世她轉學之後，也曾向陳菲兒坦白自己喜歡過李惟，當時陳菲兒很震驚，不過更多的是鬆了口氣。畢竟，那時候她和其他同學一樣，已經聽說了李惟的那些傳聞，萬分慶幸張蔓沒和他在一起。

而此時的陳菲兒還不知道那些，瞬間雀躍了：「哇，說好的一起度過高中三年，蔓蔓妳第一天就想背叛我？就算長得這麼帥，也不至於吧？說，妳是不是早就認識人家？不然妳這陷入愛情的速度，和妳媽有得一拚啊。」

張蔓搖了搖頭。

何止是認識……但她什麼也不能說。

兩人走到飲料店，陳菲兒點了一杯她最愛的波霸奶茶，還加了豪華奶蓋。

張蔓則點了兩杯芒果西米露，她依稀記得李惟愛吃芒果，前世她去他家補習物理，每次都會拎幾個去。

陳菲兒見她買了兩杯，翻了個白眼：「不是吧蔓蔓，人家還沒成妳男朋友呢，妳就這麼體貼？嘖嘖嘖……真是沒想到有一天看能看到這樣的妳，簡直活久見。妳知道妳在我心裡的印象一直是那種就算到三十多歲也不結婚的，因為妳就是無欲無求本人啊！」

張蔓被她逗樂了，嘴角微勾。最了解她的果然還是陳菲兒，她前世不就是到了三十多歲還沒嫁人嗎。

陳菲兒見她又笑了，有點驚訝：「蔓蔓，妳今天笑了好幾次了。其實妳笑起來真的很好看。」

她又加了一句：「蔓蔓，不管喜歡誰，妳開心就好。」

回到教室，張蔓把其中一杯西米露往李惟桌角一放，還貼心地幫他插好了吸管。

少年正咬著筆桿想一個公式，時不時在計算紙上推算幾筆，根本沒注意到她的動作。

他抽屜下放的紙簍裡已經扔了不少廢紙。

張蔓翻了一下，上面寫滿了複雜的公式，有很多連她這個曾經的高中物理老師都沒見過。

而且，廢紙堆裡竟然還有兩封沒拆開的情書。

張蔓托腮看他。

他在思考問題時有咬筆的習慣，鋼筆筆帽上那圈金色的漆已經掉了一些。或許這個問題有些複雜，他眉頭微微鎖著，長長的睫毛在臉頰上投下一片陰影。

張蔓喜歡極了這樣的李惟，陷入物理的他眼神有了焦距，不再像一個冷冰冰的玩偶。

畫面大概靜止了五分鐘，少年用筆在紙上寫了幾個公式，輕輕點了點頭，像是對自己腦海裡思緒的肯定。

鋼筆的摩擦係數較大，和粗糙的紙頁摩擦發出「沙沙」的聲音，寫完最後一筆之後，他蓋上了書本，表情逐漸變得愉悅。

以至於正好抬頭看向她時，眼裡的愉悅和溫柔還沒散去。

張蔓對他眨了眨眼，把放在桌角的芒果西米露往他面前一推：「累了吧，喝點飲料，門口飲料店買一送一。」

少年這時恢復了平時的冷淡，又把西米露推回她桌上。

「我看到妳和妳朋友一起去的。」

張蔓一愣，才反應過來他是說她撒謊。因為她是和朋友一起去的，所以買一送一也應該是她和陳菲兒一人一杯。

張蔓輕笑出聲，有時候反應慢一點真的跟不上他的思考。

「好吧，我就是專門買給你的。我覺得不錯，你嘗嘗？」

少年抿了抿唇沒說話，過了好久，忽然抬頭看她。

眼神很認真，帶著生人勿近的距離感：「妳想要什麼？」

話是這麼問，但他的表情顯然是——不管妳想要什麼，妳從我身上都得不到。張蔓的一連串舉動已經到達他的忍耐極限。

事實上，李惟就是這麼想的。不管她想得到什麼，最後都會失望的。與其等到她大失所望之後反過來責怪自己，像從前的那些人一樣，不如現在就離他遠一點。

張蔓讀懂了他的意思，明白他對所謂的情感是那麼不信任。他根本不相信這世上有人會無緣無故地對他好。

如果她現在說喜歡他，大概只會讓他更加焦躁警惕並且從此與她保持距離。

她閉了閉眼，壓下心底的酸澀，努力扯出一個輕鬆的笑容，說出之前就想好的藉口：「我有一件事一直不好意思說，擔心……會太麻煩你。李惟，我聽他們說你物理特別好，我……我物理成績不太好，你每週末能不能幫我補課？我可以給報酬的，並且作為交易，你沒拆石膏之前我可以照顧你。」

世事兜轉，像是一個輪迴。張蔓想到，前世他們熟悉起來，就是因為他幫自己補習物理，只不過這輩子提前了一個學期。

她擔心少年不相信，又絞了絞手指頭，聲音有些低落：「我在我們班名次是倒數，班導師說了，如果這學期成績還是很差的話，下學期我會被調到普通班。」

她說完，眼前的少年安靜了一下，有些詫異地眨了眨眼，似乎沒想到會是這個原因。

他垂著眼眸沉思，許久後，修長的手指握住之前那杯西米露，拿到嘴邊，就著吸管喝了一口。

她的提議可行。她需要提高成績，而他現在左手打著石膏，生活上有許多的不方便，有時候確實需要幫助。

李惟很喜歡這種公平交易，在最開始的時候就計算好付出和回報，各取所需，不用涉及到最令人厭惡的感情，也不用有所虧欠。

最輕鬆的就是明碼標價的交易。因為這樣至少能夠主動去衡量對方所求的你給不給得起，而她的付出你就能沒有負擔地接受。

這世上最可怕的，就是口口聲聲說因為喜歡，所以可以無私地付出。喜歡是什麼東西？今天喜歡，可以付出一切，明天不喜歡了，我就得下地獄嗎……

「成交。」

第二天一早，李惟從書包裡拿出簽好名的道歉信，等著第一節課交給班導師。

張蔓發現他今天精神狀態差，黑眼圈很重，眼裡密布著青紅血絲。她偷偷瞄了桌上的道歉信一眼，家長簽名那欄裡簽著女士的秀氣字跡：已閱，林茴。

當看到這個名字時，張蔓的心口像是被一柄重錘擊中了。時隔兩世，再一次親眼所見，她依舊受到不少衝擊。她彎下腰，假裝睏極了打個呵欠，才把即將奔騰而出的眼淚眨去。

她心裡無限自責，自己那樣替他強出頭，是不是做錯了？昨天晚上回家之後，他都經歷了什麼呢？

少年見她一直趴在桌上，有些猶豫地問道：「……不舒服？」

張蔓迅速調整好狀態，抬起頭看他：「沒有，就是昨晚沒睡好，有點睏。」

李惟點頭，又從背包裡拿出一本習作。是一本高中物理的習作，封面泛黃捲邊，看起來有些舊了。

「這是我從前用過的書，上面有我的筆記，妳可以先拿去看看。報酬就不用了，我平時在學校裡有不方便的地方，希望妳幫我一下。還有補習，這週末妳來我家，每天三個小時，我幫妳預習一下第一個學期的內容。運動學和力學前面的內容相對簡單，一個月應該能搞定。」

李惟學物理很超前，現在在看的《量子力學》是物理科系大三的內容，像高中學還在牛頓三大定律的範疇內的物理，他幼時便自學過。

他說完後，見張蔓只托著腮盯著他卻沒回應，猜想她是走神了。可他又懶得再說一遍，皺著眉轉過身去，看自己的書去了。

張蔓的確走神了，她想起前世李惟也曾經幫她補過課。

那是第一個學期期末考試之後，她的物理成績全班倒數，班導師劉志君下了通知，如果第二個學期總分到不了班級前三十，就要被調到普通班去。

劉志君幫班裡的資優生、差等生組了學習互助小組，一個資優生帶一個差等生，她和李惟是隔壁桌，自然而然就被分到了同個小組。那時每週末老師安排下來的試卷她都不會做，於是提出去李惟家聽他講課。

他最初也和現在一樣冷淡，同樣的，她只對自己的成績著急，對他的生活也沒什麼興趣。兩人一開始除了一問一答，討論物理題，從來沒有半句多的話。

後來是為什麼變熟悉了呢？他又是什麼時候喜歡上她的？

張蔓正想得入神，聽到有人叫她。她往教室後門看去，原來是陳菲兒。

張蔓放下手中的習作走出教室，卻見陳菲兒一臉嚴肅。

「菲兒，怎麼了？」

陳菲兒悄悄看了教室裡一眼，將張蔓拉到走廊轉角處，沉默了挺久才低聲回答：「我也不知道該怎麼說……蔓蔓，妳隔壁桌就是李惟吧？妳可以……可以不喜歡他嗎？」

她聽到一些不太好的傳聞，雖然還不能證實，但依舊不太放心。

張蔓登時心裡咯噔一下。

該來的總是要來的，總有一些從小就認識李惟的人知道他曾經的那些事。李惟剛來學校的時候受到的關注度太高了，這些天就連張蔓也數不清他一共收到多少封情書。他越受關注，關於他的傳聞便會流傳得越快。

她張了張嘴，有些無力，在外人眼中，現在的她和李惟才認識短短幾天，便是替他解釋也沒人會信。

張蔓最終嚥下了一肚子夾雜著心酸的解釋，認真道：「菲兒，我知道妳要說什麼，他的事情我全都知道，我不在乎。」

陳菲兒看了她半晌，沒再堅持：「……蔓蔓，妳要是喜歡，那我支持妳。但是，如果有一天妳不喜歡他了，一定要放手好嗎？千萬別讓自己受傷。」

張蔓摸了摸她的腦袋沒說話，心裡卻思緒萬千。

回到家，張慧芳正坐在客廳沙發上，邊打毛衣邊看著沒營養的搞笑綜藝，笑得前俯後仰，一張臉成了一朵花。

張慧芳年輕時和朋友合夥做酒吧生意賺了不少錢，在N城買了幾間房子，一間自己住，其他的出租。所以自張蔓記事起她就沒出去工作過，母女倆靠著理財分紅和房租過日子，生活也還算過得去。

平心而論，張慧芳自己活得一塌糊塗，對她倒是不壞，雖然不像其他母親那麼無微不至。她換了許多男朋友，形形色色的人往家裡帶，但從來不會留人在家裡過夜。她將分寸把握得很好，幾乎不曾影響張蔓的生活。當然，有沒有影響到她的性格，那就另說了。

「晚飯在桌上，吃完了去寫作業。」張慧芳順手撩了撩垂到胸前的褐色捲髮，打了個呵欠。可她打呵欠的動作依舊是優雅的，好看的。她絲毫不吝嗇自己的美，就像一朵濃烈的紅玫瑰，開得熱烈又明豔。

「嗯。」

張蔓看著她，記起前世自己在高二那年轉學的原因，不由得焦躁地按了按眉頭。

張慧芳將會在這年冬天遇見她的下一個男友，鄭執，並且一年後義無反顧地跟著他去H城，連帶她也不得不跟著轉學。

鄭執這個人，表面上看起來彬彬有禮、溫柔體貼，還有著其他油膩中年大叔沒有的感性文藝氣息，讓張慧芳對他一見鍾情。

一開始兩人的相處和諧又美好，然而，等到母女倆跟著鄭執去了H城後，男人虛偽的本性開始暴露。他不僅好賭、好色，更是脾氣暴戾，賠光了張慧芳所有積蓄不說，回家還經常大發脾氣。

最終張慧芳和他的分手過程相當慘烈，以至於從那之後對愛情徹底死心，直到張蔓重生前她都是孤獨一人。所以，不管是為了能一直待在李惟身邊，還是為了張慧芳，她都得改變這件事。那個騙錢騙色的渣男，她不會准許他再踏入家門半步。

吃完飯，張蔓回房，打開電腦上了學校論壇。

她翻著零碎的文章，果然看到一個熱門文章，裡面有知情人爆料和李惟相關的傳聞。

樓主：『高一一班的李惟大家都知道吧，就是成績好人又長得超級帥的那個。我和他同個國中的，國中的時候他在學校也很有名。奉勸各位小姐姐們一定要理智，這個人有問題，大家想聽嗎，想聽的話等我吃完飯回來更新。』

一中一枝花：『當然知道了，雖然他才剛剛入學一週，但顏值爆表又是升學考榜首，誰能不認識。他能有什麼問題？……不會是gay吧？』

憤怒的豬：『感覺是個大八卦，蹲……』

月琉水：『我已經知道樓主要說什麼了……說實話李惟的事在我們那裡挺出名的，大家看我們育才國中的論壇就能翻到，不過還是蹲……』

樓主：『剛吃完飯，讓大家久等了。李惟這個人不是普通的不正常，他好像有精神疾病。他爸爸就是一個精神病患者，聽說李惟七八歲的時候有一次從外面游泳回來，全身還溼著，他爸爸覺得應該把他晾乾，於是把他用根繩子拴著脖子掛在曬衣桿上，救下來的時候只剩一口氣了……』

你今天吃藥了嗎：『我靠，樓主不能高能預警一下嗎？大晚上的嚇了一跳……這也太驚悚了，栓著脖子掛在曬衣桿上？我寒毛豎起來了，李惟好可憐。』

樓主：『我們一開始聽說的時候也覺得他很可憐，但是！！！重點是李惟本人小的時候去醫院做了測試，也被確診患有精神疾病，和他爸是一樣的！』

憤怒的豬：『不是吧，我見了他幾次，感覺挺正常的啊。』

月琉水：『是真的，我們國中部好多同學曾經見過他對著空氣說話，看起來瘋瘋癲癲的。我有個朋友跟李惟家是同個社區的，聽說他小學的時候病發過一次，把班裡一個男生關在廁所裡關了一整天，那孩子出來的時候人都快嚇傻了。』

防彈少年：『我有點信了……其實很多精神病人大多數時間看起來都是正常的。』

樓主：『對，雖然他現在目前沒做什麼事情，但就是一顆不定時炸彈啊。我是不太懂這樣的人為什麼可以像普通人一樣上學，萬一某天受什麼刺激精神病發了報復社會了怎麼辦？精神病犯罪又不判刑。』

吃瓜群眾：『珍愛生命，遠離李惟。』

＝＝：『認同樓上。』

張蔓看得心裡難受，文章下的留言越來越多，李惟之前留給大家的印象越好，現在所有人的好奇和恐慌也就越深。

她關了網頁，睜著眼躺在床上，右手無意識地摳著床單。她在心裡不斷地告訴自己，不要和這些人生氣，他們只是一群不成熟的孩子。在他們的觀念裡，沒有存在即合理的概念，他們只知道有心理或者精神疾病的人是可怕的存在，似乎每個人去踩一腳，心裡才能得到安慰。

他們現在還不知道，嘲笑別人的不幸，有多麼傷人。

前世，她和李惟隔壁桌一年多，從沒發現他有什麼不正常的地方，所以對於他有精神疾病的傳言嗤之以鼻。但她現在知道，這一切都是真的。李惟自殺後，他的身世、童年、成長經歷被一一扒出，讓她至今回想起來都觸目驚心。

張蔓抬手遮住雙眼。

這麼匪夷所思的事情發生的時候，他才七歲啊。在無憂無慮的年紀，他卻受盡了成年人都無法忍受的苦難。

當然，這僅僅是一切不幸的開始。

與此同時，空蕩蕩的房間裡三面圍著直到天花板的書架，靠著落地窗的那面擺了一張巨大的書桌。窗外是高樓夜色，再往下看，小城不是那麼擁堵的道路上稀稀疏疏地開過一輛輛車。

李惟正坐在書桌前推著量子力學裡的一個方程式，寫到一半，忽然忘了一個矩陣計算裡的定理。他揉了揉眉心，有點焦躁地站起來走了兩步。

快一個星期了，身體還沒完全適應打了石膏的左手，繃帶掛在脖子上，摩擦得脖頸後面隱隱作痛。

他走到其中一面書架上，熟練地抬手從第三層抽了一本工具書，結果卻不小心帶下了一整排書。

「嘩啦」一聲，整排書冊砸在他身上。

他沒理會，先翻開書看了之前的公式一眼，趕緊回到書桌前把沒能完成的推導繼續完成。那些公式像是被拆散了揉進他腦袋裡，像是一團交織在一起的毛線，直到半小時之後，才理出一個線頭。

李惟停下筆，這才注意到書架旁跌落的那一堆書，他煩躁地按了按眉心，感到有些疲憊。

他搖搖頭，深呼吸讓自己冷靜，走到書架前，蹲下來，用右手一本本撿起書放回原位，心裡仍舊有一陣無可抑制的煩躁。

突然就想到一個人。

她很安靜，但又很倔。她強硬地拉著他去醫務室，她幫他換墨水，她買給他好喝的芒果西米露還騙他是買一送一。

如果她在的話，是不是能安安靜靜地陪在他身邊？

思緒剛到這裡，剛剛的煩躁無限加劇，李惟把最後一本書歸回原位，狠狠踹了書架一腳。

他握緊了手，制止自己去想那種不切實際的可能性。慣性是一切物體的特有屬性，但思想卻不能有慣性。

一旦習慣了，就會計較得失，就會患得患失。

第二天一大早，張蔓便帶著一疊書和習題出了門。李惟住在市中心，離她家大概搭半個小時公車的距離。

這年的N城還沒有地鐵。張蔓坐在公車上，看著窗外熟悉的景色發起了呆。從前許多的記憶已經有些模糊了，但有關於他的，因為在之後的那些年裡反反覆覆入夢，倒記得清楚。

還記得，前世有一天晚上，她補完課從李惟家出來，他破天荒地提出要送她去車站。那是個晚冬，路旁的綠化帶上還鋪著沒化乾淨的雪，路燈昏暗，好在天上掛著一輪清亮的滿月。

兩人順著柏油路一直走，刺骨的晚風把路兩旁的樹枝吹得沙沙作響。那時年少的她喜歡在綠化帶旁狹窄的路沿上走，卻不小心踩到了凍結的冰，腳下猛然打滑，身體失去了平衡。

她記得清楚，當時李惟從旁邊抱住了她，讓她免於摔跤。

淡淡月色下，兩人的心跳聲在同個頻率上，都是越來越快。她於慌亂中瞥到他微紅的耳廓。兩人沒有說話，卻沒鬆開那個失誤的擁抱，似乎彼此都心照不宣了。

所以那之後她完全不能接受他騙她。她被欺騙的憤怒沖昏了頭腦，把之前的種種全部否定，才會對他發那麼大的脾氣，更是故意在他面前和別的男生約會。

張蔓忽然記起少年那雙黑漆漆的眼瞳。在她轉學前的最後一段時間，那雙眼眸幾乎失去所有神采。他變得越發獨來獨往，孤僻偏執，兩人之間的關係再也沒有回到從前。

像他那樣驕傲的人，肯定也掙扎過吧，但最後還是妥協了，他在給她的情書裡寫，問自己能不能一直陪著他。卻沒有得到回覆。

她曾經給了他一顆糖卻又收回，騙了他一顆心。

張蔓按下門鈴，等了三四分鐘才有人開門。李惟禮貌地讓她進去，並從鞋櫃裡拿了一雙女士拖鞋給她。

她換上拖鞋，跟著李惟往書房走。

他家面積很大，傢俱卻非常少，顯得異常空曠。客廳裡沒有電視，只有一個小小的透明茶几。

但是打掃得很乾淨，也完全沒有異味。

李惟從餐廳搬了一把椅子拿進書房，放在他的位子旁邊。書桌很大，兩個人一起用完全不會互相干擾。

「要喝水冰箱裡有，妳先寫作業，不會的記下來，一個小時後統一問我。」他說完後，就繼續手頭沒完成的推導。

張蔓想找點話題：「李惟，我們中午吃什麼？」

少年皺了眉，昨晚最後的思緒就斷在這裡，他現在心情很差，不想受到打擾。壓了壓心裡的煩躁：「冰箱裡有飯菜。」

張蔓聽說有飯菜，來了興趣，繼續問道：「你做的？」

「我媽媽做的……閉嘴。」他終於失去了所有耐心。

沒想到會聽到這個答案。

張蔓心裡一空，難受地攥緊了書包。她小心翼翼地克制自己的呼吸，不露出一絲端倪。她坐了一下，內心有個隱隱的猜測，於是藉口去洗手間，卻悄聲走到餐廳。

她拉開冰箱門，發現裡面有一葷一素兩個菜，都被妥帖地放置在瓷盤裡。她又去了廚房，廚具乾淨得像是完全沒人用過。於是她低頭，看了垃圾桶一眼。

果然，裡面扔著兩個便當盒。

張蔓關上冰箱門，靠在上面深深地喘氣，只有攥緊了手心才能克制住不難受得發抖。那種由心底觸發的寒冷和恐慌，讓她覺得明明他就在離她幾步路遠的書房裡，卻好似隔著一條銀河。

等心情平復好之後，張蔓若無其事地回到書房，拿出課本和習作開始念書。

高一的物理對現在的她來說已經很簡單了。前世，她考上了省內的師範大學，選的就是物理系。當時幾個同學包括老師都不太理解她，因為所有科目裡，她最薄弱的一直是物理。

畢業後，她成為了一名高中物理老師，教了這麼多年高中物理，這些簡單的運動學題目她早就爛熟於心。可是她懂得越多，他能教她的就越少。

於是張蔓漫不經心地挑了其中一頁，胡亂勾了選項。

因為做的是一件自己已經完全熟練的事情，一個小時的時間實在有些難熬。張蔓草草地選完選擇題選項，又在一些大題的下面隨便填了幾個公式，抬手看看手錶，時間才過去十幾分鐘。於是她一邊裝作在思考問題，一邊抬眼偷看李惟。

他還是習慣性地咬著筆，眉頭沒有最開始那麼緊皺了，大概是對眼下的問題有了新想法。他的右邊耳垂上有一顆小小的紅痣，莫名有些性感。他的嘴唇乾裂，唇紋分明，長長的睫毛在思考問題時忽閃忽閃的，黑漆漆的眸子明亮得嚇人，彷彿裝了整個宇宙。

他拿起筆，在紙上快速做著推導，順暢的思緒讓他很快寫完了滿滿一頁紙。張蔓看著紙上那些公式，她只能看懂零星一些，知道大概是量子力學的內容。

他是個物理天才。

他對這個世界的感知能力和洞察力，超旁人百倍。這樣的人，在有一定的知識儲備量後，往往能在枯燥乏味的課題中找到新的思緒。

並且他的聯想能力很強，一個複雜的物理公式，在普通人眼裡是一步步的數學推導，但在他眼裡卻是一幅生動的物理圖像。他能夠自然而然地把那些死的公式對應到直觀的物理現象上，這種敏銳的直覺讓他能夠比旁人少走許多彎路。

張蔓開始發呆。

前世念大學，以及後來工作時，她也曾遇過不錯的男生。但她心裡總會下意識地將他們和那個記憶中的少年進行比較，卻發現再沒有一個人能夠像他一樣讓她心動不已、念念不忘。

她從前愛他的敏銳，而現在，同樣愛他帶來敏銳思考的另一面。

張蔓想的實在入神，直到桌面被敲了敲，她才回過神來。少年正傾身檢查她面前的習作，看著看著薄唇逐漸抿起，到最後甚至冷哼了一聲。

他放下習作，推得離自己遠了些，似是再也不想看到那慘不忍睹的答案。

「妳下學期轉文科吧，妳不適合物理。」

「……」

張蔓張了張嘴，暗道糟糕，光顧著選錯選項，忘了物極必反了。只能強行幫自己挽回尊嚴：「我其實還是對物理很感興趣的，是剛上高中有點不適應。而且我雖然基礎差，但腦子不笨，你教教我，我肯定行的。」

少年聽她說得誠懇，神情稍微溫和了些，重新拿回那份考卷，仔細地看起來。

大概過了十分鐘，他側過身認真地看著她，表情有點生氣：「……我總結不出妳的問題，妳每一題錯的原因都不一樣，毫無章法。張蔓，一個人的思考和邏輯，不管是對的還是錯的，至少是一致的。但妳的答案，完全沒有體現出邏輯性，所以只有一種可能，妳全是亂選的。」

他說著站起身，面無表情地把她的書和試卷收拾好，放進她的書包裡。他很失望，看來這個在自己眼裡的公平交易，早就已經變了味。她想要的，或許並不是一開始說好的。

「妳回去吧，以後別來了，妳的心思不在念書上，我不想浪費我們的時間。」

……真是完全騙不了他。

張蔓見他要趕她走，瞬間急了，站起來攔在他身前：「李惟……你別生氣，也別趕我走，我承認我剛剛是亂寫的。老師講的我完全沒聽懂，不寫的話又擔心你覺得我態度不好。所以，我就亂寫了。」

她低頭，小心翼翼地拉住他的衣袖，聲音低落：「李惟，我不想下學期被調到普通班，只有你能幫我了……」

說著，眼淚不由自主地往外冒，剛剛努力壓抑的情緒在此刻被牽動，對他的種種心疼和擔憂在此時表現出來，倒像是被人誤會的委屈和難受。

她的眼淚砸在地板上，很快淌成了一小灘水漬，在淺色的木製地板上很明顯。少年盯著水漬，心臟突然揪了一下。

他捏了捏掌心。

他看過很多人哭，小聲抽泣的、淚流滿面的、歇斯底里的……世間百態，世事無常，總有各種各樣的不如意，但那些哭泣從未讓他駐足停留，因為對他來說，哭泣只是無能的人在面對無法應付的難題時無可奈何的脆弱。

但現在，她紅著眼拉著他的衣角，在他面前淌著眼淚，他忽然就感同身受了，心臟某個角落隨著她的抽泣，產生了奇怪的酸澀。

——他是不是話說太重了，或者說，他不應該拿對自己的要求去要求她，也不應該太過自信地去揣測她的心思。

他盡量放低聲音，從桌上抽了幾張紙巾遞給她，不自在地說道：「別哭了……妳還想學的話，我們繼續。」

好在面前的少女聽了他的話之後，慢慢停止哭泣，把臉擦得乾乾淨淨，坐下來重新拿出書本和習作，攤在兩人中間。

她的眼睛剛哭完，還溼漉漉的，嘴微微撅著，好像還是有點委屈。她吸了吸鼻子，用筆頭戳了戳習作上的題目：「這個。」

白嫩的手指握著筆，和習作上黑色的墨跡形成了鮮明的對比。

李惟突然感覺心裡有點癢癢的，他匆忙轉移了視線，不敢多看少女紅撲撲的臉頰。

「……加速度是速度的變化快慢，但它和速度之間沒有必然關聯。也就是說，加速度大，速度不一定大，反之亦然。妳想一想，一輛車在高速公路上行駛，速度是不是很快？但由於它是勻速，整個過程中速度沒有發生變化，所以加速度為零。」

李惟開始詳細地講解，張蔓這回學聰明了些，沒有全都說不懂，而是讓自己呈現出從完全不會到略知一二的狀態。

她自己還主動做對了幾道題，得到了李惟略帶讚許的點頭。

似乎在說，還有救，不算太笨。

一個多小時很快過去，李惟還不太適應一次說這麼多話，原本略微沙啞的聲音更顯乾澀。

張蔓心疼他，便提議先吃午飯，下午再繼續。

她自覺地去冰箱裡把飯菜拿出來，放進廚房微波爐裡加熱，又倒了兩杯水端進書房。

兩人對坐，安靜吃著飯，李惟垂著眼不知道在想什麼。

張蔓嚥下一口米飯，小心地問：「李惟，你……你媽媽今天不回來嗎？」

少年對她的問題沒有絲毫異樣，十分自然地回答道：「她已經走了，今天一早的飛機。」

「那……她平時住在這裡嗎？」

少年似乎並不抗拒和她交談這些瑣事，慢條斯理地嚥下一口飯：「她在我小的時候移民加拿大了，前幾天聽說我受傷了，所以回來照顧我兩天。」

張蔓看了看他的表情，沒有任何不對勁的地方，於是繼續問道：「李惟，你媽媽叫林茴？名字可真好聽，那……那她是個什麼樣的人啊？」

少年聽到這個問題，破天荒地彎了彎眼睛，似乎很愉悅。

「對，她的中文名叫林茴，英文名叫 Janet。Janet 是這個世界上最溫柔的母親，雖然我們離得遠，但她總會在我遇到困難時鼓勵我，支持我，幫我度過難關。」

Janet，就是這個名字令她印象深刻。

張蔓放下筷子，看著他的眼睛，聲音很認真：「嗯，我也覺得她一定是這個世界上最美最溫柔的母親。」

吃過午飯後，李惟繼續講題，他發現張蔓是個很聰明的人，學得非常快，了解基本概念以後，不需要他多費口舌就能輕而易舉地舉一反三。

到最後，他的表情也柔和了許多，甚至主動讓她明天早一點來。

補完課，張蔓站在門邊，猶豫片刻道：「李惟，要不……明天早上我過來幫你做飯吧。」

少年這才抬頭看她，目光似是有些許詫異：「妳會做飯？」

張蔓點點頭，又補充了一句：「我們可以一起吃早餐和午飯，這樣就可以節省更多時間自習。對了，明天補完課我可以留在你家自習嗎？我絕對不會打擾你的，明天晚上晚自習我們還可以一起去學校。」

她算得明明白白，像是完全為了兩人的時間成本和便捷程度著想。

少年考慮了一下，點頭答應。

張蔓有點開心，倚著房門問道：「那你想吃什麼？我的廚藝還不錯。」

李惟對吃的沒什麼執念：「妳看著辦吧，沒什麼事我進去了。」

說著，他向她點點頭，輕輕關上了大門。

第三章　著急向他解釋

回到家，張慧芳不在，大概出去和朋友聚會了。

張蔓記得前世張慧芳說過，她和鄭執的第一次見面是在朋友舉辦的派對上。她還記得他們在一起是明年一月左右的事。

她捏了捏眉心，告訴自己事情要一件件慢慢來。

剛回到房間，陳菲兒打電話過來。

『我今天上午打電話給妳，妳媽媽說妳出去玩了。』

張蔓解釋道：「沒有，我去李惟家了，他幫我補習物理。以後每週末都要去，不過我晚上沒事，妳要找我可以晚上。」

陳菲兒聽到李惟的名字，沉默了很久，低聲說道：『蔓蔓，妳有看到昨天晚上學校論壇上的文章嗎？』

「嗯，看到了。」張蔓放鬆身體，整個人橫躺在床上。太陽穴有點眩暈，可能是在外面中暑了。

『……妳怎麼這麼平靜，我看得心驚膽戰的。妳說，李惟小時候真的差點被他爸爸吊死啊？』陳菲兒很好奇，這種事在她們這個小城市裡簡直駭人聽聞。

張蔓深呼吸了一下，聲音盡量平靜：「嗯。」

『我的天……』陳菲兒倒吸一口氣，『精神病是家族遺傳吧？那文章下面好多人回覆，都說李惟和他爸一樣也有精神疾病，那他之後不是也有可能會做出這種恐怖的事嗎？蔓蔓，不然妳……還是離他遠點吧，就算長得再帥，還是生命安全重要啊。』

「菲兒，我都查過了，這種病有很大機率能治好的，只要患者積極配合治療，再加上家人的細心引導。」張蔓坐起來，為了安撫陳菲兒，她努力讓自己的語氣聽起來輕鬆歡快，「而且李惟的症狀和他爸爸不一樣，他主動傷害別人的可能性很小。」

『可是不怕一萬，就怕萬一啊……蔓蔓，妳到底喜歡他什麼？我們從小玩到大，我從來沒見妳對什麼事情這麼執著過。』

張蔓知道她是在擔憂自己，心裡酸脹脹的，又有點溫暖。

她認認真真地說：「菲兒，妳也說過我對什麼都提不起興趣。但是李惟不一樣……妳放心，我不會讓自己受傷的。」

『……算了，我被妳打敗了。怪不得人總說，平時看起來最與世無爭的人，爭起來最狠。』陳菲兒見她這麼堅定，知道她固執起來沒人能勸得動，『或許你說的對，這種病也不是治不好，何況我看他現在除了有點陰沉，其他倒是挺正常的。』

『不過蔓蔓，妳可真固執啊。』

張蔓聽她這麼說，搖搖頭笑了。

這句話，陳菲兒前世就對她說過。

前世，她過三十四歲生日時，陳菲兒陪她逛街。

那時陳菲兒肚子裡已經懷了第二胎，而她還單身。兩人一起去逛嬰兒用品，陳菲兒調侃她：「蔓蔓，妳說妳這麼多年沒找男朋友，不會是還喜歡高中妳們班那個男生吧？就是據說有精神病的那個，後來還保送去了B大。叫什麼來著，好像現在已經是國外什麼名校的教授了，李……」

她聽到這些話，直接在商店門口站住了。那種感覺，就好像是藏了多年、連自己都不去刻意回憶的祕密忽然見了光。她沒說話，可面色已經變了，呼吸紊亂。陳菲兒的玩笑話，戳中了她不為人知的心事。

陳菲兒瞧見她的臉色，聲音漸漸變小，過了半晌誇張地說道：「我的天……不是吧，不會被我說中了吧？都過去多久了，十幾年了？蔓蔓，妳可真固執啊。」

是啊，很多人都說過，她真的很固執。

喜歡一成不變的生活，習慣一直愛著一個人。

兩人又說了好半晌才不捨地掛了電話，張蔓躺回床上，把自己埋在被子裡。

李惟的爸爸是當時N城一個非常有名氣的商人，生意做得風生水起。但自從李惟出生後，他就開始變得不正常，後來更是神智不清到人都認不清。

在那次事情發生後，他曾經清醒了一段時間。

一個瘋子，最可怕的不是他一直瘋著，而是他瘋著瘋著，突然清醒了。

他清晰地記起自己對兒子做過的一切，於是，他崩潰了。當時的他，和後來的李惟一樣，接受不了自己完全無法掌控自己的事實，更惶恐地認為自己活著只會對兒子造成更大的傷害，於是選擇了自殺。

那時候，李惟還躺在加護病房，一個懵懂無知的小男孩，在那天之後失去了所有愛他的親人。

張蔓把自己埋進被子裡。

她想起白天在垃圾桶裡看到的那兩個便當盒，再也控制不住自己，壓抑地哭出聲。

他自己打電話點了外送，又把裡面的飯菜倒進家裡的瓷盤裡，卻絲毫不記得。在他的意識裡，那些飯菜，是他媽媽做給他的。

可是他媽媽林茴，在生他的時候因為難產去世了。

李惟從來沒見過他早逝的母親。他掛在嘴邊的那個在他很小的時候就移民去加拿大、並且每當他遇到一些困難都會回來陪他的媽媽，是他自己幻想出來的。

Janet，他腦海裡的媽媽，有個很好聽的英文名字……

李惟的妄想症很嚴重，不僅僅是幻聽，還伴隨更深一層的幻視。

前世，李惟自殺後，他的心理醫生Michael上了一檔心理健康的訪談節目，談起了他。

Michael說，李惟一直到成年後，才意識到自己很有可能得了妄想症，並且是帶有幻視的最嚴重的妄想症。

這種認知是非常可怕的，沒人能夠接受得了，尤其像他這樣自我掌控能力極強的人。他一度不能接受媽媽早在多年前去世這個事實，更不能接受自己可怕的妄想症。

他開始分不清現實和妄想，整個人變得極度敏感、神經質。從那時候開始，他懷疑周圍的一切現實都是假的，甚至懷疑他所研究的基礎理論物理的真實性，懷疑科學真理是否存在。世界觀引導方法論，堅信了將近二十多年的唯物主義世界觀，在經歷了細思極恐的幻視和幻聽之後，開始出現裂痕。而信仰的崩塌對於原本就孤零零存在於這個世界的他來說，是無法抵禦的狂風暴雨，足以摧毀所有的認知與堅持。

於是，在大二時，李惟爆發好幾次嚴重的憂鬱症，並開始接受第一次心理治療和與疾病的抗爭。

那之後，他休學了一個學期，課業和研究工作全部暫停。

那一個學期的空白，迄今為止沒有人知道他去了哪裡。沒有人知道，那段日子他是怎麼挺過來的，是怎麼一遍一遍告訴自己，這個世界是真實的，只有他自己出了問題。

但等他回來之後，他找到了方法，逃避、壓抑著自己的妄想症，重新艱難地繼續自己的學業。

好在精神疾病的另一方面，是他超越旁人百倍的洞察力與對世界的感知。

他的研究進行得很順利。

大三那年，李惟以驚人的科研天賦在對偶糾纏熵領域做出了非常重要的突破，發表了一篇物理報導期刊，短短幾個月內引用量驚人，整個理論物理界都為之轟動。這篇文章被評為近十年來該領域最重要的進展，許多人難以置信文章的第一作者竟然是一個大三的學生。

後來，他順利被史丹佛錄取全額獎學金博士，三年之內就拿到了博士學位，甚至畢業以後只做了一年博士後研究員就被普林斯頓大學聘為教授。

風光和轟動背後，對他來說，是一片看不到希望的黑暗。掙脫不出，逃離不得，像是踏上了一座深淵之上的獨木橋，稍有差池便是萬劫不復。

Michael 說，由於科研工作繁忙，他沒有心思靜下來思考自己的人生，潛意識裡不由自主地壓抑自己的妄想症，並借助藥物控制。

藥物對於妄想症的作用非常有限，更是對他的記憶力和判斷力都有一定損傷。藥量一天天增加，但他的精神疾病卻越來越嚴重。

直到三十五歲那年，他研究了多年的課題終於取得巨大突破，一舉斬獲當年的諾貝爾物理學獎。短暫的鬆懈使得之前壓抑的病症統統爆發，在一次次的努力對抗失敗之後，他和他父親一樣，選擇了結束自己的生命。

頒獎典禮前一天他在家中的浴室裡割腕自殺，張蔓看過社群上一張打了馬賽克的圖片，大片鮮紅的背景，曾經讓她每日每夜地陷入夢魘。

——他曾說，他有預感總有一天，黑暗會澈底將他吞沒。

——人間如廣袤宇宙，不是每顆星球都能有幸安安穩穩地完成所有的演化和坍縮。有那麼一些人生來就是不幸的。他們輾轉一生，跌跌撞撞，拚盡全力想要活在這世上，卻被命運一次次逼上絕路。

他逃不開。

九月氣候多變，白天還是烈日當頭，而現在卻是電閃雷鳴，狂風暴雨驟然而至，猛烈的雨點毫無憐惜地打落窗臺上青綠色的爬牆虎。

悶熱潮溼了好幾日，空氣裡的水氣達到飽和，隨著暴雨來臨，溫度驟降。

窗外夜色如墨，這樣的暴雨天沒有月色。許多行人猝不及防地狼狽奔走，想要尋找一個可以躲雨的屋簷。這種大雨之中，所有人都只能妥協，停下腳步暫時停留。

除了時間。

時間風雨無阻地走著，它最是無情，重複著前行和拋棄，從未停留。

房間裡的紗窗開了半扇，微冷的風撲進來，帶來一陣冰冷水氣。張蔓抬手蓋在眼睛上，眼淚順著眼角流下，沾溼了枕頭。

她知道自己從來不是一個勇敢聰明的人，但勝在比旁人執著。

總有一天，她能把他從他自己的世界裡拉出來，一年不行就五年，五年不行就十年。

——好在還有將近二十年。

然而現在，李惟對於自己患有妄想症這件事情是完全沒有意識的，在他的意識裡，他媽媽每次在他需要她時，都會回來一次。

這一次的觸發點，應該就是那封需要家長簽名的道歉信。

他的妄想症，其實從很多細節都可以發現。

比如道歉信上的簽名，張蔓仔細對比過，那個字跡其實就是更加秀氣的李惟自己的字跡。還有，他家的廚房一塵不染，沒有任何做過飯的痕跡，何況垃圾桶裡還丟了兩個便當盒。

但妄想症患者往往會忽略一些不合理的地方，哪怕李惟的邏輯思考很縝密。

所以，想讓他自己發現這件事是非常困難的，並且極度危險，很容易對他的精神狀態造成巨大的打擊，就像前世那樣。

張蔓想著所有的可能性，恍恍惚惚昏睡過去，太陽穴脹得痠痛無比。這一夜，在從未停歇的雷聲轟鳴中，她又開始了反反覆覆的夢魘，夢裡的背景一半是刺目的鮮紅，一半是嚇人的黑暗。

一夜暴雨過後，悶熱的天氣多了一點清新，幾隻麻雀停在窗臺鳴叫，聲音很鬧嚷。

張蔓醒來感覺不太對勁，外頭的陽光透過窗戶照進來，閉著眼也能感受到那種令人疲軟難受的灼熱。

她渾身無力，頭痛欲裂，嗓子疼得像是裡面藏了無數把刀子，別說起床，動一下都沒力氣。

該死，應該是昨天在外面中暑了，後來外頭下雨又沒有關窗，著涼了。她迷迷糊糊地叫喚一聲，張慧芳從外面進來，伸手摸了摸她的額頭。

「張蔓，妳怎麼搞的，額頭這麼燙？我昨天回來發現，妳沒關窗就睡著了。」張慧芳的手心被燙了一下，拍了拍她燒得通紅的臉頰，語氣有些焦急。

張蔓張了張嘴想解釋，喉嚨沙啞得發不出一點聲音。

張慧芳從床頭櫃的藥箱裡翻出一支溫度計，放到她的腋下，幾分鐘後拿起來一看，竟然有三十九度八。

「燒得太厲害了，蔓蔓。還能堅持嗎？走，我帶妳去醫院。」她把雙手伸到張蔓手臂下面，將她整個人從床上摟起來，扶著她穿好衣服。

張蔓怔忡著，思緒因為發燒而變得不清晰。

蔓蔓。

她似乎有很久很久沒聽過張慧芳這麼叫她了。

依稀記得小時候，張慧芳也會抱著她，幫她打扮得漂漂亮亮地帶她出門，和朋友們介紹時都這樣親暱地叫她。但後來她越來越沉默，母女倆的關係也變得冷淡。

紛亂的思緒沒能持續多久，她燒得昏睡過去。

張蔓睜開眼，發現自己在醫院的點滴區。整個大房間裡放了十幾二十張單人床，有幾張空著，但大部分都有人在打點滴。空氣裡消毒水味道很濃，嗆得她有點不適應，翻身咳嗽幾聲，腦袋依舊昏沉。

張慧芳趴在她旁邊打瞌睡，被她翻身的動靜驚醒，抬起頭，聲音驚喜：「張蔓，醒了？喝水嗎？」

張蔓點點頭，呆呆地坐起來。她抬了抬手，發現自己的左手打著點滴。

張慧芳扶她坐起來，餵她喝了小半杯：「想吃點什麼嗎？我買了炒麵和餛飩。」

吃點什麼……糟糕！

昏沉的大腦猛然清醒，張蔓想起她昨天答應李惟今天要幫他做飯的事。她急急忙忙從床上站起來，穿著鞋子就想往外走，卻被張慧芳一把拉住。

「妳幹什麼去？也不看看現在幾點了？燒得這麼厲害瞎折騰什麼？老實點，點滴都沒打完呢。」

張蔓愣了一下，頭頂的日光燈晃了眼，這才發現已經是晚上了，她竟然昏睡了一整天……

她心裡一抽，整個神經開始緊繃。

不知道李惟會不會一直在家餓著肚子等自己，他應該不會這麼傻吧？

張蔓雖然覺得不可能，但一想到李惟的精神狀態，她就沒辦法放鬆下來：「媽，我真的有事，我和同學說好了今天去他家補課的。」

張慧芳不贊同地瞪她一眼：「回去躺好！現在已經晚上十一點半了，有什麼事可以明天再說。」

竟然已經這麼晚了？她還以為只是七八點鐘。

張蔓看了窗外濃重的夜色一眼，頹然地走回床邊坐下。她翻開手機，卻無奈地想起來，她沒存李惟家裡的電話號碼。

張慧芳看了她的手背一眼，倒吸一口氣：「嘶，讓妳瞎鬧，都回血了。明天白天的課我幫妳請了假，妳這次病得太嚴重，燒還沒退，醫生建議再住一天。」

她說著，把點滴瓶掛得高了些。

手背有些脹痛，張蔓卻沒心思去管，只搖了搖頭，堅持道：「不行，我明天得去上課，我已經好多了。」

她怕張慧芳不同意，又連忙補充了一句：「剛開學就請假，我怕我會跟不上，而且物理和數學下節課都是重點。」

當天晚上，張蔓想著李惟的事，翻來覆去地睜眼到了天亮。

第二天，她頂著兩個黑眼圈，早早地到了學校。

雨水初歇，空氣中恢復了往日的悶熱和潮溼，整個教室像是一個密閉的大蒸籠，悶得人心頭煩躁。

還沒到早自習的時間，同學們陸陸續續地來了，坐在位子上討論起週末的趣事。張蔓聽到他們似乎在討論李惟，交談間零星有「文章」、「可怕」之類的詞彙。

她沒去在意，坐立不安地盯著教室門口，緊張地等李惟來。張蔓此刻的心情忐忑又焦慮。明明兩人的關係在週六總算有了點進展，昨天她卻放了他一天鴿子。

早上六點五十五分，少年踩著早自習的鈴聲到了教室，周圍一些同學見他進來，嘈雜的竊竊私語戛然而止，看書的看書，寫作業的寫作業，但眼神還是時不時往他身上飄，帶著好奇的探究和不太敢靠近的恐懼。

張蔓眼神一亮，立刻站起來讓他進去：「李惟，你來啦？」

誰知少年根本沒看她，面無表情地坐下後自顧自地拿出課本，攤開。那雙黑漆漆的眸子裡，看不到一絲神采。

沒有責怪，沒有質問，也沒有憤怒，就好像完全忘了她昨天說要幫他做飯，又放了他鴿子的事。

張蔓看到他的反應，咬了咬下唇，雙手來回摳著木質椅子的邊緣，不知道該怎麼開口。她的心跌到了谷底，又難受得厲害。

他一定是對她失望了。或者更應該說，他本來就不對任何人抱有希望，而她現在已經被他列為眾多不相干的人之一。

他的毫不在意，意味著兩人的關係直接降到了冰點。

良久，張蔓低著頭，小心翼翼地扯了扯他的袖子：「……李惟，我昨天生病了，所以沒去，你……你別生氣啊。」

少年往窗邊讓了一下，避開了她的碰觸，點點頭沒說話，似乎並不想知道她沒有來的原因。他一向愛乾淨，但為了避她，校服袖子蹭上了旁邊的白牆。

張蔓手心一空，心中越發難受起來。

他昨天會不會一個人在家等了她很久呢……？後來，她一直都沒去，他有沒有焦躁不安？她答應了幫他做飯的，那他是不是到了很晚都沒吃……

還是說，他又想像了他媽媽回來幫他做飯呢？

這時，少年聲音沙啞地開口：「這些我都能理解，妳以後不用來了。我給妳的那本習作妳留著，上面有很多我寫的總結，還是有點用的。」

他說得很輕，語調絲毫沒有起伏，整個過程中也沒看她。說完便自顧自地看起了書本。

張蔓有些不明白他是什麼意思，他說，他都能理解。

理解什麼？

腦海裡忽然映入剛剛同學們爻頭接耳和看向他的不善目光，她心裡一驚，雜亂的思緒理出了一根線頭。

原來他誤會了……誤會她和其他人一樣聽了那些傳聞，對他敬而遠之，不敢再去找他。

他以為她拿生病當藉口，目的只是為了順其自然地遠離他。

是受到多少不公平的對待，才會形成這樣的條件反射呢？

他是習慣了吧，習慣別人的遠離和孤立。

張蔓的心臟一抽一抽的，在心底暗罵自己好幾句。她恨不得時間能回到昨天早上，如果知道他會誤會，就算燒得再厲害也要告訴他一聲。

她著急地靠近他，直接把左手伸到他面前：「不是這樣的，李惟你看，我沒騙你，我昨天真的生病了，針眼還在手上呢。」

少年聞言安靜了片刻，之後垂下眼眸，看著面前少女白淨的手。

她的手很小，而且很瘦，指甲剪得乾乾淨淨。手背上的皮膚白得幾乎透明，以至於上面的血管很明顯，像是蜿蜒纏繞著的青色藤蔓。

其中一條血管上，一個紫紅色的針眼結痂了，旁邊還帶著一圈瘀青，顯得有些觸目驚心。

她的語氣很著急，帶著委屈和焦慮。似乎他不相信她，她就要一直據理力爭，直到他相信為止。

就好像他的相信對她來說，那麼重要。

李惟突然想起那天她在他家裡掉的眼淚。

真奇怪，明明平時是個安靜又慢條斯理的人，有的時候又委屈得不行。

他默默推開少女的手，還是沒說話，但從昨天上午一直持續到現在的某種情緒，某種快要壓制不住，即將奔騰而出的狂躁情緒，在這一刻突然平靜了。

——像是猛烈的雷聲過後，最終沒能下起大雨。

少年轉過頭，看著窗外。外頭是雨後夏日初升的朝陽，灼熱的光線晃得他有一絲眩暈，他抬手按了按心臟跳動的地方，有種陌生的酸澀緊繃感悄然而逝。

張蔓看不出他表情有什麼變化，見他推開自己，以為他還是不相信，更著急了，聲音裡都帶了一點哭腔。

「你還是不信嗎？李惟，我對你沒有一點……」

她的話被打斷。

——「下週六多上三個小時，把昨天的課補上。」

張蔓一愣，半晌才反應過來，連忙笑著說好，從昨晚到現在的沉重心事瞬間放鬆了不少。真好，他還願意相信她。

然而張蔓的好心情沒能維持多久。

下課時，她去走廊盡頭的茶水間幫李惟裝水，遇見了戴茜和班上另一個女生周小琪。

周小琪是班上的英語課小老師，亦是前幾日熱衷於搭訕李惟的女生之一。

周小琪排在她後面，見她拿著李惟的杯子，有點好奇地問：「張蔓，我看妳跟李惟挺熟的，你們之前就認識嗎？」

張蔓擰開瓶蓋裝水，搖搖頭：「不認識。他受傷了，我是他隔壁桌，只是做一些力所能及的事。」

周小琪聽了點點頭，戴茜卻「切」了一聲，晃著手裡的杯子：「我理解妳，誰叫李惟長得這麼帥，腦子又聰明。要不是他……說不定我也倒追他。妳沒看我們學校論壇嗎？妳不知道，關於李惟的傳言太多了，聽說他還……」

張蔓裝完水，不客氣地打斷了她：「我裝完了，先進去了。」

說完沒等她們，轉身就走。

她知道所有人對李惟的態度會有大轉變，但親耳聽到，她又覺得難受。

不如眼不見心不煩。

回到教室，她把水杯放在李惟的桌角，趴在桌子上沒說話。

她對她們的行為感到很難受，但又沒辦法說什麼，總不能揪住每個人，去告訴他們李惟並不可怕、不會傷害他們吧？

人都是這樣的，對於自己不了解的事情會有一種莫名的恐懼，何況是本來就可怕的「精神分裂症」。

大人尚且如此，何況一群十六七歲的孩子。

這一天下來，同學們的態度和之前相比果然有了巨大的改變，值日的同學下意識地避開李惟的位子，就連小組長收各科作業時都沒主動來收他的。他們自然而然地，把他隔絕在了班級之外，雖然沒有直接的語言和人身攻擊，但這樣的冷暴力往往更讓人崩潰。

張蔓看得心裡痠痛，可李惟卻完全不在意，他還是自顧自地看書寫字，偶爾累了看看窗外的草坪，靜悄悄的，像從前一樣。

因為早就預料到了，所以，也不會失望。

午休後便是一週兩次的體育課。

體育課男女分開，分別由兩個體育老師教，男生和女生各站在操場中央排球場的兩邊，中間隔著一個大大的排球網。

還沒上課，張蔓便覺得頭暈，她伸手摸了摸額頭，溫度略燙。她向體育老師請假，誰知老師全程黑臉，根本沒仔細聽她的話，訓斥了一番態度不端正不積極，聲音嚴厲地讓她歸隊站著。張蔓這才知道，原來在她之前便有六個女生請假，原因大多是頭痛腦熱、肚子疼。

她暗自苦笑地歸了隊。

正值下午兩點多，九月份的太陽似乎能把人灼傷。

張蔓站在操場上，只覺得額頭一直往外冒虛汗。水泥地被燒得滾燙，熱辣暑氣透過帆布鞋薄薄的底往上傳。更有強烈的太陽光直直地打在裸露的頭臉之上，她渾身開始發燙，好像馬上要融化在陽光裡。

她發著燒，昨天又擔心得一夜沒睡，站了沒幾分鐘，雙腿就開始顫抖，無力感再一次襲來。張蔓咬了咬牙，想上前告訴老師自己真的堅持不住了，結果剛邁開腿就眼冒金星、渾身發軟地摔倒在地上。

「啊……」周圍的女生一陣驚呼，體育老師見狀也匆忙過來，見她臉色潮紅地軟倒在地上，滿頭虛汗的模樣，這時才開始著急。

她對著排球網的另一邊招了招手：「那邊來個男生，帶這位女同學去醫務室！」

話還沒說完，就發現已經有個男生遠遠地跑過來，個子很高，俊秀精緻得不像話，看起來也結實。

——可是手上打著石膏，掛著繃帶。

體育老師頓時哭笑不得：「這位同學，你手受傷了，過來也沒用啊。」

李惟一怔，停下腳步，看了自己掛在繃帶上的左手一眼，抿緊了唇。

他視線下移，少女被周圍幾個女生扶著坐在地上，巴掌大的白皙小臉上此時泛著不正常的酡紅色，厚厚的齊瀏海都被汗水打溼了，一綹一綹貼在額頭上。

她的嘴唇很乾裂，微張著，小口小口地喘氣，眉頭緊鎖，顯然是極不舒服。

少年握了握空著的右手，額角的神經又開始劇烈跳動，心裡的焦躁不斷蔓延。

怎麼在這種時候，出了差錯？

這時另外有幾個男生聽到老師呼喚，也過來了，其中就有體育股長劉暢。

少年看了劉暢一眼，他個子高，長得也壯實，抱張蔓去醫務室完全沒問題。他低著頭沉默片刻，打算轉身離開。

——卻在要轉身時被拉住。

張蔓這時完全沒注意到其他人。她不敢相信地看著李惟著急地小跑過來，心裡的驚喜已經遠遠大於一切。

她見他似乎要走，立刻掙扎著站起來，伸手拉住他的右臂借力，讓自己半倚靠在他身上：

「老師，我可以的，讓他扶我過去就好。」

少年的胸膛猝不及防地接觸到少女溫熱的身體，在大腦反應過來之前，他迅速伸出右手，固定住她的腰，讓她能更安穩地靠在他身上。

沒有人注意到，他低下頭，嘴角逐漸彎起，那對好看的睫毛輕眨了兩下，像是夏夜鳴蟬的翅膀。

雙城溪邊的垂柳到了最茂密的時候，顏色是濃厚的深綠色，此時無風，每一根枝條都安安靜靜地垂向水面。

因為是上課時間，整個校園裡靜得只剩幾隻知了的鳴叫。空氣裡的悶熱讓這個夏日幾乎凝固。

李惟摟著張蔓的腰，右手施力把她往上提，讓她整個人都靠在他身上，幾乎不用花什麼力氣。他配合著她的腳步，走得很慢。

陽光毒辣，他右手摟著她，本能地想伸左手幫她擋一擋。

半晌後抿了抿唇，低聲提醒：「……妳自己抬手遮一下太陽，別再中暑了。」

張蔓聽話地點點頭，抬起左手五指併攏放在額前。太陽太大，她擔心他也中暑，於是又伸出右手，伸過去往上放，企圖擋在他的頭頂。

可惜她個子太矮，幾根手指頭差點戳到少年的眼睛。

「……不用幫我遮，擋到視線了。」

「……哦。」

張蔓訕訕地收回手，抬頭看著他緊繃的下頜線，輕聲問：「李惟，你剛剛看到我摔跤了，所以才跑過來嗎？」

他跑過來時，體育老師還沒叫人。

「嗯。」

少年的聲音有些緊繃，語速也比平常快，沙啞之中明顯帶了點冷硬：「生病了為什麼不請假？」

張蔓感覺臉上有點癢，於是藉著他的校服布料蹭了蹭臉頰，聽他這麼問，自然地回答：「你知道的嘛，我物理那麼差，要是再蹺課，我怕我跟不上。」

她又小心翼翼地問：「喂，李惟，你昨天餓肚子了嗎？」

少年抿了抿唇，好半晌誠實地點點頭。

知道她早早要來，他很早就起了。她說她要幫他做飯，他就在家裡一直等著，等了她一天，也餓了一天。

很久沒有這樣等一個人，從清晨等到夜幕，時間好像都靜止了。

昨晚，他坐在書房裡發著呆，什麼也看不進去，整個人像是瘋了一樣煩躁，腦海裡無法控制地想著一些無意義的東西。

——她終究還是不想再來了吧，就像從前那些對自己獻殷勤、後來又逃得遠遠的人一樣。

——不是早就習以為常了嗎，為什麼一想到她也這樣，他的心就像是被一股黑暗戾氣往下拖，前所未有的煩悶和暴躁。

幸好，她沒有。

張蔓得到答案，心裡有些難受，她伸手抓了抓他的衣袖，輕搖著：「李惟，我下週一定做好吃的給你。昨天是我不對。」

「先管好妳自己。」少年的聲音發硬，也不看她，不知道有沒有同意。

走過小拱橋就到了醫務室。

短短兩個星期之內，兩人已經是第二次來醫務室，頭髮花白的醫生還記得他們。

他推了推老花眼鏡，笑著調侃：「你們兩個小同學是嫌我一個人待著太無聊，搶著受傷、生病，其實是來找我聊天的吧？」

張蔓笑了笑，靠著李惟的肩膀坐下來，其實到了室內，陽光沒那麼劇烈，她已經沒有之前那麼難受了，只是貪戀他身上清新的肥皂味和暖暖的體溫，不想離開。

醫生看著兩人，眼裡閃過一絲了然，輕咳了一聲，拿出溫度計幫她量體溫。

幾分鐘後，醫生看了一眼溫度計：「有點輕燒，之前吃過藥嗎？」

張蔓老老實實回答道：「嗯，昨天燒得厲害，在醫院裡待了一天，打了點滴，也吃了藥。」

醫生又問：「妳知道昨天吃了什麼藥嗎？」

張蔓搖搖頭，昨天醒過來已經是半夜了，她心裡又著急，根本沒注意。

醫生沉思了一下，給出建議：「妳現在不嚴重，就是有點低燒還沒退。我擔心我開的藥和妳之前吃的藥會有衝突。慎重起見，妳最好還是請假回那家醫院繼續輸液。」

「好，我等等打電話給我媽媽。」

張慧芳來得很快，見到李惟扶著張蔓，看了他幾眼後向他道謝，立刻把帶著火氣的矛頭指向張蔓：「說什麼也要來上學，我後來想想就覺得不對勁，妳有這麼好學？是不是為了跟妳那個同學解釋？張蔓，妳可真是固執啊，等個一兩天怎麼了，妳生病了人家還能怪妳嗎？活該發燒燒死妳。」

張蔓想一把捂住她的嘴，她剛跟李惟解釋了自己是因為不想蹺課才沒請假的，這不是立刻打臉嗎？

她有些尷尬地抬頭看李惟，卻發現少年的表情沒有任何變化，眼眸微垂，不知道在想什麼。

張蔓鬆了一口氣，心想或許他根本沒注意聽。

去醫院的路上，張慧芳對李惟表現出了極大的興趣：「張蔓，剛剛那個扶著你的男生是誰啊，長得有點像年輕時候的那個明星，誰來著，就是很有名的演電影的那個……這麼好的帥哥可別錯過了，以我的人生經驗，這個長相算是極品了！」

張蔓聽她嘰嘰喳喳地說著，心裡有點無奈。張慧芳就是見著美男走不動路的人，年輕時這樣，到現在也沒改。

她無力地申訴：「我還病著呢。」

第四章　想要給他溫暖

病去如抽絲，張蔓的感冒足足用了一週才好。

週六，她七點多就起床了，背著書包去了附近的菜市場。

清晨的菜市場很熱鬧，這年的N城還沒有像後來那樣統一規劃每個攤位，菜販們零零散散擺著攤，有一些甚至就擺在路邊。

張蔓琢磨了一下要做的菜，挑了需要的食材，又順便買了幾個芒果。

半個多小時後，她拎著東西到了李惟家。客廳裡開著冷氣，溫度很低，張蔓一進門打了個哆嗦——她今天穿著條露肩的無袖連衣裙。

少年頭髮有些凌亂，看樣子是剛剛被門鈴吵醒。他穿著灰色的長袖家居服，左邊的袖子被剪開方便打著石膏的左手活動，樣子顯得有點滑稽。

見她凍得直哆嗦，他皺了皺眉：「生病了還穿這麼少。」

張蔓反駁：「我已經好了。」

少年看了她一眼，目光微涼，也沒說話，轉身回到臥室，沒多久走出來，手上還拿了一套衣服。

是和他身上那套家居服一樣的款式和尺寸，只不過換了個顏色。

他把衣服褲子遞給她：「換上。」

說著，又去客廳把冷氣的溫度調高了一點。

張蔓聽話地套好上衣，衣服太大，她穿上就遮到了大腿。長長的袖子把她的手臂整個包起來，柔軟的棉質布料在冷氣房裡顯得很溫暖。

而且，還帶著和他身上一樣的清新肥皂味。

她為難地看了眼手上的褲子：「褲子也要穿嗎？」

少年的目光往下，在她光溜溜的雙腿上停了一瞬，點點頭。

「那……你轉過去。」

少年這才反應過來，咳嗽了一聲轉過身去。

張蔓迅速套好褲子，發現真的長了好大一截，根本無法走路。她把褲腳折了三四折，把衣袖也折了三四折，才能自由活動。

倒像要下田插秧。

張蔓看了看自己，又看了看李惟，兩人穿著一模一樣的家居服，不過他的是灰黑色，她的是藏藍色，很像情侶款。

她把食材拎進來，跟他打了一聲招呼，便進廚房忙碌了。剛往油麵筋裡塞上肉，才發現少年靜靜倚在廚房的門邊，直直看著她的動作，眼神似是不解。

張蔓笑了，揚了揚手裡的麵筋：「這是H城那邊的菜，油麵筋塞肉，我放了蘑菇丁、洋蔥末和肉末，味道很不錯的。你等等嘗嘗就知道了。」

少年點點頭，卻仍靠在門邊沒走。

「你不用在這裡看著我，飯好了我叫你，你去忙你的吧。」張蔓抬起手背蹭了蹭額頭。

「……嗯。」

少年又看了她一下，才轉身去了書房。

鍋裡的水燒開，張蔓把油麵筋一一放進去，加了一些調味料，心裡舒了一口氣。

不到一個月，李惟對她的態度已經柔和了許多，今天竟然還給她穿他的衣服。

雖然，離喜歡還差得很遠。

這點張蔓很清楚，這個冷淡又偏執的少年，他曾經喜歡她的時候，眼睛裡有光，擋也擋不住。不過她的心裡充滿了希望，想要幫他治病，首先得讓他完全信任她，現在這樣還不夠。

張蔓一共做了兩道菜，肉末茄子和油麵筋塞肉。這兩道菜還是前世去了H城以後學的，符合江南人的口味。

只是沒想到李惟家裡連米都沒有，她只能煮點麵條。

她手腳俐落，不到半小時，熱乎乎的菜和麵條就上桌了。做完飯菜，她又切了兩個芒果，細緻地擺了盤。

張蔓擺好碗筷，走去書房。李惟正埋頭看書，專心致志到根本沒注意她進來。

張蔓兩手撐在書桌上，彎腰看對面的他。少年專注起來的樣子，很像古代兩耳不聞窗外事，一心唯讀聖賢書的書生。

從某種角度來說，有時候，張蔓也挺羨慕他的。人這一生很短暫，有多少人雖然長壽，但窮其一生都沒能尋到生命的方向和意義，一直碌碌無為地虛度光陰。李惟卻從很小的時候就找到了屬於自己的天賦和使命，哪怕背後是廣袤無邊的黑暗。

張蔓耐心地等他寫完最後一個公式，這才出聲。

「喂，李惟，吃飯啦。吃完飯再看也不遲。」

少年點頭，抬手揉了揉太陽穴。他看起來有點疲憊，但眼裡卻帶著些許興奮和雀躍。看來是學習有了進展。

兩人一前一後走到餐桌前，李惟看著桌上豐盛的菜式，眼裡有些怔忡。

紅木餐桌擦得一塵不染，餐桌的一角放著一個閒置的復古燭臺，上面並沒有放蠟燭。桌上放著兩道擺盤隨意但色澤誘人的菜餚，還沒靠近就能聞到香味。

其實大多數時候這個餐桌是閒置的，他一個人住，通常都直接在書房裡吃飯，草草吃幾口，或許還會一邊吃一邊看書。

但今天是兩個人。

少年抿了抿唇，坐下，拿起面前的碗筷。

張蔓突然有點期待，又有點緊張。她對自己的手藝是很有信心的，但李惟的口味她還真的不清楚。

「快嘗嘗！」張蔓夾了一個油麵筋到他碗裡，放下筷子，雙手捧腮期待地看著他。

少年夾起麵筋咬了一口。他的吃相很好，明明每一口咬得不算少，但細嚼慢嚥，也不會發出一丁點聲音。

張蔓仔細觀察他的神色，很好，完全沒有皺眉。

她心裡暗喜，放心地坐下，和他一起吃。

由於李惟只有一隻手能用，不太方便，張蔓一邊吃一邊用公筷夾菜給他。

事實證明，這兩道菜應該是很合他的口味，因為到了最後，盤子裡僅剩的一根茄條都被他一掃而光，油麵筋更不用說，一個也沒剩。

張蔓看著空空的盤子，嘴巴微張，她原本還打算吃不完的留著中午拌麵。

她把兩個空碗收在一起，從餐桌上抽了一張紙巾，從中間撕成兩半，一半自己擦嘴，另一半自然而然地遞給他。

遞出去的剎那她暗道一聲糟糕，平時和陳菲兒一起吃東西太習慣。然而就在她猶豫著要不要收回的時候，少年伸出右手，接過那一半撕得不太平整的紙巾，無比自然地擦了擦嘴角。

由於今天要把上次的三個小時補上，所以補習時間變成了上午三小時，下午三小時。

李惟安排了時間，讓張蔓上午做習題，他下午統一講。

張蔓吸取了上週的教訓，挑了一些比較難的題目隨便寫，基礎的題目她做對了大部分。李惟依舊坐在她身邊，看自己的書。張蔓注意到，他還是在看之前那本量子力學，不過頁數已經往後翻很多了。

很快，兩人在靜謐的氣氛中度過整個早上，期間張蔓一邊寫作業，一邊幫李惟換計算紙、換墨水，照顧他的不方便。

中午兩人草草地吃了些麵條就開始講課，李惟翻了翻張蔓寫得密密麻麻的習作，看了幾分鐘，還算滿意地點點頭。

「有進步，不過稍微複雜一點的綜合題妳還是沒搞清楚。比如這題，不單純是運動學，還有力學。記住，力學和運動學方程式現階段只有幾個公式、幾個變數，只要妳搞清楚題目的已知條件，還有題目要讓妳求的未知數，再找出它們之間的函數關係就沒問題。妳想要解出幾個未知變數，就需要相同數量的線性無關方程組……」

李惟見少女皺著眉，意識到自己剛剛的那句話超過範圍了：「不好意思，剛剛說得深了，妳可以大致理解成，幾個方程式，幾個未知數。比如這題，妳最終解不出來是因為妳有四個未知變數，但妳只列了三個方程式。」

「還有這題……」

張蔓一邊聽，一邊乖巧地點頭，心裡有些震驚。

他從來沒學過教師學程，但講起課來清晰明瞭，每一種題型都能一下子就抓住重點。就算她原本很熟練的答題技巧，在他的講述下也得到了一些新的想法，所以並不枯燥難捱。

其實只要跟他在一起，不管做什麼，她都覺得時間過得飛快。

總算講完了所有習題，李惟又負責任地幫她總結力學和運動學的所有內容，甚至帶著她預習老師還沒講的內容。

結束時，時間已經是晚上五點多。

張蔓伸了個懶腰，走到落地窗前，看著窗外。李惟家離西海岸不遠，樓層又高，從窗戶眺望出去能看到一片蔚藍色大海。

正值日落，海平面與天的交界處，泛起了片片紅霞，一層一層堆疊著，深淺不一。

她轉過身，看著仍在看書的李惟。

他和她真的不一樣，他似乎有用不完的精力。回想起來，張蔓幾乎沒看過他有其他的活動，除了吃飯睡覺，就是學物理。

或許是性格使然，更是興趣驅使。

他國中時就學完了微積分、線性代數和機率論。有了這些數學運算能力，他就開始自學電磁學、哈密頓力學，再到更深的量子力學和廣義相對論。

他一本一本地往上學，努力豐富自己的知識儲備量。

張蔓深刻地覺得，其實那句老話真的沒錯，天才是百分之一的靈感，加上百分之九十九的汗水。就算他有再敏銳的思緒，如果不是這麼瘋狂地鑽研，也只會明珠蒙塵。

「李惟，我每週加起來到你這裡補課六個小時，會不會打擾你念書？」

少年拿著書的右手頓了頓，接著輕輕闔上書，站起來，走到她身邊。

窗外不遠處，湛藍大海擁抱著落日的餘暉，在重複著每天這個時候該有的退潮。

正好是下午五六點，一片被海水浸泡了一天的深色沙灘逐漸袒露出來，和乾燥、淺色的沙灘形成了一條明顯的分界線。

他沒有直接回答她的問題，而是說：「日月的引力場導致地球上潮漲潮落，我們人也一樣。我也不是一天二十四小時都能靜下心來思考。」

「妳在，我在潮落的時候正好有事可做。」

他的聲音一貫冷清，帶著些許沙啞。他的眼裡裝著蔚藍色的大海，裝著暖紅的天空，更裝著一片無邊無際的廣袤星辰。

他的命運單薄而悲慘，卻有這個年紀的少年很少有的堅定意念和廣闊胸懷。

她看著少年認真的眼神，突然溼了眼眶：「李惟，你一定要相信自己，你以後會成為一個很偉大的人。」

——這樣的他，讓她驕傲得熱淚盈眶。

少年聽到她的話，心裡不知為什麼有點想笑。她說得太肯定，就好像親眼看到了。

他突然有點想要打開心扉，對著這個整面物理試卷幾乎錯一半的女孩。

「我想要的，從來不是偉不偉大。張蔓，其實人類科學發展到現在，還有太多未知。現存的科學體系，只不過是無邊黑暗中的螢火之光，我想要的，只不過是能有在黑暗之中思考的能力，能夠閉著眼，去一點點探尋那片未知。」

他說著又輕笑著搖頭：「……我和妳說這些幹什麼，時間不早了，妳早點回去。」

張蔓看著他一閃而過的笑容，怔住了，他竟然笑了。在說起他最熱愛的物理時，他成了一個無比純粹的人，沒有痛苦、沒有折磨、沒有孤獨。

笑容是李惟臉上最不可多見的表情。可是他不知道，他笑起來時，眼睛彎彎的樣子有多麼好看。

好看到她那天直到回家，整個心臟都在怦怦直跳，無法平息。

她想，這輩子，她要拚盡全力守護這個笑容。

九月下旬，正午時分的太陽不再直射，也不再那麼豪邁地揮灑渾身熱氣，幾個月的悶熱在這兩天終於消散了些許。

等翻過十月，就快入秋了，過段時間就是N城一中每年都要舉辦的校際國慶表演。

按照要求，除了學校各個社團和學生會之外，高一高二的每個班都要報兩個節目，之後再進行選拔。選拔成功參演國慶表演的節目將在表演結束後進行評選，如果進入校際十佳，學校會給節目所在的班級或社團頒發小錦旗。

由於一班是實驗班，成績才是最重要的，班導師對這類的榮譽並不重視，所以到現在班裡的節目都沒報滿。

張蔓記得，前世的時候他們班最後只上了一個節目，好像是幾個女生舞蹈，最後評選的時候也沒出什麼水花。

吃完晚飯，她和陳菲兒在學校操場上散步。

一中作為N城最大的中學，占地面積很廣。學校一共有兩個操場，一個中間是足球場，另一個則是排球場和籃球場，是他們通常上體育課的地方。

足球場離學生餐廳很近。

陳菲兒踩在塑膠跑道邊一根橫放著的空心水泥柱上來回走著，張開雙臂上下擺動以保持身體的平衡，玩得不亦樂乎。

張蔓看她搖搖晃晃的樣子，有點擔心，一直站在底下護著她。

陳菲兒來回走了一陣子，突然想起來：「蔓蔓，我聽說妳們班國慶表演人數好像不夠啊，妳為什麼不報名？妳唱歌這麼好聽，吉他又彈得好。」

張蔓的吉他和唱歌是張慧芳教的。

張慧芳年輕時是樂隊領唱，偶爾也兼任樂手，鍵盤、貝斯和吉他她都精通。張蔓還小的時候，她沒事就在家教張蔓彈吉他，從民謠到搖滾，教什麼內容很隨意，看她當天心情。

教的隨意，學的也隨意，但效果還不錯，或許也是張蔓天生樂感好。

現在突然聽陳菲兒提起來，張蔓不禁有些感慨：「我？還是算了吧，多少年沒碰了。」

她想的是前世。

前世張慧芳和鄭執結婚以後，她跟著轉學去了H市。那之後發生了好多事，生活的磋磨讓母女倆喪失了對生活的熱情。張慧芳不再唱歌彈琴，她再也沒碰過吉他，後來工作之後更是提不起這個心思。

這麼多年過去，指法早就生疏了。

陳菲兒聞言有些奇怪地看了她一眼：「什麼多久，不就一個多月嗎？暑假我生日妳還彈吉他給我聽呢。蔓蔓，妳彈的那首英文歌也太好聽了，唱得也好聽，我覺得都比得上專業的歌手了。」

張蔓微愣，聞言有些怔忡。可不是嘛，她現在回到了十六歲，這年的她，還處在沒事就會彈彈吉他唱唱歌的年紀。

好在陳菲兒並沒有當回事，眨了眨眼笑嘻嘻地說：「而且蔓蔓，妳不是要追李惟嗎？我告訴妳啊，男生都喜歡多才多藝，有點神秘感的女生。妳想想啊，他平時認識的妳，安安靜靜的，話也沒幾句。然後有一天突然發現，這個女生唱歌竟然這麼好聽，多多少少會注意到妳一點吧？」

張蔓聽完有些懷疑：「是……嗎？」

陳菲兒從水泥柱的這頭歪歪扭扭地走到另一頭，狠狠地點頭，拍了拍胸脯：「憑我多年言情小說的閱讀經驗，這招絕對沒錯。」

回到教室，張蔓發現李惟照舊在看書。他看得認真，一邊看，一邊在一些公式和圖像旁邊做注釋，筆挺的鋼筆寫在雪白的A4紙上，發出「沙沙」的摩擦聲。

張蔓把帶給他的便當放在他桌上，猶豫了一下，鬼使神差問道：「李惟……你覺得女生會一門樂器好嗎？」

李惟剛推完一個公式，放下筆，往後靠在椅背上，閉上眼按了按太陽穴：「嗯，Janet就是一個鋼琴家。我小時候睡不著，她就會把我抱到琴房，彈鋼琴給我聽。」

儘管看起來有些疲憊，他在提到他母親的時候，話中仍是帶著溫暖的語調。

張蔓聞言不免呼吸一滯。

「那……後來呢？」

少年的神情有些恍惚，似是在回憶。張蔓心裡一緊，擔心他發現了某些記憶斷層，會激發不好的結果。

他仔細地想了想，聲音平靜而自然：「後來……我忘記了，她在我很小的時候就移民了。」

她聽到他這麼回答，心裡舒了一口氣的同時，又有些凝重。他的妄想症，確實已經嚴重到邏輯自洽了。

幻視加上幻聽，建構出一個令人頭皮發麻的、真實性很高的妄想世界。他完全堅信自己腦海中的幻想就是現實，所以就算現在有人和他說，他媽媽已經去世了，恐怕他半點都不會相信。

張蔓不敢再問，連忙轉移話題：「那吉他呢？你喜歡吉他嗎？」

少年輕輕點頭：「有時候看書理不出頭緒，我也聽一些鄉村音樂，或是慢搖。」

於是晚自習下課，張蔓去找學藝股長戴茜報名。戴茜看她這麼晚來報名，有點疑惑：「還有十幾天就正式表演了，妳現在才開始排練會不會太晚了？」

她有心刁難張蔓，便說：「這樣，我先不幫妳報上去，妳明天下課跟我去文藝部，彈一首我們聽聽。到時候我們部長也在，我們這邊過關的話再說，不然到時候丟的是我們班的臉。」

一般來說，從報名到選拔會給三天以上的時間準備，她讓張蔓第二天就參加選拔，確實很為難她。

張蔓皺了皺眉，想了一下一天之內練熟的可能性。曲目她已經想好了，唱歌沒問題，主要是彈吉他。

其實要撿起來應該也不難，張蔓點點頭，填了報名表之後打算離開。

剛轉身，戴茜卻叫住她。

「對了……張蔓，妳是不是喜歡李惟啊？」她的聲音上揚，藏著點戳破她心思的快樂，「可惜啊，他好像已經有女朋友了哦。」

「他平時生人勿近的，但是我上次聽到他在學校的公共電話亭打電話給那個女生，聲音特別溫柔。我看他到現在對妳好像都是冷冰冰的吧。」

張蔓回過頭，面無表情地看她一眼：「我的事不用妳管。」

她強撐著回到了座位上，坐下後突然喪失了全部力氣，因為她的重生，前世很多的事情都提前了。

比如這個傳聞。

這件事，是她一直不願意去回憶的，她前世和李惟分開的原因。

前世的高二上學期，距離張蔓轉學之前的一兩個月。平時在學校是隔壁桌，並且張蔓每週末都要去李惟家補課，兩人幾乎朝夕相處。

當時他們的感情比現在好很多，至少張蔓是這麼認為的。雖然沒有明說，但少年總會在每個補課結束的晚上送她回家，陪她走過一盞又一盞的路燈。

她偶爾上學時，也會幫他帶一些養胃的豆漿和早餐，他一口一口吃掉，絲毫不浪費。那時他看向她的眼裡，帶著柔和而溫暖的光。

是現在還不曾有過的親近和喜歡。

十七歲的張蔓單純懵懂，心裡知道自己陷入了青澀的愛情，卻又害怕更深入的了解。

他也一樣。

可能是擔心嚇到她，他從來沒有在她面前提起過自己的家庭。而張蔓，則是由於早就從一些傳聞裡知道了他父親自殺的事，擔心戳中他的傷口，也從來沒問過。

年輕時的愛情總是這樣，想要觸碰又害怕觸碰，雙方都刻意把距離保持在某條界線之外。這種朦朧又青澀的喜歡帶來的距離感，導致了後面的種種誤會，甚至是決裂。

那時候的張蔓正在情竇初開的年紀，每天只要看到李惟在她身邊，心裡就像吃了蜜糖一般甜。

可某一天，她聽人說，李惟其實有女朋友。

他們告訴她，李惟總是打電話給那個女生，他對那個女生，有著從未見過的溫柔。

他們還說，李惟的女朋友有個英文名，叫Janet。

聽到這些話，張蔓以為這只不過是李惟眾多不可信的傳聞之一，根本懶得去理會，她在心裡告訴自己，要學會相信他。

然而這樣的信任，在不久之後澈底被打破。

那天的一切張蔓記得很清楚，十一月份，N城已經是初秋，天氣逐漸轉冷。那段時間，李惟剛從Z市參加完物理競賽的全國決賽回來，她記得她還買了小禮物給他為他祈福。

那天傍晚，她和陳菲兒吃完晚飯去操場上散步聊天，沿著塑膠跑道一直走。

夕陽的餘暉和暗紅色的塑膠跑道幾乎融為一體，走過某個彎道，張蔓看到了在操場旁邊的公共電話亭裡打電話的李惟。

少年規矩地穿著校服，挺拔的身影在夕陽下被拉得很長，他的衣袖捲起到手肘，骨節分明的手拿著話筒，唇邊那一抹笑好看得驚心動魄。

張蔓因為偶遇而雀躍，悄悄地從後面靠近他，想在他掛電話時拍一下他的肩膀嚇他一跳，卻聽到了他打電話的聲音。

少年啞著聲音說：「Janet，加拿大現在是不是很冷？妳要多穿衣服，出門的時候一定要戴好帽子和圍巾，還有口罩也不能少……嗯，我剛參加完決賽回來，妳這段時間隨時都可以來……」

他絮絮叨叨地囑咐著生活瑣事，聲音那麼溫柔，低低的嗓音順著秋風，清晰地傳到她耳朵裡，像是有人拿著柔軟的羽毛撓著她的耳窩。

張蔓就站在他背後，離他很近的距離，卻聽著他用這樣溫柔的聲音，打電話給另一個女孩。

她心裡的第一個反應是，原來真的有這個名叫 Janet 的女孩。然而下一秒，她後知後覺地感受到，胸口有極度酸澀的感覺蔓延開來，像是被塞進了一顆剝了皮的檸檬。

——那麼令人難受。

她在心裡不斷說服自己，說不定那個女生只是李惟的親戚呢，或者某個熟悉的朋友，儘管她從沒聽他提起過。

她耐心地等他掛了電話，勉強笑著，壓抑著心裡快要爆炸的酸意，狀若無意地問他：「李惟，你剛剛在打電話嗎？嗯……你還有別的朋友啊，Janet……是誰？」

問的時候都不敢看他，低著頭，鞋尖無意識地蹭著地面，緊張得手心都冒了汗。

少年的回答卻沒有任何猶豫：「Janet 是我媽媽，我剛剛在和她打電話。」

張蔓聽到這個答案，酸澀的心放鬆下來，原來是他媽媽啊。

她的嘴角甜蜜地勾起，對他笑著點點頭，眉眼彎彎。

——就說嘛，他怎麼可能會對另一個女生這麼溫柔呢？她對他來說，一定是特殊的那個。

但那時的張蔓沒注意，站在一旁的陳菲兒聽到少年的回答後，臉色瞬間變了。

後來，陳菲兒急急忙忙地把她拉走，很嚴肅地告訴她，李惟在撒謊。

「蔓蔓……他剛剛在撒謊，我聽說他媽媽生他的時候就因為難產去世了。他肯定有女朋友，蔓蔓，妳不會是喜歡他吧？」

年少的懵懂愛情，第一個反應總是矢口否認。

「沒有啊，我沒有喜歡他。」

雖然否認了對他的感情，但張蔓仍舊選擇了相信她偷偷喜歡著的少年：「菲兒，妳肯定是記錯了或者聽錯了，他沒必要在這種事情上說謊啊。」

那時的她頭頂著微紅的夕陽，側臉被染上了淡粉色，笑得堅定而燦爛。她覺得她是勇敢而理智的，沒有被嫉妒沖昏頭腦，還知道明辨是非，還能選擇信任他。

可惜謊言成不了真，儘管說謊的人並沒有意識到自己在說謊。

陳菲兒見她不信，有些急了，她帶著張蔓去找幾個李惟小時候的鄰居，也在一中上學。

——「李惟的媽媽我們都沒見過，聽我媽說是生他的時候去世的。」

——「他爸爸當年就是因為他媽媽難產去世之後，才變得越來越不正常。」

——「對啊，不然要是他媽媽在，他也不用去育幼院了……」

張蔓已經不記得她是怎麼回到教室，當時的她怎麼可能意識到他的病症，聽到這一切後她只知道，李惟真的對她撒了謊。

之前有多麼信任他，之後就有多難受，她覺得自己就是一個笑話，自以為是地守護著心裡的小心思，還覺得自己明智又勇敢。

呵，原來全都是自作多情。

像他那樣的人，再難的物理題，再複雜的邏輯謎題都能輕輕鬆鬆解開，卻說了一個輕易就能被拆穿的謊言。

看來他對她，真的是毫不在意呢，連說謊，都懶得花心思。

初戀是每個少女心裡，最沉痛的記憶。一顆心先泡進了酸梅湯裡，又拎出來狠狠擰乾。

——他把她當成什麼了？他怎麼能這麼戲弄她呢？那平時他眼裡的溫柔，還有他陪她走過的每一條街，甚至是那天在路燈下的擁抱，又算什麼？

十七歲的張蔓，第一次真真切切地感受到了什麼叫心痛，她的心臟在那時候彷彿被人一刀一刀地戳著。

原來，他的謊言是世界上最鋒利的刀子。

那天張蔓連晚自習都沒有上，回家之後，她趴在床上壓抑地哭了整整一夜。

她意識到，自己失戀了。或者說，這段感情，從她這裡開始，也在她這裡無疾而終。

那一切她以為的默契和心照不宣，統統是她一個人的自作多情。或許，她認識的那個李惟，並不是真正的他。

——真正的那個他，根本沒有把她放在心上。

第二天，心情稍微平復一些的張蔓選擇和李惟當面對質。

她抓住了最後一絲絲的希望和可能性，盡量讓自己顯得心平氣和：「李惟，你不用再騙我了，只要你告訴我那個女生是誰，我可以理解。」

少年的眼神有一瞬間疑惑：「……哪個女生？」

他越裝傻，她越難受。心裡像碾過了細碎的石子，不至於大出血，但磨得破了一層皮，每一次呼吸都帶著難以忍受的疼痛。

——「就是上次你們通話的那個Janet。」

少年在那個時候竟然笑了，眼裡帶著讓她難忍的溫柔。

那個她偷偷喜歡著的少年，那個她以為他也喜歡自己的少年，撒起謊來，面不改色心不跳。

——「Janet是我媽媽。」

張蔓閉了閉眼，她清晰地聽到自己的心底裂開了一條深谷，十一月的N城，她卻感覺自己站在南極的冰川上，凍得瑟瑟發抖。

當天，她就向班導師申請了換位子。

從老師辦公室回來之後，張蔓一言不發開始收拾自己的書本和所有東西，準備搬去教室另一側的空位。

那時少年原本正在看書，見到她的動作，放下了書本，轉過身來盯著她看。

她抱著一堆課本要走的時候，少年抓住了她的衣袖。

一直乾燥著的初秋，在那天下了淅淅瀝瀝的小雨，雨水從窗臺飄進來，帶了些許涼意。

少年乾淨有力的指節用力地攥緊她的衣袖，那樣定定地看著她，眼眶都微紅。

「妳……要換位子嗎？……為什麼？」

張蔓硬起心腸，想要扯開他的手：「沒有為什麼。」

然而少年卻倔強地牢牢抓著她，就是不鬆手，那是張蔓第一次見到他最固執的時候。

他的嘴唇乾澀得不像話，眼底的血絲迅速爬滿整個眼球。他緊緊地拉著她，喉結上下滾動著，艱難地張了張嘴。

——似乎下一句話就是挽留。

他越這樣，她越覺得他是無藥可救了。她覺得自己再和他多待一秒鐘，就要崩潰。

於是張蔓並沒有讓他說出口，她一根一根地掰開了他的手指，淡淡地笑了。

「李惟，你真的讓我覺得很噁心。」

和前世的那天一樣，窗外開始飄起了綿綿軟軟的小雨，空氣微涼。

張蔓把頭埋進臂彎裡，雙眼因為回憶有些溼潤。

或許前世直到最後，那個敏感又偏執的少年，都不知道她到底因為什麼而離開他。

那時的她怎麼可能知道他生病了，他從來沒有騙過她。

如果當時她能多了解一下他，是不是就能發現，他其實只是生病了？

那麼之後，她是不是能夠嘗試去理解他，陪伴著他走到最後。他最終是不是不會選擇自殺呢？

可是最開始的假設就是錯誤的，又怎麼能得出正確的答案？這些事情，根本不能想，不然就會陷入一個循環。前世在李惟死後，這些一連串的假設便讓張蔓無法釋懷，整夜整夜地難以入眠……

少年見剛剛還很有精神的少女此刻乏力地趴在桌上，以為她身體還沒痊癒。他好看的眉頭皺起，抬手輕聲關上窗戶，忍不住叫起她：「張蔓，妳不舒服嗎？別趴著睡，容易著涼。」

張蔓抬起頭，慢悠悠地打了個呵欠，掩飾性地眨了眨眼：「沒有啊，我就是好睏啊。你看我，睏得眼淚都出來了。」

「下節物理課，好好聽，這週末測試。」

張蔓伸了一個懶腰，看著他認真的側臉，彎了彎唇角。

「……好。」

第二節晚自習下課，張蔓被班導師劉志君叫到了辦公室。

起因竟然是一個月前李惟交的那封道歉信。

當時劉志君收到那封家長簽了名的道歉信，並沒有在意，直接丟進了抽屜裡鎖著。然而最近關於李惟的傳聞越來越多，甚至傳到了他這個班導師的耳朵裡，他再把那封信翻出來，就覺得不對勁了。

他為了核實傳聞，專門打電話到李惟之前待了七年的育幼院。經過核實，他確認了李惟的母親林茴早在他出生時就因為難產過世了。並且育幼院的人也告訴了他一些有關李惟的事。

最開始他也以為，李惟只不過是為了應付他，隨便寫了母親的名字，但結合育幼院裡的人說的事情，卻越想越不對勁。

劉志君把張蔓叫來，就是想問問她，李惟平時有沒有什麼不正常的地方。

張蔓心裡有點戒備，不知道他是什麼意思。畢竟前世沒有這封道歉信，所以就算校方聽說了李惟患有精神分裂症的傳聞，但始終無法證實。

她搖了搖頭：「我沒發現他有什麼不正常的。」

劉志君看她眼裡浮現的戒備，忙招手讓她坐下：「妳別誤會，這件事現在只有我知道，我也不會告訴其他人。我沒有當面去問李惟，就是擔心如果他真的心理上有什麼問題，會對他造成傷害。張蔓，妳是他隔壁桌，老師看得出來，妳平時很照顧他，如果發現他有什麼心理問題，妳一定要盡量幫助他，並且告訴我。」

他又加了一句：「很多心理疾病透過心理疏導和藥物治療，最終都會治癒的，何況就我了解的事實來看，李惟這孩子整天專注學物理，平時也沒有對任何人心存惡念。不過，畢竟班裡同學這麼多，要是有個萬一我們不好對家長交代。妳也別怪老師對他特殊對待，我當然希望他能健康地成長。」

張蔓點點頭，出了辦公室。

她的心情有些沉重。

如果要採取藥物治療，首先患者需要察覺並接受自己的妄想症，才能積極配合治療。何況，現有的醫療還沒有二十年後那麼先進，許多藥物抑制妄想的效果不僅不佳，還會在治療的同時帶來一連串副作用，比如高血壓、嗜睡、反應緩慢、健忘等等，甚至有一定的致死率。

以李惟目前的狀況採取藥物治療顯然是不現實的。如今她能想到最好的路，就是盡量降低他在意識到自己患了精神疾病後受到的傷害，之後再透過心裡疏導，讓他慢慢走上正軌。

得了妄想症的人往往非常偏執，很難相信別人的話，只有透過自己去發現。

誰也不知道前世李惟為什麼突然發現自己得了妄想症，但後果是極其嚴重的，他在那之後，由於無法接受這樣的自己，患上了嚴重的憂鬱症，最終一步步走向自殺。

她至今沒能想出一個很好的辦法，能讓他意識到自己的妄想症，卻不會對他的心裡造成難以挽回的創傷。

張蔓趴在欄杆上，平復著心緒。

誰都不知道，他產生妄想症的原因究竟是什麼。但張蔓覺得，對於李惟來說，這個病症可能是他十幾年的人生裡唯一的救命稻草。

或許在他七歲那年被吊在曬衣桿上瀕死的時候，或許是父親自殺後無數次被人排擠、嘲諷的時候，又或許是被親人拋棄、扔進了育幼院的時候。

他那麼想要有一個人，能夠在他需要的時候陪伴在他身邊，關心他，愛著他，給他一個溫暖的擁抱。

第五章　每天對他好

回家以後，張蔓拿出了多年沒碰過的吉他。

這把吉他是張慧芳年輕的時候最愛用的，那時候張蔓才上幼稚園，張慧芳每天晚上都要去酒吧唱歌，家裡沒人，就把張蔓放在酒吧的吧檯椅上。

五六歲的小女孩怎麼聽得懂音樂，人還沒有高腳凳高，張慧芳把她抱上去，一坐就是一整晚。她還記得有一次，她喝多了飲料想上廁所，但坐在高腳凳上一直下不來，等張慧芳結束表演之後，才發現她臉漲得通紅，原來是尿了褲子……

後來，張慧芳離開了那家酒吧，這把吉他就給了張蔓。

她會在某些安靜的下午躲在房間裡自彈自唱，唱一些平時不會說出口的年少心事，還有十六七歲人對未來、對人生的懵懂和迷茫。

但前世去了H城之後就再也沒碰過了。

這次國慶表演的曲目，張蔓選了一首之前就會的英文老歌，《I will always love you》。這首歌的曲子和歌詞她都很喜歡，那種對於愛情堅定直白的宣誓，就是她想要唱給他聽的。

最初幾遍簡直糟糕，彈得七零八落，連幾個基礎和弦都忘了。張蔓停下來，先不跟唱，專注於練琴，等一遍遍把曲子彈熟練了，才開始跟著唱。

人的身體和大腦一樣，都是有記憶的，儘管這麼多年沒練過，生疏了，但撿起來卻並不困難。

她一遍又一遍地彈，老舊的木質吉他經過時間的沉澱，木材的硬度增加，產生了極為動人的共鳴。一段段深情的旋律從指尖溢出，一直練習到夜色濃重她才滿意地收工。

第二天，張蔓帶著吉他去學校，等中午下課後，她跟著戴茜到了文藝部的音樂教室。教室裡已經有好幾個人了，張蔓一進去就看到一個坐在鋼琴旁邊的男生。

他個子很高，長相非常帥氣，稜角分明。但和李惟的生人勿近不同，他是那種陽光型的帥哥，唇邊總是帶著溫和的笑意，給人如沐春風的感覺。

這個人她認識，而且還算熟悉，叫秦帥，是高二的學長。

張蔓看到他，一時之間有些怔忡，好長時間才反應過來，似乎在前世時就聽說秦帥是一中的文藝部部長，彈得一手好鋼琴。

秦帥聽說今天有幾個節目補審核，早早就來了部門。他正坐在鋼琴前彈一首曲子，看到戴茜帶人進來。

女生個子小小的，皮膚很白，五官非常漂亮，一張巴掌大的臉幾乎有一半都被蓋在厚厚的瀏海下。她懷裡抱著一把大大的吉他，單薄的身子被遮擋住大半。

秦帥轉過身對她招招手，聲音溫和：「學妹，聽說妳想報名自彈自唱的節目，我們要選拔過才能決定能不能上最終的表演。妳現在可以直接開始了。」

他看她瘦瘦小小的樣子，又笑著安撫道：「妳別緊張，放輕鬆彈。」

張蔓點點頭，抱著吉他在一把椅子上坐下，照著鋼琴的標準音調了琴弦，開始彈唱。

她先低低清唱了幾句歌詞，吉他伴奏才慢慢跟進來。

張蔓的聲音不高，屬於女中音的頻段，唱這首歌的時候聲帶刻意沒有完全閉合，而是帶著一點點氣音。

她唱得沒有原唱那麼直白、通透，略微沙啞的氣音讓她的聲音顯得很有溫度，像是在某個夏日的午後，曬著略微燙人的陽光，躺在毛茸茸的地毯上，在你的耳邊輕聲呢喃，溫柔又不失力量。

「……And I will always love you, I will always love you, You, my darling you, hm……」

午後的陽光打在少女單薄的身影上，格子狀的窗框讓她的臉頰投上了忽明忽暗的陰影。

她低著頭，輕聲彈唱著，瘦弱的身體好像充滿了力量，似乎是想要一遍一遍告訴某個人，我會永遠愛你。

我會一直一直愛著你，不管你身在何處，不管你變成了什麼樣子……

抱著手臂站在一旁的戴茜心情有點複雜。

她原本是想刁難她，哪有人剛報了節目就被要求當眾考核的，一個晚上的時間肯定來不及準備。

然而沒想到，自己卻被她的聲音打動了。

平心而論，她唱得很專業，情感上更到位，唱出和原唱截然不同的感覺，比她們排練了幾個星期的舞蹈要出彩的多。

一曲終了，音樂教室裡幾個文藝部的人眼都直了，好半天沒人說話。還是部長秦帥帶頭鼓掌，看著面前少女的目光裡帶著毫不掩飾的欣賞。

「唱得非常好，這位小學妹，請問妳叫什麼名字？」

張蔓收起吉他放回吉他盒裡，站起身禮貌地點頭：「學長好，我叫張蔓。」

秦帥雙眼微瞇，心裡轉了好幾個彎，故作為難道：「是這樣的，張同學，因為明天就放國慶連假了，其實妳今天報名已經錯過了報名時間，我們也不好直接把妳放上去。」

張蔓皺了皺眉，看向戴茜，她昨天不是這麼說的。戴茜朝她攤攤手，表示自己也不清楚。

秦帥又想了一下，像是想到了一個好主意：「對了，我們部裡正好還有一個節目名額，是早就報上去的，但那個同學最後放棄了，妳要是加入我們文藝部，可以直接用妳的節目頂上去。」

他又補充了一句：「妳這個節目真的非常出色，要是沒辦法表演就可惜了。」

張蔓聽說只不過是要加入文藝部，沒怎麼考慮就答應了。高中的學生會、社團，其實都挺隨興的，過了這次表演，她不用參與也無所謂。

等張蔓走了之後，秦帥叫住了同樣打算離開的戴茜，對她眨了眨眼：「戴學妹，這個張蔓是妳們班的嗎？有沒有聯絡方式？學長請妳吃飯。」

從音樂教室出來，張蔓抱著吉他走在走廊上，一陣冷風吹過，她緊了緊校服外套，略微打了個哆嗦。

此時和昨晚一樣陰雨連綿，既不像是夏天的雷陣雨，也不像春天的雨帶著蓬勃生氣。天氣陰沉沉的。

再次遇到秦帥學長，讓她的心裡不禁起了一絲波瀾。

前世，秦帥向她表白過，正好在她和李惟關係破裂之後。

當時她換了座位，兩人的座位離得非常遠，幾乎在教室的兩端，所以平日裡她和他半句話也不會多說。週末時，她也不再去他家裡補課，兩人算是澈底斷了來往。

初戀的傷痛在這樣的距離下，被她深深地埋在心底，用念書或者其他的事來麻木。只要不去想他，心裡細密的疼痛就會好受一些。

時間久了，麻木感帶來的平靜和安寧，甚至讓她產生了釋然的錯覺，她以為自己漸漸地恢復了。

但李惟卻沒有。放學時，那個安靜的少年總是在教室門口或者學校門口堵她，他好像還有很多話想要問她。

然而那時的張蔓怎麼可能再和他糾纏。

她覺得他簡直不可理喻，既然已經有女朋友，又不喜歡自己，何必撒謊，何必對自己糾纏不放，於是硬下心來不理他。

不聞不問，不理睬他的任何舉措，狠下心來當他是空氣。

這樣日積月累的冷淡，讓少年變得越來越陰沉，越來越偏執，終於在某一天徹底爆發。

那天是週五，下午放學之前她去了一趟老師辦公室。回家前，她看到陳菲兒傳訊息給她，說李惟一直在校門口站著，像是在等她。

張蔓原本想去和他最後一次說清楚，於是收拾東西往樓下走。

就在這時，她在樓梯間碰到了秦帥。

秦帥是大他們一屆的學長，按理來說不會有交集，張蔓現在也想不起來他是在哪裡認識她。可那天，秦帥攔住她，從口袋裡拿出兩張電影票，問她等一下能不能跟他去看一場電影。

張蔓本來想直接拒絕，但鬼使神差地想到在門口等著的李惟，頭腦一熱改口答應了。

她覺得自己沒有那個能力透過語言來讓他不再糾纏，那麼或許行動能夠更直接一些。

何況，她也有私心。

十六七歲的少年，總會因為一些事情而心裡不平衡，那時的張蔓，對李惟的謊言一直耿耿於懷。

他欺騙了她，讓她之前很長的一段時間，對自己、對這個世界都有強烈的懷疑和失望。不管做什麼，只要想起他以及這段無疾而終的感情，都覺得意難平。

所以這樣恰巧的機會，讓她來不及多加思考就敲定，急切地想要把那份委屈統統還給他。

——就好像還給他了，她就不會再難受似的。

於是她答應和秦帥一起去看電影，並和他一起走出校門。

週五的下午，校門口人很多，一些賣小吃的小販推著手推車來回吆喝著，同學們三三兩兩圍在攤位邊吃著烤串和一塊錢一個的滾燙煎餅。

還有許多站在校門口外等著接孩子的家長，大冷天裡搓著凍得發紅的手，一邊哈著氣。熱鬧非凡的街口，熙熙攘攘的人群，她卻一眼就發現了他。

在寒冷的初冬裡，少年穿著薄薄的校服，在街口一棵常青的香樟下站著。

他雙手插著口袋，背靠著樹，臉頰消瘦，看起來無精打采。

他瘦了很多，整個人單薄得像是要和周圍蕭瑟暗淡的冬日融為一體了，連背後還沒落葉的香樟都比他豐富一些。

看到他的那一瞬間，張蔓的心彷彿被燙了一下，這些天苦苦壓抑著的情緒再次席捲而來，讓她幾乎站不住。

少年也看到了他們。

他瞇了瞇眼，稍稍挺直了背，站著沒動，卻直直地盯著他們，那雙黑漆漆的眸子帶著讓人看不懂的神色。

被他那樣注視著，張蔓心裡不知為何突然有些慌亂，她立刻側過身，不敢再和他對視。

她捏了捏手心，心裡不斷溢上來的嫉妒和委屈在叫囂著，她在心底對自己說：「他騙了妳，他現在這種表現根本不是喜歡妳。妳這樣做是對的，起碼能讓他不要再糾纏下去。」

她這樣想著，故意站得離秦帥近了一些，努力揚起笑臉，面帶親昵地和他說話。秦帥正好在和她介紹等等要去看的電影，她配合地聽著，時不時點點頭朝他微笑，表情僵硬得很，緊張得手心都出了汗。

——撒謊真的是一件很艱難的事，不知道為什麼他可以做得這麼容易。

他們要去電影院，就必須走過那個街口，所以一定會經過他。

張蔓在心底對自己說，這次和他擦肩而過了，這段感情，就澈底放下吧。

可少年卻沒讓她如願。

三人的距離越來越近，像是電影裡的慢放鏡頭。

就在他們說說笑笑地經過他身邊時，少年忽然從樹下快步走過來，抓住了她的手腕，眼神陰沉地彷彿要滴出水來。

「張蔓，妳要去哪？」

聲音嘶啞堅硬彷若臘月裡屋簷下倒掛的冰凌。

她看著他的模樣，心裡感覺很矛盾，好像有一種報復的快感，更多的卻是難以言說的慌張和難受。

心裡的委屈再次作祟，給她繼續下去的勇氣。

她努力裝作很愉悅的樣子，用力地想抽回手，臉上帶著溫暖笑意看了看旁邊的秦帥以示安慰，隨即轉過身極其冷淡地對他說了一句：「我要和學長一起去看電影。」

這樣刻意的區別對待，她自認為自己做得很好。

少年沉默了，卻沒放手。

他看了她一眼，又看了她身邊的秦帥一眼，平時總是毫無波瀾的雙眼裡捲起了強烈的風暴，短短幾秒鐘，眼眶竟然都泛紅。

他深呼吸了一下，努力平復自己的心情，直直地看著她，輕聲問道：「……能不能不去？」

他的聲音那麼低，語調往下墜著，張蔓甚至聽出了淡淡的哀求。

——他在那一刻放下了所有的驕傲，像是一個最平凡的少年想要挽留來之不易的愛情。

張蔓當時幾乎就要心軟，但下一秒又告訴自己，他是個慣犯。於是她硬下心腸，嘲諷道：「我和學長約會，關你什麼事？」

少年聽到她的回應後，澈底失控了。

他額角的青筋凸起，牙關咬緊，連面部表情都有些扭曲，短暫地失去理智。他狠狠地捏著她的手腕，不管她怎麼掙扎都不放手，力氣很大，張蔓不由得痛呼一聲。

張蔓一直叫他放手，但他一直盯著她的眼睛，就是不放。

整個過程僵持了將近一分鐘，她的手腕被捏得很疼。

她被他盯得發慌，抖著聲音喃喃道：「你放手啊，我還趕時間呢……」

秦帥也過來幫忙，企圖掰開他抓著她的手指。

可惜少年像是聽不懂人話，不管她和秦帥怎麼勸，就是死死拉著她不放，那種偏執的神情是張蔓從未見過的，像是野外的一頭孤狼，在濃重的夜色裡突然和你對峙，令人心驚膽戰。

校門口許多人開始往這邊看。

她在那一瞬間，突然想起了關於他的傳聞，於是她害怕了，被無邊的恐懼和委屈慫恿著，她抖著聲音口不擇言：「李惟，你瘋了吧？你這個瘋子，你放開我，你弄痛我了！」

她喊叫著，聲音已經帶了哭腔，這樣偏執又陰沉的他讓當時只有十六七歲的她不知所措。

少年陰沉的表情在看到她的眼淚時開始碎裂，他眼裡原本越演越烈的風暴在那一瞬被迫平息，成了難以言說的傷痛。

他像是被燙到一般，猛得鬆開她的手，眼神從她的臉上移到手腕。

——他看著她白淨的手腕上，那一圈觸目驚心的紅痕，踉蹌地往後退了一步。

張蔓永遠無法忘記他那時的表情。

後悔、痛苦、驚懼、難過……他的眼底越來越紅，好看的眉頭似乎因為她手腕上的那點紅痕，再也舒展不開。

半晌後，少年懊惱地握了握拳，似乎想上前和她解釋，但她卻嚇得往後縮了幾步。

就是那幾步，將他所有的念頭和動作，全都阻擋在外。

少年最終什麼也沒說出口，仔仔細細看了她好半晌，認真到像是要記住她臉上的每一個細節。

然後，他轉身離開了。

在他轉身的那一瞬間，十七歲的張蔓，聽到了自己心裡碎裂的聲音。她本能地想要抬起手抓住他的衣角，卻硬生生地停住動作。

那天的電影，似乎是個喜劇片，但看完結局，她卻已經淚流滿面。

那次之後，她和李惟再也沒說過話。

少年慢慢地變成了從前的樣子，甚至比之前還要糟糕。他把自己藏在角落裡，再不和人來往，一天比一天消沉。

後來，他拿到了B大的保送資格，甚至開始不來學校。

直到她轉學前的某一天，他突然來了學校，走到她的座位旁邊，問她有沒有看到他之前放在她桌上的東西。

張蔓以為他是在問他某天放在她桌上的那本物理書，她根本就沒翻，直接扔進了抽屜。於是只冷冷地說了一句：「看到了。」

少年聽到她毫不在意的答案以後，站在她座位旁邊很久，久到她的冷淡快要維持不住，才低著頭走了。

這是前世兩人之間最後一次對話。

從此，那個在路燈旁輕輕抱住她而耳朵泛紅的少年，那個看著她的時候眼睛裡像是有星星的少年，在那個冬天之後，消失不見。

時間從來不會為誰而停留，卻會在許久之後的某一天，揭開老舊記憶中那些被模糊的真相。

很多很多年之後，張蔓才知道，原來他當時問的，是他小心翼翼夾在物理書裡那封寫給她的情書啊。

這年N城的夏天比往年都要短，剛到九月底，已經有幾分秋風蕭瑟的味道了，這兩天氣溫驟降，空氣裡的悶熱和溼度也消失不見，讓人猝不及防。

張蔓抱著吉他，走在連接兩座教學大樓的走廊上。走廊前後的盡頭正好是巨大的窗，此刻都開著，那些湧動的氣流找到了宣洩口，從這邊呼嘯到那邊，形成了強烈的穿堂風。

她被吹得發抖，快步回到教室，把吉他放到桌子旁邊。

窗簾被風吹得獵獵作響，少年單手斜斜撐著腦袋，一如既往地在看書，流暢的下頜線和乾淨修長的指節搭配在一起，動人心魄的好看。

張蔓抬手戳了戳他。

「李惟，我剛剛去參加了國慶表演的選拔，通過了。你要來看我表演嗎？」

國慶表演在十月七號的下午，正好是放假的最後一天，學校並不強制全校同學都來。以他的性子，她如果不提前說，他肯定會缺席。

少年看了她放在桌邊的吉他一眼，點點頭。

張蔓暗喜，又問：「你平時用手機嗎？給我手機號碼吧。」

她問完才想起，前世李惟一直沒有手機，因為根本沒有人要聯絡，她每次打給他都是打他家裡的座機。

少年聞言猶豫了半晌，又點點頭。

張蔓有點疑惑，他不是沒有手機嗎？難道這一世有了變化？

「那你告訴我手機號碼唄，方便聯絡。如果我有事不能去補課，也可以傳訊息告訴你，省得你擔心。」

少年輕咳了一聲，言簡意賅：「沒擔心。明天妳按時來，給妳號碼。」

第二天就是國慶，從下午開始放七天長假。一放學陳菲兒就拉著張蔓去逛街。

天氣雖差，卻沒能打消陳菲兒逛街的熱情。她最近沉迷於一個青年搖滾男歌手，整日三句話不離他。男歌手前幾日剛出了一張專輯，陳菲兒興奮得不行，拉上張蔓直奔市中心的唱片行。

兩人從唱片行出來，又去了對面商場陪陳菲兒買衣服。

陳菲兒熱情很高，幾乎每一家店都要進去試幾件，來來回回逛了一整圈，從頭買到腳。張蔓跟在後面替她拎著大包小包，只覺得腿都要斷了。

張蔓承認，她在這方面確實無欲無求。

陳菲兒卻精力旺盛，買完東西就開始了一貫的八卦本色：「蔓蔓，妳這幾個週末天天往李惟家裡跑，孤男寡女的共處一室，都做點什麼啊？」

張蔓無奈：「妳說呢？當然是念書了。」

陳菲兒恨鐵不成鋼：「不是吧蔓蔓，男色當前啊，妳就這麼把持得住？我還以為怎麼樣也親上小嘴了呢。」

張蔓失笑，搖了搖頭，這丫頭從小到大就口無遮攔，自己都沒談過戀愛，說起話來一點也不害臊。

不過畢竟是小女生，多說幾句也就招架不住了。

張蔓突然就想逗逗她，一本正經地感嘆：「我也想親啊，怕人家覺得我性騷擾。」

果然，陳菲兒被她說得臉紅了，仰著頭哀號：「蒼天吶，蔓蔓，妳現在怎麼這麼不害臊啊？」

張蔓笑著回擊：「妳先不害臊的。」

正笑鬧著，陳菲兒突然停下腳步，指著對面一家手機店瞪大了眼睛：「那……不是李惟嗎？」

張蔓照著她手指的方向看去，商場的水晶吊燈很明亮，長廊那頭，巨大玻璃牆裡面，少年的側臉被映照得清晰。

他沒背書包，穿了件黑色的休閒衣，看樣子是先回家又出來的。他站在櫃檯前，聽銷售小姐介紹不同款式的手機，偶爾點點頭或者搖搖頭。

張蔓一愣，這才反應過來，怪不得要明天才能給她手機號碼，原來是打算今天買。

他也想沒事和她講電話、傳訊息？還專門為了她買了個手機？

張蔓心裡微怔，緊了緊手上捏著的購物袋繩子，不可言說的喜悅輕輕緩緩漫上胸膛。

陳菲兒的關注點卻不一樣：「講道理，李惟真的帥。蔓蔓，妳看手機店門口放著的人形立牌，這麼一對比，我覺得他比代言人還帥。」

她回頭，見她愣愣地站著，於是捅了捅她：「蔓蔓，妳要不要過去打個招呼？」

張蔓搖了搖頭，笑意卻逐漸爬到嘴邊。

他不說，她就當不知道好了。

第二天就是國慶日，張蔓按照約定去李惟家補課。

少年還沒起，頂著亂糟糟的頭髮幫她開了門，一副睡眼惺忪的模樣。她拎著菜進門，少年對她點點頭，打了個呵欠又回房間睡覺了。

毫無戒備，似乎已經習慣她的到來。

畢竟是過節，張蔓在廚房裡忙了一個多小時，做了幾道拿手菜。

他家的廚具很新，功能齊全，比她從前用的方便很多。她來了幾次，又添置了一些小東西。粉色的吸水抹布、同色隔熱手套、米黃色的陶瓷小奶鍋、晴天娃娃造型的擦手巾……都是超市裡隨便買的，色彩豐富的卡通風格和整體灰黑色的冷淡風裝修很不搭，但一件件填滿了整個廚房。

飯菜全都做好後，她習慣性地走去書房。書房裡沒有人，桌上鋪滿了寫著紛亂公式的計算紙，李惟應該還在臥室睡覺。

張蔓敲了敲臥室的房門，沒有人回應。她猶豫片刻，伸手轉了轉門把，沒有鎖。

她便推開門。

少年的房間和他家其他地方一樣，大而空。其中一面是巨大的落地窗，兩片素灰色的緞面窗簾用同色飄帶束起，晨間的陽光灑進來，照亮了整個房間。

光滑的木製地板正中間是他的床，尺寸很大，他蜷在裡面側著睡，高大的身體竟然顯得有點小。

因為左手石膏還沒有拆掉，可能是不太舒服，他不安分地動彈了幾下。

張蔓悄聲走過去，站在床邊看他。

他的頭髮亂亂的，看起來蓬鬆又柔軟，讓她想到前世張慧芳養在家裡的那隻花白色布偶貓。

他的臉頰因為熟睡有點微紅，閉著眼更顯得一對睫毛長得不可思議，像兩把蒲扇。

張蔓突然就不急著叫他起來了，盤腿坐在地板上，手臂撐在床沿，一眨不眨地盯著他看。

他睡覺的樣子，看起來很平和，似乎夢到了什麼好事，嘴角還微微翹起，不如平時那麼嚴肅孤僻。

張蔓忽然想起昨天陳菲兒的那句調侃——男色當前，她怎麼把持得住。

她的目光不由自主地轉移到少年抿著的唇上。他的唇形完美，淡淡的唇色帶著久睡之後的乾澀，唇紋有些明顯。

張蔓嚥了一下口水，此刻清晰地感受到了胸口的心跳，一下一下，清晰有力。這種感覺有點奇妙，明明沒有做任何劇烈活動，情緒的微妙引導真的能引發心跳加速。

這是她前世往後十多年再也沒有過的感受。

只有對著他，她那顆無欲無求的心，才會感受到莫名的渴望。

張蔓想起一句從前她覺得很俗套的話，現在看起來卻頗有道理。每個人都是一尾魚，但只有遇上對的人，才是如魚得水。

正看得出神的時候，她猝不及防地對上少年忽然睜開的雙眼。畢竟是剛剛睡醒，他緩慢地眨了眨眼，看到她的那瞬間，眼裡還帶著一絲迷茫，直直地看著她，似乎想要辨認眼前這個人的真實性。

張蔓慌忙從床邊站起來，尷尬地說道：「那個……李惟，吃飯了。」

少年聞言點點頭，擁著被子坐起來，靜靜歇了半晌消去恍惚睡意，恢復了平日裡的清明。

他穿著拖鞋起身，跟著她去了餐廳。

他的胃口還不錯，兩人安安靜靜地對坐著吃完飯，少年向她伸出右手：「手機。」

張蔓反應過來，從口袋裡拿出手機放在他手裡。少年接過手機，不太熟練地操作起來，按了幾個號碼撥過去再掛斷。

他把手機遞回來：「我的號碼。」

張蔓握著手機，感覺分量都重了幾分。她在心裡偷笑，沒拆穿他，他昨天剛買的手機，現在裡面肯定只有她一個人的來電記錄。

她彎了眼睛，笑著吩咐：「那你等一下也把我的存起來。還有，下午補完課我陪你去拆石膏吧，上次醫生說一個月以後就可以拆了。」

少年愣了一下，半晌之後說了一聲：「好。」

說完之後看了她一眼，片刻後又垂眼看向地板，恢復了之前的面無表情。

張蔓看著他突然暗下去的神情，明白過來的瞬間心頭微怔。

——他真的是一個很敏感的人啊。

張蔓緩了緩情緒，先發制人：「李惟，你要是手好了是不是就不需要我了？但是你答應過一直幫我補課的，你不能反悔。以後週末還是你幫我補課，我幫你做飯，好不好？我在家裡寫不進去作業，還有好多不會。」

她話音剛落，少年有些愣住了。他像是在努力思考她的意思，一向高速運轉的大腦忽然頓住了。

半晌說了一句：「那……也行。」

尾音有一些上揚。

張蔓心裡倏地酸澀，明白他也想讓她常常來。

他這麼孤獨，整天一個人待著，才會不得已用妄想來填補生活的空白。就像上次他說的，他也不是二十四小時都能靜下心來思考，她在的話，他無聊時還有事可做。

因為下午要去醫院，張蔓就加快了「學習進度」，連李惟都覺得她今天突然開竅了，學得飛快。許多複雜的題目她一點就通，準確率也提高了不少。

原本三個小時的內容，被壓縮到了不到兩個小時。

補完課，兩人帶上X光片和病歷來到中心醫院。大醫院畢竟不如校醫院那麼清閒，又是假期，來看病的人很多。掛號、看診再加上拆石膏、做檢查，足足花了兩、三個小時。李惟在裡面檢查，張蔓就拿著單子去繳費，拿後續要用的藥，樓上樓下跑，忙得不可開交。

等最後弄完，他的左手沒了沉重的阻礙，一個月的禁錮被解除，終於可以活動自如。

張蔓抱著一堆東西站在診療室門口，見他出來，眼神一亮。隨即又有些緊張地讓他活動活動：「李惟，你上下左右轉一下，看看會不會難受，之前前臂關節的地方骨裂，不知道有沒有完全長好。」

其實都已經做了詳細的檢查，骨頭長得很好，沒有任何問題。

但少年看她著急的樣子，還是聽話地抬起手臂，上下左右各轉了幾下，機械性的動作像是每天早晨在公園裡晨練的老爺爺。

張蔓又伸出手：「你用力握緊我的手試試，看看有沒有力氣，手指頭靈不靈活。」

少年這次卻沒那麼聽話。

——他低下頭，避開她伸出的那隻手，抬起剛拆完石膏的左手，兩根指頭合攏，掐了掐她白淨的臉頰。

倒是沒像她說的那樣用力。

他低著頭看她，因為背著光，表情看不真切。他的指尖溫熱，帶著心跳的溫度。

略微粗糙的指腹摩擦著她柔嫩的臉龐，拇指和食指分別從她的唇角和耳側慢慢劃過，劃到中間時輕輕地停頓。

然後往外扯了扯。

似乎掐一下還不夠證明手指的靈活性，他又曲起指節，轉而用手背親暱地蹭了蹭她的臉頰。

下一秒，又蹭了一下……

好像根本捨不得離開。

直到兩人走到醫院門口，張蔓才回過神來，非常可恥地紅了臉。就算是前世，他也很少對她做出這麼親暱的舉動，她記憶裡唯一的那次擁抱，還是因為她差點摔倒，他正好抱住她，沒鬆手而已。

這樣主動親暱的觸碰，讓她心臟怦怦直跳。

她不由得捂了捂被他捏得泛紅的臉頰，心亂如麻，他……這是什麼意思？

少年沒說話，一直走在她前面，她也看不到他的表情。

她快步跟上去，走到路口才想起今天來這家醫院最主要的正事。

「李惟，我等一下要去住院部看一個親戚，你先回家吧。」

少年回頭看她，雖然臉上還是沒什麼表情，但眼睛裡裝了暖紅色的沉沉落日。他穿著一件乾淨的純白色T恤，背後是一片夕陽的餘暉。泛著橘調的陽光把他整個人的線條都模糊了，帶著一種柔和的溫度。

他看著她，輕輕彎了唇角：「嗯，有事打電話給我。」

說著便要轉身離開。

「等等……」張蔓扯住了少年的衣角——「你……剛剛……什麼意思？」

聲音越來越小，最後一個字低得幾乎聽不見，她在心裡懊惱……有點衝動了。

「妳說剛剛……？」少年轉過身來，面帶詢問，伸出左手，大拇指和食指張開，在虛空中比劃了一個捏緊的動作。

張蔓的臉一下爆紅。

——「妳臉上沾了灰，蹭了兩下沒蹭掉，不過妳放心，第三下蹭掉了。」

他神情認真，說完還對她點頭表示雙重肯定，像對待一道物理題那樣嚴謹。

張蔓：「……」

等送走李惟，她又回到醫院。

她來之前就在網上查好了，N城中心醫院的精神科在省內算是很有名氣的，尤其有幾個海歸的專家教授。

她諮詢的這位專家是個年輕的女醫生，之前長達八年的時間都在美國攻讀精神分裂症的博士和博士後，期間有大量臨床經驗和學術積累，在精神科資歷很老。

「小女孩，妳有哪方面的問題？」

女醫生的笑容很溫和，整個人的氣質像水一樣，說話的時候包容性非常強，讓人不由自主地就想吐露心聲。

張蔓在她對面坐下：「醫生，不是我的問題，是我朋友，他有非常嚴重的妄想症，並且自己完全沒有意識到。請問這樣的情況，最好應該怎麼辦？」

醫生向她詢問了有關李惟的具體情況，仔仔細細做了筆記。

大概半個小時之後，醫生給了一些建議。

「根據精神科臨床資料統計分析，類似他這種妄想症非常少見。起因有兩方面，主因是遺傳性腦損傷。而他所呈現出來的妄想症還有外界誘因，比如童年的不幸、幾乎自閉的社交狀態以及孤僻的性格。打個比方，人在沙漠中待久了，會產生看到綠洲的幻覺。」

「根據妳的描述，妳的朋友除了出現妄想症狀之外，理智和興趣並沒有喪失，沒有產生多疑、狂躁、憂鬱等現象，並未影響正常的日常生活。現階段的藥物治療在臨床中對妄想症患者的療效並不顯著，鑑於妳的朋友還在上高中，吃很有針對性的藥會對他的記憶力以及理解力造成一定的損傷。」

「而且，妳提過他對自己患有妄想症的事情毫不知情。這種心理因素非常強的疾病，如果貿然採取治療反而會引發患者強烈的心理抵觸，造成更嚴重的精神損傷。所以我目前的建議就是，先不要進行藥物治療。」

「不過你們一定要時刻注意觀察他的病情，如果影響到了學習、生活，或者產生了相應的憂鬱症狀，請務必帶他來醫院。在此之前，希望朋友、同學能夠給予充分的包容和引導，讓他感受到現實生活中的溫暖，時間久了，他的孤獨感和受到的創傷慢慢淡了，或許症狀也會有所減輕。」

醫生的講述非常細緻，讓她對李惟的病情，有了更加完善的認知。她沒有一味地開藥給病人，而是針對他自身的情況，做出了恰當的判斷。

張蔓回到家，躺在床上整理思緒。

其實醫生說的和她之前查的資料大部分是一致的，也就是說，在這個階段確實不推薦藥物治療，等有一天他能夠認知到自己的妄想症之後，再採取藥物治療去抑制也不遲。

不過醫生的話也讓她打開了一個新的思考方式，她之前想的是怎麼治療他的妄想症，但現在突然有了另外的想法。

李惟的妄想症，很大可能就是因為他在現實生活中受到了太多打擊和變故。一個人成長到十六七歲，卻從來沒有感受過這個世界的溫暖和對他的善意，所以他的妄想症，其實是對自己的自我保護。

那是不是意味著，如果她能給他更多的溫暖，讓他感受到現實生活中也有人深深愛著他，時時刻刻關心他、念著他，是不是自然而然地就不會產生那些妄想呢？

她在心裡下定決心，一定要每天對他好，如果他想要，就算是天上的星星，她也想摘給他。

只要不會像上輩子那樣，在某天突然永遠地失去他，從此墜入無邊的惡夢。

第六章 我會一直愛你

之後的幾天裡，張蔓沒去李惟家裡補課，而是待在家裡練習國慶表演節目。

她每天沒日沒夜地練習，次數一多就驚動了張慧芳。

張慧芳隨口問了一句，知道她要上臺表演，頓時目瞪口呆：「我記得妳上國中那時候，我朋友來家裡讓妳當眾彈一首妳都不願意。上臺演出？妳不是說比殺了妳還難嗎？」

張蔓這個人向來很固執，性子倔強也不知道像誰，不願意的事死都不會同意。她沉默寡言，不愛出風頭，在人群裡恨不得把自己藏得嚴嚴實實的，完全沒有存在感。

張慧芳從前對此也很頭痛，她這麼風風火火的人，怎麼就生出來這個悶葫蘆。

張蔓沒和她說實話：「沒什麼，班裡缺人。」

張慧芳嗤了一聲，蹺著二郎腿坐在沙發上：「騙鬼呢？地球上只剩妳一個了妳也能事不關己，班裡缺人輪得到妳去救場？說吧，是不是談戀愛了？」

張蔓有些無言，不愧是談了那麼多次戀愛的人，她的心思倒是敏銳：「沒談。」

張慧芳顯然不信，吹了吹額間擋到視線的碎髮：「妳不說拉倒，我懶得管妳。」

這段時間張慧芳倒是經常出門，不過沒聽說她有新戀情，應該是還沒有遇到鄭執那個渣男。

張蔓記得，她的上一段戀情應該剛結束三個月。對方叫徐尚，經營一家汽車經銷商，兩人在一起時，他對張慧芳幾乎是百依百順。

她跟他分手時張蔓還有點不解，問她卻只說兩人性格不合。

張蔓不信，心想肯定是張慧芳又厭倦了。

這些年，她一個接著一個地換男朋友，每次都說性格不合，或者生活模式不一致，三觀不符，但張蔓看來，像她這樣愛情至上的人，肯定是在某一瞬間陷入了愛情，如火如荼，卻在某一瞬間又厭煩了，於是根本沒辦法將就，甩了人家。

張蔓對她這些亂七八糟的事從來都是睜一隻眼閉一隻眼，只要不影響到自己的生活，她懶得管。

明天就是七號了，張蔓想了想，傳了一則訊息給李惟。

『明天下午的國慶表演，要記得哦。』

——我會等你來的。

她還有那麼多話不敢直接告訴他，想要一句句唱給他聽。

她關了手機，站在窗邊，忽然想起他那日認認真真地說，是幫她蹭掉臉上的灰。

張蔓不由得輕笑出聲，無奈地搖了搖頭。他是這樣的人啊，實事求是，哪有那麼多歪心思。

但他對待她和其他人是不同的，他願意為了她買手機，踏出狹隘自閉的生活圈，也願意伸手拭去她臉頰上的灰塵。

她在他的心裡，終究是不同的。

如果他能夠永遠沒有痛苦和憂鬱，一直這樣下去多好啊。兩個人就這樣平平淡淡地過一輩子，總有那麼一天，他會意識到，他喜歡她。

不論是年少時候略微青澀的他，或是中年時候意氣風發的他，還是白髮蒼蒼深沉睿智的他，她都想一直一直陪著他。

不要在他最好的年紀，戛然而止。

國慶表演那天，張蔓一早就到了N市大劇院。

劇院內不僅安排了全體學生的座位，學校還單獨為一些報名的家長保留了一片區域。

張蔓換上演出服，去了後臺化妝間。大部分表演的同學們昨天彩排時都見過面了，此時大家都在化妝間裡準備，緊張地等待上午的第二次彩排。

身為校文藝部長的秦帥，既有鋼琴獨奏的節目，又兼任主持人和節目統籌。他進進出出檢查各個演員的到位情況、道具的準備情況，忙得不可開交。

「那邊來個化妝師，先幫女主持化妝……」

他剛打開化妝間的門，就看到了站在一旁等待化妝的少女。

雪膚烏髮，精緻的吊帶小黑裙極其貼身，勾勒出她妖嬈的曲線。她今天挽起了長髮，不像之前那樣隨意紮個馬尾，而是將所有髮絲固定在腦後，盤了一個髻，就連瀏海也用夾子仔仔細細夾上去了，露出一片光潔的額頭。

十六七歲的少女，皮膚白皙又乾淨，就算未施粉黛還是美得驚人。

秦帥不由自主地愣住了。

已經見過她好幾次，但心口每次都有種被重擊一拳的感覺。他敲了敲自己的腦袋，心想，這個女生真是長在他的審美上了。

完全忘了化妝的事，秦部長進去套起近乎：「學妹，緊張嗎？」

張蔓禮貌地和他打了招呼：「還好，不怎麼緊張。」

「也是……妳昨天彩排就很穩。」

其實張蔓的心裡還是有點緊張的，前世她從來沒在李惟面前唱過歌。她看了看化妝間裡的鐘，現在才上午八點半，不知道他起床了沒。

這個大劇院離他家很近，走路只需十幾分鐘，何況她的節目又是在五點左右，就算他睡到下午才起床也一定趕得上。

秦帥還想再多套兩句近乎，卻被文藝部的另一個部員鄭南拉走了，說是主持串詞有改動，讓他去處理。

他走出化妝間，一把拉住鄭南：「喂，你等一下有事嗎？」

鄭南搖搖頭：「沒事啊，老大，怎麼了？」

「幫我買束花，要那種清新脫俗不妖豔的，回來讓你報銷，快去。」

下午，文藝表演正式開始。張蔓的節目在後面，於是她先坐在臺下演員區域看表演。

來的人非常多，看臺按照班級分成一塊塊的區域，位子幾乎都坐滿了。市文化大劇院的舞臺效果和音響都是頂級的，哪怕同學們在台下交頭接耳亂糟糟的，節目效果依舊很好。

張蔓看了手錶一眼，已經下午四點了。還有半小時她就要去後臺等待上場。她抬頭，向高一一班的區域看去，烏壓壓的一片，看不到李惟。

張蔓傳了則訊息給他：『李惟，你來了嗎？』

等了半小時，對方都沒回覆。

張蔓有點著急，擔心他是不是出了什麼事，於是走去後臺休息室打了通電話給他。

還是沒人接。

張蔓沒辦法，學生會安排的臨時場務已經開始催了。心裡想著說不定他已經來了，只不過現場音響聲音太大，沒聽到手機鈴聲。

她抱著吉他去了後臺等候區，等了十幾分鐘，臺上的秦帥報了她的節目。

「下面有請高一一班張蔓同學為我們帶來一首吉他彈唱：《I will always love you》。」

張蔓唱完時全場響起極其轟動的掌聲，有許多高二高三的學長們甚至朝著她吹口哨。陳菲兒坐在前排，一直瘋狂地喊她的名字，聲音尖銳到在一片嘈雜的掌聲中顯得格外突出。

張蔓站起來朝觀眾席鞠了一躬，正打算離場，發現本應該在她離場之後再上來的主持人秦帥走了上來，手裡還捧著一大束花。

是一束清新脫俗的百合。

他笑著把花遞給她，動作無比自然，張蔓猶豫了一下，眾目睽睽下她不好讓人難堪，於是伸手接過，給他一個禮貌的微笑，點頭道謝。

一下臺，張蔓把吉他還到樂器管理處，立刻回到一班的區域，但從前往後一個一個找也沒看到李惟。她問同學，才知道李惟沒有來，而且電話也打不通。

張蔓有些失落，心裡想著，他該不會是忘了吧。但緊接著，一陣強烈的擔憂湧上心頭。

他明明說過會來，還說過他很期待，怎麼可能忘了呢？難道出了什麼事？

張蔓皺了眉，心臟開始亂跳。她制止自己胡思亂想下去，連衣服也來不及換，就往李惟家走去。甚至手裡還拿著剛剛秦帥給她的花，沒來得及處理。

到了李惟家門口，張蔓在樓梯間裡就聽見了他的聲音。她心裡鬆了一口氣，還好，人沒事。

只不過他此刻的聲音和平時的冷靜非常不一樣，語調上揚，音量也大，語氣非常激烈，似乎在和人爭論。張蔓心裡有些疑惑，他家裡來客人了嗎？

她按了按門鈴，少年很快幫她開了門。

房門打開，撲面而來一股好幾天沒透氣的潮味，房間裡很昏暗，客廳的窗簾也拉上了，外面透不進來一絲光。

張蔓瞇著眼適應了一下這樣的昏暗，才看清站在門口的少年。

他的樣子很狼狽。

打結的頭髮亂蓬蓬地堆在頭頂，像是幾天沒打理過。他微垂的雙眼布滿了密密麻麻的青紅血絲，眼下黑眼圈也極重。

張蔓注意到，少年的下巴泛著許久沒刮的青色鬍渣，薄薄的嘴唇緊抿著，乾澀得裂出了一條條明顯的紋路。

明明看起來好幾天沒睡覺了，眼神卻很亢奮。

張蔓剛剛才放下的心瞬間又提起來，發生什麼事了？

看到是她，少年眼裡閃過了一絲驚訝，對她點點頭讓她先進來。

「張蔓，妳等我一下，我有朋友在。」

說著，他轉身進了書房，好像完全沒意識到他放了她鴿子。

張蔓壓著心裡的擔憂和疑問，換了拖鞋，跟著他往裡走。

他竟然還有朋友來家裡，是誰呢？

——然而，等她真正站在書房門口打算見見他那位朋友時，卻不由得倒吸一口氣。

眼前的景象讓她整個人無法抑制地發起抖。她的心裡有了一個令人無比恐慌的認知。

這個書房裡，除了他自己，並沒有第二個人。

但他不知道。

少年在書房裡擺了一塊小黑板，黑板前放了兩張空椅子。

他拉過其中一張椅子坐下，抬手指著黑板上一個寫得亂七八糟的公式，對著另外一張空空的椅子，聲音質疑：「怎麼可能會存在這種超距的作用？」

他問完這句話後，看著那把空無一人的椅子，靜靜聆聽著，神情無比認真，像是在聽什麼人跟他解釋剛剛那個問題。

這段時間整個房間裡安靜得彷彿靜止，房間裡只有兩人淺淺的呼吸聲，但少年的臉上，卻帶著認真聆聽的神情。

張蔓逐漸起了一身的雞皮疙瘩。她某一瞬間一度以為，那椅子上真的坐了一個人在和他交談，只不過是她沒看到。

她屏住呼吸，努力克制自己不要發出一點聲音，怕驚擾這段令人毛骨悚然的靜謐氣氛。

大概幾分鐘後，少年點點頭，神情恍然，對著那片空氣平靜地說道：「對，也就是說，量子糾纏之間的這種超距作用的確破壞了因果關係，就和波函數的坍縮一樣，對嗎？」

他說著又無奈地攤了攤手：「Nick，我還是不太能接受這個說法，量子理論的基礎真的很難讓人接受。」

他說完這句話，安靜了許久，一邊聽，一邊時不時點頭認可「對方」的觀點。

張蔓眼睜睜地看著這一切，覺得渾身的力氣一點點被抽離。她雙手交握在一起，盡量克制自己不要顫抖。

大概又過了幾分鐘，他突然想起張蔓在旁邊，於是對那片空氣說了一聲：「抱歉，Nick，我同學來找我了，那我們今天先到這，下次再討論。」

他又側過身子面向張蔓，抬手示意旁邊的位子：「張蔓，這位是我的朋友，Nick。」

撞上他朝自己看過來的目光，張蔓只覺得自己的牙齒都在顫抖，兩世以來，這是她第一次這麼直接地看到他發病。

她努力讓自己冷靜下來，盡量用最平靜的語氣，對著他指著的位置打了招呼。

「Nick 你好，我是張蔓。」

整個動作無比僵硬，艱難得出了一身冷汗。

李惟卻沒有注意到，又向對方介紹了她，對話有一小段空白，是他在聽「對方」說話。不知道他聽到了什麼，最後還搖著頭笑了一聲，對「他」說道：「我送你出去。」

等他走出書房，張蔓緊繃著的神經瞬間崩壞，她失去了全身力氣，身體順著牆壁慢慢往下滑，癱坐到地上。

手心已經全是汗。

知道是一回事，親眼見到，卻是另外一回事。

原來他真的病得這麼嚴重，張蔓只覺得心裡像是被人用鈍鈍的刀子來回割開，那種心痛的感覺鋪天蓋地而來，讓她無法反抗。

身處在無止盡的孤獨之中，除了母親林茴，他竟然還妄想出了另外的朋友。

這樣的生活，在她不知道的時候，他過了那麼多年。

很快，少年回來了，他看起來心情很好，似乎和剛剛的「友人」探討出了很重要的問題。

張蔓努力平復好心情，站起來，擠出一個有些僵硬的微笑。

好在少年根本沒有注意到。

「張蔓，妳怎麼來了？妳今天不是有彩排嗎？」

聽到他的問話，她才意識到，或許他從六號到現在，一直在進行剛剛的「探討」，所以連時間都模糊了。

難怪會看起來這麼疲憊。

她深吸一口氣，努力平復自己的心情，語氣有些嗔怒：「哼，什麼彩排啊，你沒看出來嗎？我都表演完了。」

少年神情詫異，看了手錶上的日期一眼。

他握了握手心，低下頭，聲音有點低：「……我和Nick說了太久，忘記時間了，還以為今天是六號。」

他的聲音裡，明顯帶了一些愧疚和自責。

張蔓裝作有些生氣的樣子，轉過身不理他，心裡卻還是亂亂地想著剛剛的事。

少年低著頭走過來，彎腰和她平視，輕聲問道：「妳……演出還順利嗎？」

「順不順利你也沒看到。」

少年看著她冷淡的模樣，心裡湧起一陣強烈的懊惱，他輕輕握了握拳。

早知道就不要約 Nick 在六號見面了，竟然談了這麼久，久到錯過了她的演出。

明明說好了要去，卻失約了，害她等不到人找來家裡。

她一定對自己很失望吧？那往後，她是不是不會想再來找他呢？

少年低下頭，看向眼前的少女。

她今天的樣子，是精心打扮過的，迸發出驚人的美麗。

少女高高挽起的長髮襯著她的脖子越發修長優美，黑色勾著暗紋的高開衩連身裙很顯身材，讓她看起來比往日成熟了好幾歲。

——他腦海裡那些貧瘠的物理公式，完全沒辦法闡述她的美。

這一瞬間，李惟甚至覺得好像有兩顆被加速的高能粒子在他心裡轟然對撞。

內心某個角落，產生了不可逆的質變。

心跳開始不受控制，思緒也是。

他不由自主地想著，她今天在臺上的樣子，一定發著光，比現在還要美。

少年的目光下移，注意力被她手上捧著的花束所吸引。

她的皮膚白得幾乎透明，雪膚烏髮，純白色的百合花束襯得她整個人有些聖潔，像是一個不屬於人間的天使。

有一種完全不熟悉的情緒始於心臟，隨著血液的流動蔓延到全身，好像不小心吃到了一瓣沒熟透的橘子。

——他錯過了，但其他人沒有。肯定有許多人被她驚豔，比如這束花的主人。

這些陌生的情緒支配了他的言語，他裝作不經意地問：「這花……是觀眾送的嗎？是男生？」

張蔓心情還沉浸在剛剛的場景中，隨意應了一聲：「嗯。」

少年得到答案，站在那半天沒說話，無比異樣的情緒比剛剛更甚，席捲全身，讓他不知道該怎麼處理。

房間裡忽然安靜，張蔓這才回過神。

她看著他的表情，以為他是在愧疚失約了，於是笑著拍了拍他的肩膀：「李惟，我沒生氣，我跟你開玩笑呢。你是不是好幾天沒透氣了？想不想出去走走。」

少年點點頭：「妳等我一下，我沖個澡換身衣服。」

兩人順著李惟家門口那條路，走去了海邊。層層疊疊的紅霞遍布海平線與天空的交界處，一隻隻海鷗停在岸邊，有人走過又驚嚇得飛起，在天空中不斷盤旋。

傍晚正是最適合散步的時候。陽光不毒，氣溫不冷，海邊溼溼的空氣帶著一絲鹹腥味。

兩人並排走在細軟的沙灘上，享受著溫柔的晚風。

由於心裡都各自有心事，所以一直安安靜靜地走著，沒有說話。

張蔓在努力回想剛剛李惟發病的所有細節，想著等一下回家一定要記下來，以後可以去諮詢醫生。

而李惟，則在思考那束花。

是誰送的呢？是她認識的人嗎？她收下了花，又代表了什麼呢……

他想了一下，沒辦法得到答案，心底叫囂的求知欲讓他特別想問清楚，但又開不了口。

平常無比擅長思考、洞察力敏銳的天才少年，在此刻很困惑。他不知道自己到底是怎麼了，為什麼會對小小一束花產生這麼大的興趣，竟然超過了剛剛沒想通的物理問題。

為什麼呢？

然而這個問題，對於他這種近乎於自閉環境中長大的人來說，幾乎是無解的。

最後還是張蔓出聲打破了沉默：「李惟，我們去那邊吧，我唱歌給你聽好不好？就唱今天我表演的那首歌。」

這首歌就是為他唱的，他怎麼可以缺席呢。

少年點頭，眼裡帶著難得的期待與溫柔。

兩人在金黃色的沙灘上坐下，少女溫柔的聲音慢慢響起，沒有吉他的伴奏，但有傍晚的海風和輕柔的潮聲。

「If I should stay, I would only be in your way. So I'll go, but I know I'll think of you every step of the way……」

就這樣坐在他身邊，唱著想要唱給他聽的歌，張蔓覺得心裡無比輕鬆。剛剛經歷過的一切，讓她不由自主戰慄的場景，此刻都被心底的溫柔撫平。

沒事啊，他生病的樣子她也看過了，一點都不嚇人，只是有些心疼。心疼這些年沒人照顧他，心疼他敏感偏激的性子，心疼他心裡為自己構建的一個小小世界。

一個有朋友、有家人、有人愛著他的世界。

和他有關的一切，都能拉扯她的心臟，不論是喜悅還是悲傷。張蔓無比清晰地認知到，自己已經無藥可救地愛上了他的全部。

「……I will always love you.」

我會一直愛你。

一曲終了，她看著身邊靜靜聆聽的少年，沒有說話。

少年也看著她，輕輕鼓起了掌，對她說：「張蔓，妳閉上眼。」

張蔓有點不解，但還是聽話地閉上雙眼。

短暫喪失視覺，讓她的聽覺異常敏銳。她聽到少年似乎站了起來，走了幾步又回來，之後身邊就傳來了一陣「沙沙」的聲音。

大概過了十幾分鐘，他才讓她睜開眼。

張蔓睜眼的一剎那，看到了眼前的地面，捂著嘴低聲驚呼。

原本空空的海灘上，現在開出了一朵朵「玫瑰」，被夕陽的餘暉染上溫柔的暖紅色，而少年就站在那一片層層疊疊的花海之中，手裡握著一根短短的樹枝。

他抬起頭看她，雙眼微彎：「喜歡嗎？張蔓，送給妳，妳唱得真好聽。」

他在沙灘上畫了一片玫瑰給她，態度虔誠地像是在寫他最熱愛的物理公式。

海水退潮，輕輕拍打著海岸，海風輕聲呼嘯，飛鳥盤旋著鳴叫。

雜亂無章的背景音裡，張蔓清晰地聽到自己狂亂的心跳，濃烈的情感讓她此刻難以掩飾，她看著眼前的少年，幾乎貪婪地盯著他的雙眼。

大腦反應過來之前，情緒早已支配了答案。

「嗯，我很喜歡。」

我很喜歡你。

兩人坐著看夕陽，海平面那邊，一輪紅色的暖陽邊界模糊，像是有人把界線用水彩暈染開，整片天都帶著暖洋洋的色調。

張蔓享受著這種靜謐氣氛，突然感到肩頭一重。

她轉過頭，原來是少年靠著她的肩膀睡著了。

整整兩天沒闔眼，他一定是累了吧。

他睡得很沉，整個人都倚在她身上，亂亂的頭髮扎得她脖子有點癢。他剛剛沐浴過，身上還帶著些許沐浴液的清香，不是那種濃烈的香精味，而是很乾淨清爽的味道，讓她覺得很舒適。

張蔓想了想怎麼形容那種舒適的感覺，就像是陽光曬過的被子。

她等他睡得更熟一些，就輕輕地抬起他的腦袋，人往後坐一點，讓他躺在她的腿上。

少年睡夢中似乎也有意識地尋找更舒適的姿勢，略微動了動，變成仰面躺在她腿上。他閉著眼時看起來真的很乖，不像平時那樣總有一絲生人勿近的陰鬱氣質，反而變得很平和。

這時候太陽已經完全落下了，海邊的溫度開始下降，張蔓從背包裡拿出上午在休息室裡用的毯子，夠大，夠裹上兩個人。

屬於夜的黑暗降臨時，她陪在他身邊，看著天邊爬上一顆兩顆星星。

她的心裡很安寧，很多時候人真的不貪心，不需要多麼轟轟烈烈的愛情或者跌宕起伏的人生。她想要的，就是安穩，她希望這個少年此生都能如此刻，沒有憂慮，沒有痛苦。

她想要把他一點點從絕路裡拽回來，陪著他看夜空裡除了黑暗之外的亮眼繁星。

國慶表演完，長假也隨之結束，短暫的夏季開始離場，蟬鳴聲漸歇。

這年的N城在十月上旬正式進入了初秋。

高中的同學們再次被無情地關進了「牢籠」裡。由於之前天性解放得太厲害，驟然喪失自由，大家都有些蔫蔫的，提不起精神。

這種時候，往往需要一些校園八卦來充當興奮劑。

於是，沒過多久，李惟就知道了困擾他許久的答案。

——那束百合的主人，叫秦帥，聽說是個很優秀的學長，學校的風雲人物，還是那天國慶表演的主持人之一。

任何一所追求好的國立大學錄取率的升學高中裡，特別是N城最好的市一中，同學們每天都必須遵守嚴格的時間管理制度。如此枯燥乏味、日復一日的生活讓同學們對校園裡的零星八卦有著極其敏銳的嗅覺。很多桃色緋聞根本不需要幾天，就能傳遍整個校園。

教室裡、校園裡、學生餐廳裡……不同年級的學生都在課餘飯後議論這件事。

「妳們知道高一那個女生嗎，叫張蔓，就是上次國慶表演彈吉他的那個。哇那女生真的好漂亮啊，難怪連秦帥學長都淪陷了。」

「對啊，我們班男生最近都在討論這個女生，真的好看炸了。她上臺穿的那條小黑裙也太好看了！我一個女的都看呆了，媽耶，仙女下凡啊。怎麼之前就沒發現過呢？這女生也太低調了吧。」

「要不是秦帥上去送花直接表明了態度，我覺得這兩天高一一班的門檻會被踩破。不過秦帥也很優秀啊，人長得帥不說，彈得一手好鋼琴，家世也好，聽說他爸爸是做生意的，媽媽是Z大中文系教授，和張蔓很般配啊！」

「嘖嘖，他都表態了，還有誰能跟他搶……妳看著吧，說不定過幾天我們學校又要成一對了，妳說教務主任也不管管。」

「什麼說不定啊，肯定能成。上次我就坐在前排，看得可仔細了，那女孩毫不猶豫地接過了秦帥的花，還對他笑了笑，明顯是很開心的。」

對於這些毫無意義且沒有營養的八卦，原本他都是自動隔絕的，奈何這次，張蔓的名字對他來說，實在太敏感。

於是少年一邊坐在學生餐廳吃飯，耳朵和大腦卻精準地從隔壁桌幾個女生的紛紛議論中抓取到了許多有效資訊。

——仙女，送花，優秀，般配，開心。

口中的番茄炒蛋突然變了味，他皺眉，心想或許是今天學生餐廳廚師多放了白醋。

或許還是強烈的那種，因為酸味不僅在口腔裡肆虐，甚至還席捲了他的心臟。

張蔓這天中午吃過飯回到教室時覺得李惟不太對勁。

他和平常一樣在看書，已經換了一本新的，《Space and Geometry》，厚厚的英文原版，他攤開的那一頁裡，有讓人眼花繚亂的英文闡述，還有帶著各種奇怪符號的公式。

對於普通人來說，實在太深奧。

張蔓觀察他很久，發現他半個多小時都沒翻頁，也沒動筆推導，就坐在那，眼神都沒聚焦。

好像自從十月七號那天開始，他就有點不太對勁了。

那天晚上兩人在沙灘待到很晚才回家，第二天她再見到李惟時，就覺得他臉上有著一絲迷茫和困惑。

這種表情在少年的臉上是很少見的，在專業領域上，他向來篤定而自信，就算暫時有疑惑，也會沉靜下來思考。

但現在，他的表情讓她覺得，他似乎遇到了某些無法解決的難題。

張蔓無奈地嘆了口氣，師範類物理科系和正經八百的理論物理有太大的區別，他現在在看的這些書，她前世從來沒碰過，說實話，那些公式和推導，她看一眼就頭痛。

所以就算想幫忙，也無從下手。

這時，原本安靜的教室裡起了一陣喧嘩，幾個女生笑鬧著尖叫，教室後頭，以劉暢為代表的一群男生紛紛噓聲起鬨。

她順著大家起鬨的方向，往教室後門看去，發現秦帥正站在後門。他往裡張望著，目光和她對視時，瞬間一亮。

他面帶笑意地看著她，邁著長腿走進教室裡，直直地往她身邊走去。

秦帥在N城一中，一直是風雲人物，何況又是這兩天八卦中心的其中一位。

一班的同學們見他筆直往張蔓的位子旁邊走，都停下原本的事情，目光炯炯地盯著他們，開始起鬨。

甚至有幾個女生小聲說著：「在一起，在一起，在一起！」

秦帥走到張蔓面前，把手裡拿著的一個盒子放在她桌上，微笑著說道：「學妹，我帶了一盒巧克力給妳，前天我爸從國外帶回來的，味道不錯，妳嚐嚐。」

不等張蔓反應過來，他又從口袋裡拿出兩張電影票：「明天週六，有一部新電影上映，我買了兩張票，妳願意和我一起去嗎？」

張蔓張了張嘴，竟然又是電影票。

她心裡苦笑，就因為這個國慶表演，前世高二才會發生的事情竟然提前了。

前世這時候秦帥還沒見過她呢。

她條件反射般地看了身邊安安靜靜坐著看書的少年一眼。

半個小時沒動過的書，這時突然被他翻了一頁，書頁和空氣摩擦的聲音帶著輕微的撕裂感。

張蔓心裡有點失望，和前世不同，他似乎並沒有什麼反應。

但這次她絕對不會再像前世那樣，為了和他賭氣就答應了。

「學長，不好意思啊，我明天有別的事。」

秦帥顯然是個心理素質極強的人，聽了她的話，完全沒受到打擊，反而很自然地收回票：「沒事，那等妳有空的時候再說。」

張蔓又伸手推了推桌上的巧克力盒子，語氣平淡地表態：「學長，我牙痛，吃不了甜的。」

秦帥又笑了，沒有收回巧克力：「妳可以分給同學。不是單單帶給妳的，我們文藝部每個人都有，收下吧，別忘了妳之前已經加入了文藝部哦。」

優渥的家境和良好的教養讓他能很好地把握這些分寸，在試探的同時，不會讓兩人感到難堪。

張蔓只好點頭收下。

他不明說，她也不好說的太過直白，只好作罷。

等秦帥走了，張蔓繼續做之前做了一半的卷子。

午休鈴響，教室裡恢復安靜，大部分同學都在寫作業、複習，寫字的「沙沙」聲和偶爾翻書的聲音在靜謐的午後成了粗糙的背景音。

當然，也有零星幾個睡覺的，張蔓前桌的男生就大咧咧地趴在桌上沉沉入睡，傳出了有規律的輕微鼾聲。

一整個午休，她寫作業，少年在她身邊，看著自己的書，兩人都沒有說話。

然而等午休結束時，她看到少年又翻了一頁很久沒動過的書頁，隨即極輕的聲音在她耳邊響起。

——「為什麼不去？」

他的語氣毫無起伏，似乎僅僅是看書看得無聊了，隨口問一句。

張蔓愣了一下，才反應過來他是問她為什麼不答應秦帥，和他一起去看電影。

她停下筆，心尖捲起了細密的疼痛。

她永遠都記得前世在校門口，他近乎偏執地看著她，聲音低到塵埃裡：「能不能不去？」

有些事情，不能去回憶，因為不管回憶多少次，疼痛的感覺都不會衰滅，反而會牽扯自己，掉進逃脫不出的漩渦裡。

她回過神來，彎著眉眼，輕輕地拉了拉他的袖子。

「我沒空去，你忘了，我明天要去你家幫你做飯啊。」

在她話音落下後，少年繃直的脊背稍稍放鬆，整個人像是忽然放晴了。

他微不可察地彎了彎嘴角，好看的眼睛輕輕眨了兩下。他點點頭，還是沒說話，轉回身繼續看書。

不過這次，他輕輕壓了壓書脊，鋪開一張白紙，一邊看，一邊在紙上細細演算著。

似乎之前一直困擾他的難題，突然有了答案。

一週後，這年在校內話題度極高的國慶表演，投票評選的結果出來了。

之前幾乎每一年，表演的前三名都被校搖滾樂隊、西洋樂團和舞蹈社團等幾大文藝社團承包了，然而這次，教學大樓下貼著的大紅色鑲金榜單上，高一一班張蔓同學的自彈自唱節目赫然在第三名。

張蔓成為了近幾年來，唯一拿到前三名的個人節目。

一時間，她在學校裡風光無限。

特別是學校論壇裡有人放了幾張表演當天，她在舞臺上安靜彈唱的照片，在N城幾大中學的論壇上突然造成轟動。

這兩天，收到好多封情書，甚至走在路上總會有一些不認識的同學和她搭訕。

這天中午，兩人剛到學生餐廳，就有高年級的男生過來向她要手機號碼，被張蔓冷淡地拒絕了。

她看著眼前幸災樂禍的陳菲兒，心裡很無奈，都怪她出的餿主意，李惟沒趕來看表演，倒是招來了若干閒人。

「……蔓蔓，妳這叫不鳴則已，一鳴驚人。我上我們學校論壇看了，最近好多文章裡都有人在打聽妳，有幾個高年級的學長甚至在論壇裡赤裸裸地向妳示愛。而且前幾天還有個投票，妳現在高票當選了我們學校今年的校花欸！蔓蔓，妳要紅了。」

張蔓面無表情地比了一個「暫停」手勢，實在不想聽她繼續下去，她已經興致高昂地說了十幾分鐘了。

但她的阻止顯然沒有用。

陳菲兒挖了一大勺在二號窗口買的雙皮奶：「要我說啊蔓蔓，妳不如放棄李惟吧，妳看妳天天獻殷勤，人家也沒表示，這麼多大好青年匍匐在妳的石榴裙下任妳挑選，何必一棵樹上吊死呢？」

她說著把那勺雙皮奶送進嘴裡，眉頭舒展開來：「嗯，還是紅豆味口味的好吃！」

張蔓沒好氣地嚥下一口米飯：「妳別操心我了，下下週期中考試。」

陳菲兒瞬間像霜打了的茄子一樣蔫了，撐著腦袋沒力氣地趴在餐桌上，兩條毛茸茸的眉毛成了八字形：「我完了，這學期光顧著追星看八卦了，我什麼也沒學到啊。」

張蔓好笑地給她順了順毛：「好啦，到時候我帶妳一起複習。妳就是數學和物理太差了，其他的還有點底子，不用太擔心。」

其實她倒不是很擔心陳菲兒，她的性格大大咧咧，樂觀、愛笑的人運氣往往比旁人好，她一輩子沒受過什麼苦，過得順風順水的。

前世升學考陳菲兒沒考上好的國立大學，去了私立學校，但一畢業就被家人安排在N城的一間公司裡，工作穩定。後來，她又透過相親認識了她老公，兩人一見鍾情，沒多久就結婚生子了。

她老公對她無微不至地呵護，家裡有事全聽她的，任勞任怨任打任罵，簡直把她寵成了公主。用張慧芳的話說，陳菲兒那樣的才是命好，從象牙塔裡跳出來，轉身就進了另一個象牙塔。

第七章　想讓他好好的

十一月，路兩旁的落葉樹開始變得光禿禿的，只剩下香樟依舊青翠欲滴，葉尖的綠意甚至隨著四季更替越來越濃烈。

期中考試如期而至，張蔓發揮出補課一段時間後「應有的」水準。成績出來之後，她的物理分數雖然比剛入學那時好很多，但也是勉強在及格線以上，總成績則是在班裡中下游。

其實比起前世這個時候已經好了很多。

張蔓在心裡仔細規劃著未來。

李惟之後是要走物理競賽保送這條路的，前世他高二就得了全國金牌，拿到B大物理系的保送資格，所以他並沒有和普通人一樣繼續念高三，高二結束直接進了B大。

以張蔓的成績，如果走普通升學考路線，是絕對上不了B大的，她糟糕的化學、生物，並不會因為重生而有所改變。

但她的優勢在於，她當了那麼多年的高中物理老師，大學也學過高中競賽範圍內的力學、熱學和電磁學，所以她的物理絕對是比同齡高中生強出一大截的。

這麼看來，唯一的路就是和李惟一樣，參加物理競賽。她對中學物理競賽非常熟悉，前世她帶的每一屆學生裡都會選拔出一批資優生去參加競賽考試。

高中物理競賽分為三個階段，預賽、複賽和全國決賽。預賽是每年的九月初舉行，題型和升學考題基本一致，只有非常小的一部分超過範圍，難度則是大致與升學考題中的最難題相當。

通過預賽選拔後，則是十月初的複賽，中間只間隔一個月。複賽的題目難度就不是預賽可以比的了。

複賽成績在全省前五十名的是一等獎，有很大機率能拿到各大高校的自主招生資格。更進一步，如果能夠在複賽到達全省前十名，加入省隊，則能夠拿到Q大和B大的自主招生資格。

加入省隊之後則是十一月初的全國決賽，李惟前世在高二那年就參加了。

前世他輕輕鬆鬆拿了全國金牌，在高二那年得到了B大物理系的保送資格。她則轉學去了H市，因為家庭的變故和一系列生活折磨，成績越來越普通，最後堪堪上了國立大學。

兩人的命運，在這裡開始有了天壤之別。

這一世，不管怎麼樣，她都想要一直陪在他身邊。

晚自習下課，張蔓獨自一人走在回家的路上。

十一月的夜風還是帶點蕭瑟力度的，滿地的枯黃落葉被捲得很高，有些甚至拋飛到了兩旁的屋簷上。

學校出來到她家的這條路有點偏僻，而且上個月臨街的路燈還壞了，變得極其昏暗。路燈微弱地在空氣中投下一條光柱，在那光柱裡，細碎的落葉殘片隨著秋風飛舞。

巷子裡空無一人，除了落葉被風吹起的「沙沙」聲，就只有她自己的腳步聲，安靜得有些嚇人。

張蔓畢竟不是小女生了，走習慣了也不害怕。

今天卻出了變故。

她剛剛走過巷子的轉角處，就被人堵在了街角的電線杆下。

幾個和她一樣穿著校服的男生站在她面前。

帶頭的那個長得倒不差，但看起來流裡流氣的。他叼著一根菸，燙著一頭黃毛，一邊耳朵上還戴著黑色的耳環。

他的校服領子被剪開一圈，露出一片鎖骨，在這樣的天氣也不嫌冷。

張蔓注意到，他右邊的鎖骨周圍還刺了誇張的圖騰刺青。

耳環少年的後面還有三個人，都是差不多的穿著打扮，應該是學校的不良少年團體。

她沒說話，因為對方既然攔住她，肯定會說明來意。

果然，幾人靜靜對峙了一會兒，那個耳環少年笑了。

「媽的，這妞挺有膽量的啊。老子還怕把妳嚇得尿褲子呢。不愧是新選出來的一中校花啊，老子喜歡。」

張蔓聽他滿口髒話，不滿地皺了皺眉，如果是前世，這種問題學生早就被她拉到辦公室喝茶了。

耳環少年見她還是沒說話，把嘴裡的菸往地上一吐，用鞋尖碾了碾：「喂，校花，老子寫給妳的情書妳沒收到？為什麼不回覆？看不起老子，嗯？」

張蔓收到那幾封情書，根本沒拆開看就扔了，哪裡注意過有沒有這個人。

她有些頭痛，怎麼還招來了這樣的人。

見她似乎在思考，耳環少年指了指自己，一字一句地說道：「記住啊，老子叫嚴回，妳今天不給老子答覆，別想出這個巷子。」

嚴回？這名字怎麼有點耳熟。

張蔓猛然記起來，前世好像是有這麼一號人物，最後因為性騷擾女生，被學校開除了。

她握緊了書包帶子悄悄退了一步。

這種學生膽子最大，什麼事都做得出來，何況這條路平時又安靜，根本不會有人路過。

她的心臟怦怦直跳，額角冒出了細密的冷汗，她開始慌了。

她現在已經不是前世那個學生們見了都得規規矩矩的高中老師，而是一個最普通的十六歲女生，要是他們真的要做什麼，她根本沒能力抵抗。

那耳環少年看她後退，嗤笑了一聲，走上前抬起了張蔓的下巴，湊上來，眼睛戲謔地盯著她。

「怎麼？知道怕了？」

他說話時，熱氣噴到她臉頰上，讓她起了一身雞皮疙瘩。

下巴被他捏得生疼，張蔓斜開眼，不敢和他對視。他離得太近，幾乎貼著她，張蔓清晰地聞到他身上一陣刺鼻的煙味和汗味。

她感到胃部有些不適，原來和除了李惟以外的男生親密，會令她作嘔。

離得那麼近，少女的皮膚沒有任何瑕疵，美玉被放大了看，還是一塊美玉。

耳環少年越發來了興致，鬆手放開她：「就一句話，當老子女朋友，行還是不行？」

——「不行。」

低沉沙啞的聲音，從轉角處幽靜的巷子裡傳出來，像是從地獄裡走出來的惡鬼，陰冷得可怕。

突如其來的回答，讓在場的幾個人都是一愣。

張蔓聽到熟悉的聲音，震驚地回頭。

昏暗的路燈下，滿地黃葉，少年從不遠處走來，腳步聲清晰有力。他收起了漫不經心的姿態，像是突然變了一個人，氣質陰狠冷厲。

他一步步走到她身邊，一把握住了她的手，錯開身擋住她，將她護到身後。

張蔓緊張地回握他的手，她的手心早已被汗弄溼，此時被他乾燥溫暖的大手握著，那種黏膩緊張感降低了許多。

她歪頭看他的側臉，少年的臉隱在一片黑暗夜色裡，看不清表情。但單單聽見他剛才的聲音，她心裡就一顫。

他在生氣。

不良少年們看到有人過來打抱不平，頗有氣勢地圍了過來，把兩人堵在轉角處圍得嚴實。

這時，帶頭的耳環少年認出了李惟，他大聲嗤笑著：「喲呵，這不是高一一班李惟同學嗎？我們學校的名人啊。怎麼，你一個瘋子也要來跟老子搶女人？搶去幹什麼？帶回家吊死嗎？」

他說完，諷刺地大笑起來，連帶著身後其他幾個不良少年也笑了，彷彿聽到了最好笑的笑話。

在他們看來，李惟雖然個子高，看起來結實，但畢竟他們有四個人。何況，打架這回事，不是誰都行的。比的就是誰更狠，他一個天天在學校裡看書的好學生、書呆了，怎麼可能狠得過他們？

至於他是瘋子的說法，他們更是不怕。瘋了又怎麼樣，難道還想找根繩子把他們全都吊在曬衣桿上嗎？

耳環少年見兩人都不說話，以為他們怕了，於是繼續挑釁，語氣越發囂張：「我勸你小子別多管閒事，趕緊走，別妨礙我疼我的女人。」

他又笑著，拖著長長的語調加了一句：「別怪我沒提醒你，少兒不宜哦。」

張蔓有些緊張地伸手挽住了李惟的手臂，因為她發現少年在聽了這話之後，用力地握緊了她的手，疼得她險些叫出聲來。他額角的青筋開始凸起，整個人的氣質越發狠厲。

就像前世在校門口攔住她時一樣，他在這一刻，成了一頭陰狠的孤狼，讓人不寒而慄。

張蔓慌得很，心臟開始劇烈地跳動起來。

——怎麼辦，他好像失控了。

不知道為什麼，明明知道對方有四個人，但看著這樣的他，她的慌張完全不是因為擔心對方會傷害他們。

就在這時，她的預感成真了。

少年飛快扯開她的手，二話不說拿著某個東西狠狠地砸向那個耳環少年的臉，發出「嘭」的一聲悶響。

那一瞬間的狠辣和毫不猶豫，讓張蔓忍不住驚呼出聲。

等她再回過神來，耳環少年撕破嗓子般的慘烈哀號聲和滿頭滿臉的鮮血把黑夜撕破了一道口子。

他額角的血狂湧而出，滴在地面上，發出「滴答、滴答」的聲音，在安靜的空巷裡讓人毛骨悚然。

張蔓心裡咯噔一下，渾身的血液都衝上頭腦，無法控制的恐懼讓她渾身發抖，心裡只有一個念頭：跑。

於是她趁著幾個不良少年還沒反應過來，拉著李惟的手開始瘋狂地往外跑，像是身後有惡鬼在追。

她拉著他劇烈奔跑著，穿過一條條街道，直到跑到離那條巷子很遠的大馬路上，看到熙熙攘攘的人群和車輛，確認他們不可能再追上來後，張蔓才敢停下來。

她氣喘吁吁地靠在便利商店的玻璃牆上，雙腿因為之前的緊張還有些顫抖，一閉眼就能想到那個畫面——耳環少年慘叫著伸手捂住額角，鮮血從他的指縫中流淌而出，染了半邊臉。

她渾身止不住顫抖，劫後餘生的後怕以及更加深刻的恐懼和絕望排山倒海地湧上來。

張蔓想到剛剛少年那樣決絕、毫不猶豫的狠厲，難過地蹲下了身。心裡像是堵了一塊大石頭，她難以抑制地痛哭出聲。

為什麼會發生這種事？為什麼他還是因為她失控了呢？甚至，比上輩子更糟糕。

明明她這輩子都這麼小心了，小心翼翼地克制著自己對他的感情，就連想要靠近他、陪在他身邊都要費心想各種藉口，擔心對他的心理造成傷害。

她不想讓他這樣，她只想讓他好好的，一輩子都不要和這些黑暗、偏執的東西沾邊。他那樣乾淨好看的一雙手，將來是要推導出理論物理最前沿的突破的，怎麼能為了她去打人呢？

她明明只想讓他永遠都活在陽光裡，但他卻再一次因為她，失去了理智。

張蔓不禁產生強烈的自我懷疑，如果李惟從來沒有遇到她，是不是會好一點？她前世害他那麼那麼傷心，這輩子又害得他為她瘋狂、失控。

萬一剛剛那個人有什麼好歹，他怎麼辦呢？

她哭得上氣不接下氣，絕望地想著，一切都完了。

「張蔓……妳別哭。」

少年一直通紅的雙眼和渾身沸騰的血液，在看到眼前崩潰哭泣的少女後，逐漸平靜下來。之前澈底喪失的理智開始回歸。

這是她第二次在他面前哭了，她蹲在地上，環抱著自己，壓抑地哽咽，肩膀隨之一抽一抽地抖動著，小小的身子在旁邊的地磚上投下一個單薄的影子。

和上次不一樣，他看得出來，這次她是真的很難過。

雖然他不知道她為什麼難過，但是她難過的時候，他也會跟著難過。

他的心臟就像是被人捏住了，從剛剛到現在，疼得不行。疼痛之後是巨大的恐慌，萬一……萬一他今天沒有出現……

他已經記不清剛剛的心情。看到她被幾個人圍著，害怕得臉色慘白、發著抖，一步步往後退。他還看到，那個人毫不憐惜地捏著她的下巴，和她貼得那麼近。

他只覺得全身的理智都離他而去，心跳加速，血液沸騰，他的世界當時變成了一片黑色。

和小時候他最愛的那輛賽車被人踩壞的感覺有點像。不，比那嚴重千萬倍，嚴重到他完全控制不住自己。

他的心底有一隻猛獸在不斷怒吼著，叫囂著，想要把那群人統統撕碎。

事實上，他也這麼做了。

——他在靠近他們之前，在地上挑了一塊最尖銳又結實的石頭，下手極狠，毫不留情。

她這麼難過，是不是……他剛剛的樣子嚇到了她？

「張蔓……張蔓，都是我不好。」

少年在她身邊蹲下來，一下一下拍著她的背，手足無措地安慰著。

他第一次在她面前澈底失了分寸。

張蔓心裡的崩潰和絕望像是被巨壩攔截的汪洋水庫，此刻被他低聲安慰著，所有的情緒找到了突破口，衝破堤壩傾瀉而下。

她難過地撲上去緊緊抱住他，哭花的臉埋在他胸口，狠狠地大哭起來。

當天晚上，張蔓縮在被窩裡緊張兮兮地查了一夜有關青少年犯罪、過失傷人、防衛過當等等的內容，還時不時就要傳則訊息給李惟確認他在不在家，怕他在自己不知道的時候就被員警帶走了。

第二天，她頂著兩個碩大的黑眼圈到了學校，開始向周圍人打聽嚴回的消息。

嚴回是高三的，平時也不讀書，算得上一中校霸，很多人都認識他。

陳菲兒班裡就有幾個人和他走得挺近，聽她說，嚴回昨天好像在外面和人打架了，貌似毀了容，今天還躺在醫院裡，請假沒來學校。

但沒有提到李惟。

張蔓聽到這裡，心裡略微鬆了一口氣。看來他沒有報警，也沒有對別人說打他的人是誰。或許像他這樣的不良少年，被人打了是一件很難啟齒的事，所以他沒有往外說。

她冷靜下來，思考了許久，心裡逐漸安定了。這件事本來就是嚴回不對在先，李惟充其量只是為了保護她而正當防衛。再者，作為一個前科滿滿的不良少年，張蔓猜測嚴回也沒底氣向學校告狀。

回到教室，少年安安靜靜地坐著看書，絲毫沒受到這件事情的影響。

張蔓氣不打一處來。

她語氣相當嚴肅：「李惟，你跟我保證，以後再遇到這種事，別為了我和別人打架。」

少年沒說話，繼續翻書。

張蔓急了，拉住他的袖子：「你聽到我說的了沒？」

他放下手裡的書，轉過身來，搖了搖頭。

張蔓以為他沒聽到她說話，於是又重複了一遍：「我說，以後你遇到這種事別管我，別自己去打架，聽到沒？」

少年還是搖搖頭，固執得厲害。

張蔓這才反應過來，他搖頭的意思是，他不願意。

他看著她的眼睛，眼裡帶著不容反駁的堅定。

——「他們說要欺負妳。」

張蔓微怔，看他認認真真的樣子，酸澀又溫暖的感覺蔓延上來，心裡突然軟的一塌糊塗。

是啊，他只是為了保護她。看到她被欺負，他怎麼可能置身事外？

張蔓捫心自問，如果她看到他被人欺負，也沒辦法冷靜。比如那次劉暢不小心撞了他，她第一反應就是狠狠地踩他兩腳。

將心比心，或許她為難了他。

她嘆了口氣，先服了軟：「好，那我保證，以後我再也不會遇到這樣的事。」

以後她一定小心再小心，寧願繞遠一點，也不走那條路。

整個人鬆懈下來之後才有精力去想別的事。

「不對啊，李惟，昨天你怎麼知道我在那？」

少年過了一下才回答：「妳習作沒拿，我打電話給妳，妳沒接。」

張蔓的心裡像是化開了一顆糖，她控制不住地笑了，戳了戳他的手臂：「所以你就往我家的方向走了？你擔心我啊？你怎麼知道我家往哪個方向？」

少年言簡意賅，沒太多表情：「看妳之前往那邊走過。」

「那……你昨天是用什麼打他啊？」

「路上撿的石頭。」

之後不管張蔓再問什麼，少年都不理她了。

張蔓吃了閉門羹，於是也閉口不言，趴在桌上想著昨天的事情。

想著想著，臉頰開始微燙。

她昨天牽著他的手，跑過了一條又一條街。而且最後，她好像抱著他哭了很久很久。

那個時候真的沒想太多，她那麼難過，只想發洩心情，完全沒有任何歪心思。但現在想起來，還是面紅耳赤。

她的心臟怦怦直跳，隨後又化成了一灘水。至少在那個時候，他沒有推開她，而是那樣溫柔地一下一下拍著她的背，小心翼翼地哄她。

那樣溫柔的聲音，能夠撫平她所有的難過和委屈。

張蔓想著，明明是同一個人說出來的話，怎麼就這麼不同呢？當時他在小巷子裡說的那句「不行」，就像是從地獄裡爬上來的惡鬼。但後來他蹲在地上抱著她，一聲聲地哄她，那麼輕那麼柔，像是一根羽毛。

——他其實是喜歡她的吧，就算他自己都沒有發現。

她趴在臂彎裡，逐漸彎了嘴角。

那她就耐心地等他發現好了。

讓他漸漸地依賴她、信任她，時時刻刻想著她，才有可能不去妄想那些虛幻的親人和朋友，才有可能真真正正地活在這個紛擾的世界上，去感受人間的生活百味、美好與壯麗。

那天之後，李惟開始每天去張蔓家旁邊的公車站等車。其實學校門口就有車站，直達他家。

張蔓知道，他是怕她再遇上像嚴回那樣的人，所以想陪她回去。

不過他不說，她也不拆穿，心裡當然在偷樂。

事情的進展比她想像的要順利。

關於李惟的妄想症，她現在已知的有兩個人，一個是他的母親林茴，另一個則是他的朋友Nick。張蔓不知道有沒有第三個人，但目前這兩人分工很明確。

林茴往往是在李惟遭遇一些生活中的挫折，或者在他感到十分孤獨、自閉的時候出現；而Nick，則是他獨自一人念書面臨難題、無人可以與之探討的時候出現。

現在，她能肯定，他在心裡已經逐漸地接受了她。而她現在能做的，只有安安靜靜地陪著他，盡可能地填滿他的生活，以減輕妄想症狀。

兩人走到張蔓家樓下的路口，少年照慣例對她點點頭，示意他要去車站了。

但今天張蔓也不知道自己怎麼了，突然想拉著他多說一下話。

「李惟，你晚上一個人在家害怕嗎？你們家那麼大。」

少年看了她一眼，眼神有點奇怪：「不怕。」

張蔓又換了個話題：「嗯……那你以前學過畫畫嗎？」

他上次在沙灘上畫給她的那一片玫瑰花，畫得那麼好，簡直像是真的一樣。

「……沒有，自己畫著玩。以前在育幼院時沒借到高中之後的物理書。」

張蔓努力跟上他的思緒。也就是說，他把高中的物理學完後借不到更多的書，所以無聊就自己畫畫？

她心裡有些好笑，又酸酸的。

李惟在他父親去世後，被送進了N城一家育幼院，並且在那裡待了整整七年，直到國二才出來獨立生活。而他之所以被人害怕、排擠，並不僅僅是因為他父親的精神分裂，還是因為他在進育幼院之前，曾經去醫院精神科做過檢查。

當時醫生給出的診斷是，他小小年紀就有遺傳性腦損傷，也就是精神分裂症，但到底是根據什麼做出診斷，沒人知道。

而帶他去做這個檢查，並在確診之後把他扔進了育幼院的，就是他的親生爺爺。

李惟的爺爺也是N城的一個企業家，前後娶了三任妻子，他的原配，也就是李惟的親奶奶，就有精神疾病。他們家族子孫眾多，個個優秀正常，也不缺他一個。

他捐了點錢給育幼院，把他塞進去，就再也不管不問。

聽說，前世李惟當了普林斯頓大學的教授之後，他爺爺曾經想把他認回來，但李惟一直到自殺之前都沒同意。

張蔓咬著唇，縮在校服外套裡的指甲一下一下摳著手心。

她難以想像他的童年。

那麼小的一個孩子忽然之間失去了父親，又被唯一的親人狠心拋棄。在他還單純懵懂無知的時候，面對那些冰冷的儀器，還有那些一遍一遍問他話的陌生醫生，他的心裡有多害怕呢？肯定會害怕的吧？肯定會哭的吧？不會像現在，不管是一個人也好，被人排擠也好，他都無動於衷。

那個年紀的男孩子，本來就是最皮、最愛哭的年紀。

她還記得，前世她重生前，陳菲兒的兒子也才七歲，和李惟被扔進育幼院時一樣大。他喜歡玩各種玩具，有一次張蔓和陳菲兒帶著他去逛商場，他看上了一整套變形金剛，哭著喊著賴在地上不肯走。陳菲兒拿他沒轍，只好買給他。

小男孩抱著大大的變形金剛，帶著鼻涕泡的笑容，張蔓到現在都記得。

人都是這樣的，恃寵而驕，恃寵才會驕。

所以他一個人在家也不會害怕，一個人習慣了，怎麼能有害怕的權利呢？

張蔓心裡悶悶的，但又想知道更多關於他的童年。

「李惟，你小時候待的育幼院環境好嗎？一起的小朋友是不是很多？」

「嗯，挺好的，人很多。」

少年垂下眼眸，是有很多小朋友啊，什麼年紀的都有。

有比他小的，追在他屁股後面喊他「瘋子」。比他大的，帶頭排擠他，想要不斷刺激他，把他逼瘋，好看看瘋子到底是怎麼樣的。

育幼院裡管理得很混亂，都是一群沒人要的孩子，自己的家人不心疼，別人又有什麼心疼的必要。所以對孩子們之間的摩擦，管理人員大多都是睜一隻眼閉一隻眼。

但他不想和她說這麼多。

這個女孩，他想讓她每天都無憂無慮，不能讓她沾染半分他的黑暗。

回到家，張蔓打開一中論壇，果然看到好幾個文章都和這件事有關。

lz：『你們聽說沒，我們高三校霸嚴回上個月被人打了，住院住了一個多星期，現在還在家裡休養。你們知道是誰打的嗎？』

我想靜靜：『我靠誰這麼狠啊，替天行道。難怪最近學校清淨了不少。』

溜溜溜：『蹲。』

lz：『是嚴回手底下那幾個小混混不小心透露出的，消息絕對可靠。打他的是高一一班李惟，就是……你們懂的。』

溜溜溜：『我靠，那不是魔鬼在打架……據說李惟不是有那什麼嗎？他發作了？』

lz：『反正很可怕的，那幾個小混混都被嚇傻了，說是當時嚴回看上了一個妹子，正堵著人聊著呢。結果李惟二話不說就往他頭上拍了一塊石頭，直接拍得他一頭一臉的血。他們說，李惟當時那個表情，絕對是瘋了。』

神奇動物在哪裡：『一臉血……也太可怕了吧，好恐怖。』

溜溜溜：『是有點可怕，不過我這次站李惟，就算是瘋子，好歹也給我們出了一口氣不是？聽說嚴回是在道上混的，之前出了好幾次這樣的事情，學校根本就不管。』

誰拿了我的五三：『我靠，大新聞啊，難怪嚴回這幾天沒來上課。認同樓上，這次我站李惟。腦子有病又怎樣，人三觀至少正啊。』

和嚴回相比，文章裡對李惟的評價竟然是正面的居多。

張蔓心裡有些開心，他本來就是很好很好的人啊，為什麼要因為疾病而被人厭惡？他們不了解他，才會害怕他，只要能一點點靠近他，就能發現他的好。

張蔓關了論壇，傳了則訊息給李惟。

『你到家了嗎？』

他沒過多久就回了一則。

『嗯。』

『那你現在在幹什麼？』

少年又很快回覆了：『看書。』

他再短的句子也會規規矩矩寫上標點，古板得像一個與時代脫節的老人。

張蔓不由得輕笑了一聲。他除了不怎麼理人，其實真的很規矩，很像一個傳統的好學生。明明是走競賽的路子，但各科作業都寫，平時上學每天都穿校服，不遲到不早退。

但他失控的時候，就像變了一個人。

張蔓趴在床上，咬著食指關節，突然想起那件事情之後，她神經一直緊繃著，還沒有好好地向他道謝。

要是他那天沒有來護著她，她可能真的就完了。

張蔓又拿起手機，點開和他的聊天畫面，一個字一個字地打出來：『李惟，謝謝你。』

她也學他，鄭重地加了標點。

這次少年很久才回，還是一個字。

『嗯。』

第八章　他是最好的人

翻過十一月，N城這年的秋日安靜地過去了，道路兩旁的落葉樹只剩枝椏。氣溫驟降，空氣乾燥又冰冷，四季之中最難捱的季節到了。

距離張蔓重生，已經過了三個多月。

十二月初的月考，她鄭重了很多。包括這次以及之後幾次考試的物理成績都非常重要，班導師會在裡面選拔出高二參加物理競賽的學生。

張蔓心裡計算得清楚，李惟已經幫她補了三個多月的課了，她比之前有很大進步也是理所當然的，不會引起他的懷疑。

所以她基本放開了寫，除了最後一道複雜一些的大題依舊空著，其他的題目大部分都做了。果然，成績出來以後她又在班裡小小轟動了一把，滿分一百二的物理試卷，她考了一百出頭。連班導師劉志君也對她重視起來，主動叫她去辦公室，當面表揚、鼓勵她。

張蔓從辦公室回來，喜滋滋地把物理試卷放到少年的桌上，雙手捧著腮，兩隻眼睛亮晶晶地看著他，想得到他的表揚。

少年接過卷子，看了她失分的地方幾眼，好看的眉頭輕輕皺起。

「最後一題，上次補課時做過類似的，而且妳做對了。」

張蔓扯過試卷看了一眼，還真是上次做過的題。

糟糕，她考試時完全沒看最後一題的題幹，直接空著了。

張蔓飛快轉了轉腦子，強行解釋：「我還是不熟練，我當時也覺得這個題目很眼熟，還是沒想起來怎麼做。」

少年點點頭，不再為難她。

張蔓便趁機轉移話題：「李惟，你之後是不是要參加物理競賽？你覺得我學得怎麼樣？我和你一起去好不好？我最近覺得物理好像挺好玩的。」

少年這才認真地看了她一眼，像是在評估她到底是不是認真的。

張蔓立刻坐正，規規矩矩地兩手交疊，一副很誠懇的樣子：「我說真的，你看我的總成績在班裡就是吊車尾，如果參加升學考頂多只能上國立大學，如果學競賽說不定還有機會。」

少年聞言輕聲說道：「會很累。」

「我不怕，下次去你家，你教我做競賽題吧？我都查過了，高中競賽範圍有大學力學、電磁學和熱學，我們從大學力學開始好嗎？」

少年沉默了一下，認真思考這件事的可行性。她能夠在一個學期之內有這般提升，或許確實有天賦，再者，參加升學考也未必會比競賽輕鬆。何況她學物理，他也能幫忙。

他沒有意識到自己第一次這麼周全地替旁人考慮，點頭道：「也好。」

張蔓回到家，發現張慧芳不在。桌上放了做給她的宵夜，還貼了紙條囑咐她早睡。

張慧芳最近晚歸的次數越來越多。

張蔓心裡有了懷疑，她不會已經認識鄭執了吧？

她心裡一慌，又讓自己冷靜下來。一邊坐下吃宵夜，一邊仔仔細細想著前世的時間點。

她還記得，前世張慧芳第一次把鄭執帶回家是在來年的一月份，一個下著大雪的冬天。那時她已經和李惟決裂了，整天鬱鬱寡歡，也提不起興趣念書，對張慧芳的各種行為舉止也沒心思關心。只記得鄭執拎了很多東西到家裡，還買了一台新手機給張蔓。

鄭執個子很高，和其他大腹便便的中年男人相比，相貌儒雅又英俊。兩人剛進門時渾身都是雪，鄭執顧不上自己，先抬手仔仔細細地拍落張慧芳頭上和肩膀的雪，動作很溫柔。

那個動作，讓張蔓在心裡無形地認可了他，她當時覺得這麼溫柔的人，至少是個好人。但她沒料到，這個男人真的很會偽裝，表面上文質彬彬，骨子裡卻是徹頭徹尾的垃圾。

現在是十二月份，張慧芳很有可能已經認識鄭執了，或許是在戀情發展的初階段。

張蔓的指甲狠狠摳著手心。

得想辦法拆散他們。

這天晚上張慧芳到了十一點才回來，臉色微醺，脫了長靴往裡走，進門的時候還愉悅地哼著小曲。張蔓坐在沙發上看電視，等她一進門就仔細觀察她的神色。

看來八九不離十了，張慧芳臉上洋溢的快樂和溫柔騙不了人，前世她帶鄭執回家時，臉上就是這種表情。

「張蔓？妳怎麼還沒睡？」

她脫了大衣掛在門後，歪著脖子看了一眼餐桌。

「宵夜吃完了？乖，明天還要早起上課，快睡吧。」

她心情很好，連帶著對著她語氣也輕柔了不少。

張慧芳招手把她趕進房間，自己又小聲打起了電話，聲音細細軟軟的。

第二天。

張蔓滿腦子想著張慧芳和鄭執的事，猶豫了一下，向李惟請假：「……我有點事，這週六就不去你家補課了。」

少年停下手中的筆，聲音有點遲疑：「又生病了？」

他的敏銳邏輯和她似乎不能共存。

張蔓被他逗笑了，樂得不行：「哪有人預約生病的？我真的有事，家裡的事。」

少年點點頭，不再過問。

週六，張蔓特地在家耐著性子待了一天，時刻注意張慧芳。果然，七點多，她哼著歌開始挑衣服、化妝。

張蔓想了想，去了家門口的咖啡廳等著。咖啡廳的落地玻璃窗正好對著她們家公寓門口，可以清楚地看到住戶們進進出出。

半個多小時後，張慧芳出門了。她化著很濃的煙燻妝，打扮得相當精緻用心。一身筆挺的黑色呢料大衣，繫著同色腰帶，俐落灑脫。下擺露出裡頭駝色的魚尾緊身毛衣裙，腳下還踩著平常不太會穿的十公分高跟鞋。

張蔓見她坐上計程車，立刻也攔了一輛車。

「司機大哥，麻煩跟著前面那輛車。」

目的地是家酒吧。張蔓下了車，遠遠看到張慧芳挽著一個男人的手臂，走進了酒吧。

張蔓心裡一沉。

雖然看不清臉，但身高、背影還有那裝模作樣的走路姿勢她永遠都忘不了。

是鄭執。

她急忙跟上往裡走，卻被門口的保全攔住了，理由是未成年人不能進酒吧。

張蔓還真不知道，前世當高中老師時還去酒吧裡抓過一些蹺課的學生。但不管張蔓怎麼說，保全就是不給進，她只好作罷，坐在門口的臺階上等待。

N城的初冬很冷，倒不是氣溫有多低，而是風大，乾澀冰冷的海風颳得她臉頰生疼。海邊城市都是這樣，晝夜溫差很大，誰都扛不住晚上的海風。

李惟坐在書房，看完廣義相對論第四節的最後一頁，站起身去餐廳拿水喝。他從來沒有燒水的習慣，就算是冬天，也是買純淨水放在冰箱裡。打開冰箱門的瞬間，寒意湧出來，讓他打了個哆嗦。

他忽然覺得家裡很空。

她今天一整天都不在，他自己一個人待了一天，竟然有點不習慣。

自從她每週準時到他家補課、幫他做飯，他好像已經很久沒有一個人在家待這麼長時間了。

而且，她今天都沒傳訊息給他。

他把手機調成了震動，放在睡衣胸口的口袋裡，但一整天都毫無動靜。

少年拿出一瓶水，擰開瓶蓋，修長的手指握著瓶身，仰頭灌了一口水。

他覺得有必要問問她，明天來不來。

張蔓正坐在門口等得瑟瑟發抖，忽然接到了李惟的電話。

她想問他什麼事，但酒吧門口訊號不太好，手機裡傳來清晰的電流聲，她站起來，稍微走遠了一點。

少年聽到她那邊有很嘈雜的汽車鳴笛聲，還有熙熙攘攘的人聲，她在外面。他皺了皺眉，抬起左手看了手錶一眼，八點多了。

腦海裡突然想到之前她被人堵在小巷的轉角處，他的心臟在那一瞬間驟然緊繃，「噌」的一下從位子上站起來，焦躁地往前走了兩步，聲音更低了：『張蔓，妳在哪？』

張蔓的手從袖子裡伸出來拿著手機，一下子就被凍得通紅，表皮的肌膚接觸著冷空氣，像是有細密的小針在扎著：「我在外面，怎麼了？」

少年聽到她的聲音，捏緊的掌心悄悄鬆開：『沒事。』

張蔓看著酒吧門口：「喂，李惟？我問你啊，你知不知道N城的酒吧未成年人怎麼進去？那個酒吧叫『葉遇』，離你家不遠。」

少年的聲音有些硬邦邦的。

『妳去那裡幹什麼？』

「我有事要進去一趟，但門口的保全不讓我進去。」

這次少年安靜了許久：『妳在門口等我。』

張蔓掛了電話，繼續抱著手臂坐在酒吧側門的臺階上，冷冽的空氣讓她保持清醒，整個人縮成一團，搓著手取暖。

還好李惟沒有讓她等很久。

少年修長的個頭在人群裡很顯眼，他正站在馬路對面等紅綠燈，背後是濃重的夜色和幾間酒吧門口各色各樣的燈帶。

他身上穿著厚實的大衣，手插在口袋裡，看起來很暖和，眉頭在看到她的瞬間輕輕皺起，好像在責怪她一個人大晚上出門。

這條街是N城著名的酒吧街，每天晚上都能體驗燈紅酒綠、紙醉金迷的夜生活。

酒吧門口什麼樣的行人都有，打扮得精緻花哨的女郎、西裝筆挺的青年、還有抱著吉他鬍子邋遢的駐唱歌手……少年衣著簡單，在一群人裡頭，卻格外顯眼。

張蔓不由得看呆了。

她喜歡的這個少年啊，真的是很好看，就算認識他這麼久了，她每次見他，還是會不由自主地臉紅心跳。

——「跟我來。」

少年過了馬路，沒多說，轉身朝正門走去，跟門口的保全說了一句話，就回頭對她招手。

張蔓跟在他身後，順利地進了酒吧。

她心裡有點疑惑，李惟也是未成年人，看起來沒比她大啊，為什麼保全沒攔他？

不過當務之急不是糾結這件事，張蔓抓著李惟的袖子躲在他身後，偏了偏腦袋只露出一雙眼睛，四處找著張慧芳的身影。

她前世除了抓學生，私底下從來沒來過夜店，果然……很吵。臺上有ＤＪ在放鼓點突出、節奏鮮明的舞曲，同一個旋律重複播放著，低頻音樂震耳欲聾，沉重鼓點讓張蔓耳膜發脹，心臟也有點不舒服。

但舞池中央那群躁動的年輕人們顯然不在乎。

只要有音樂，他們就能狂歡。

這樣的喧囂，能給人們一種不孤獨的假象。就像酒精麻痺了心靈就不用去思考。

但也不是所有人都跳舞，也有許多人獨自一人或者和朋友一起坐著點幾杯酒。

酒吧裡很熱，兩人脫下外套找個角落裡的沙發坐下。

張蔓躲在少年身後，不斷張望，很快在吧檯邊發現了張慧芳和鄭執。他們坐得很近，有說有笑地喝酒聊天。

她看著他們的舉動，雖然熟稔但還不算太親密，心裡推測這時兩人大概還在曖昧階段，沒有確認關係。

所以，怎麼才能在這個階段就把兩人的關係搞砸呢？

李惟發現少女一進酒吧就躲在他身後，不斷探著腦袋，皺著眉頭神情嚴肅。

他順著她的目光看去，看到一個打扮得成熟溫柔的女人，大概三十出頭的模樣，長得很漂亮。

看側臉，似乎和她有五六分相似。

他想問她來酒吧做什麼，轉身時，針織衫的袖子蹭到了她往外探的臉蛋，些微的壓力讓她軟嫩的臉蛋一瞬間變形。他記起了那次在醫院拆完石膏後，曾經抬手幫她拂去臉上的灰塵時滑嫩柔軟的觸感。

左手手指上的神經似乎有記憶，忽然有點麻。

少女抓緊了他的衣袖，一直盯著吧檯那邊，神色看不清楚，但聲音卻有點著急。

「李惟，你看那邊，那個穿著駝色連衣裙的女人，是我……媽媽。旁邊那個是她的新男友，他不是好人，能不能想個辦法幫我拆散他們？」

她皺著眉，嘴微微嘟起，說話時臉頰上的肉跟著一動一動的。

——看起來很好捏。

少年眼神微暗，喉結上下滾動了一下。

「喂，你有聽我說嗎？」

張蔓見他不答，又重複了一遍。

少年這才回過神，仔細問了幾句，想了一個辦法。

張蔓聽了李惟的吩咐，走到酒吧外面打電話給張慧芳。

張慧芳正和鄭執聊著天，感受到手機震動，拿起來一看，是張蔓。酒吧裡太吵，接不了電話，她對鄭執說了一聲，起身去了廁所。

『喂，張蔓？』

「我那本物理書妳看到了沒？我明天要用，找不到了。」

張慧芳有點奇怪：『妳的書不都是妳自己放的嗎？妳在房間裡好好找找。』

「那……我演出穿的那條裙子妳放哪了？我還有用。」

『在我衣櫃下層左邊的抽屜裡，妳找看看。』

「……我沒找到，妳是不是記錯了？」

『……』

張蔓按照之前說好的，盡可能拖時間。

等張慧芳已經被她問得有點不耐煩了，她才掛了電話，偷偷溜進去，坐到李惟身邊，看向鄭執的方向。

她揉了揉眼睛。

鄭執竟然趁著張慧芳不在，和一個穿著風騷性感的女人調情，那女的很漂亮，看起來才二十出頭的樣子，身材非常好。此時她笑得花枝亂顫，說話時一扭一扭的，甚至都要貼到鄭執的身上去。

鄭執也沒閒著，手輕輕攬著她的腰，對她露出一貫溫文爾雅的微笑，金絲框眼鏡下的一雙眼睛微微瞇起。

顯然對主動湊上來的女人來者不拒。

張蔓心裡暗暗叫了一聲好。

怪不得李惟剛剛拿錢包出來，原來是僱人搭訕鄭執。

妙啊，現在鄭執和張慧芳還沒在一起，他那麼好色的一個人，遇到了比她更年輕漂亮的女人主動來勾搭，怎麼還會在意張慧芳。

果然，張慧芳從洗手間回來也看到了這一幕。她撩了撩長髮，站在原地沉默了一下，輕聲笑起來。她站在原地笑了一陣子，走過去，站在兩人面前沒說話。

那個年輕女孩看了她一眼，絲毫沒在意，繼續和鄭執碰杯對飲。

而鄭執在看到她時只愣了一下，也沒停止和那個年輕女郎調情，裝作根本不認識她的樣子，人渣的秉性透露無遺。

張慧芳對那個女孩笑笑，拉開她，姿態優雅地舉起酒杯，朝鄭執那張令人作嘔的臉上潑了一杯紅酒，然後轉身踩著十公分的高跟鞋一甩頭髮，瀟灑地拿起包包往酒吧外走。

張蔓看得來勁，心裡一陣拍掌叫好，嘴角的笑容都快憋不住了。以張慧芳的性子，鬧成這樣就不可能回頭了。

不愧是張慧芳，幹得漂亮！她托著腮，心裡放鬆好多，沒想到這件事這麼容易就解決了。

她沒空去看被潑了一身紅酒、張著嘴處於震驚狀態的鄭執，而是努力觀察著張慧芳的背影。

她走得很穩，步步生風的樣子，好像也沒有多傷心。張蔓再一次慶幸，還好她發現得早，如果真的等張慧芳已經和他在一起了，陷得深了，恐怕事情就不會這麼輕鬆了。

可能是張蔓的視線太專注，張慧芳似有所感，回頭往張蔓的方向看了一眼。

張蔓猝不及防地和她對視了一眼，嚇了一跳，連忙側過身緊緊抱住身邊坐著的少年，臉深深埋進他的懷裡。

好像這樣就能把自己藏起來。

她緊張地埋在他胸口，悄聲說：「別說話，看看門口我媽走了沒？」

李惟愣住了。

和那次她在他懷裡哭的時候不一樣，那時候他忙著安慰她，根本沒注意太多。

但這次，渾身上下的每根神經都在提醒他，她現在就在他懷裡。

少女的體溫和心跳透過薄薄的針織衫無比清晰地傳達到他的胸膛，她的雙手環在他背後，把他圈得很緊，兩人之間毫無縫隙地靠近著。

周圍的黑暗讓他的感官異常敏銳。酒吧裡很嘈雜，沉悶的鼓點聲和年輕男女的尖叫歡呼聲震耳欲聾，然而少年在這一瞬間，卻清晰地聽到了自己劇烈的心跳。

「咚，咚，咚……」音響的鼓點有多快，他的心跳就有多快。

他的嗅覺在這一刻無比靈敏，聞到了她髮端的清香，還有她身上陣陣奶香。

她的身體那樣軟，這麼緊地抱住他，貼著他堅硬的胸膛，讓他感到一陣沸騰的熱血上頭，頭皮都開始發麻。

太陽穴的那根神經又開始劇烈跳動，但這次並非焦躁不安，而是一種他難以形容的感覺。心尖上彷彿爬過了一萬隻螞蟻，在啃噬他，似乎不做點什麼，就無法緩解。

再規矩的人，也會起邪念。

於是他抬起雙手，一隻手放在她背後，一隻手按著她的後腦勺，把她更緊地按向他。直到把她整個人按進他懷裡，下巴輕輕擱在她的髮頂，他心裡那股懾人心魄的癢意，才得到了一點疏解。

少年雙眼看著空無一人的酒吧門口，被內心深處的魔鬼指引著，聲音沙啞地撒了一個謊：「別動，她還沒走。」

——自然得像個慣犯。

擁擠的酒吧裡，五顏六色低亮度的燈光在舞池中飛竄，然而舞池之外便是昏暗、安全的環境。

低音鼓點、喧鬧音樂、狂亂的舞姿、熱辣的酒液……年輕男女們在酒精的作用下享受著夜晚特有的狂歡和奔放。

而在某個昏暗的角落，大大的真皮沙發上，一對年輕人正在深情擁抱，路過的人們紛紛朝他們拋去曖昧的眼神，卻也不覺得奇怪。

在這裡，這樣的忘情和放縱並不少見，比這誇張的，多的是。

少年的下巴擱在懷中少女的髮頂，隱在昏暗燈光下的唇角，泛著一抹沒人看見的笑意。

他緊緊地擁抱著她，感受著她溫暖又柔軟的身體，感受著她的呼吸穿過薄薄的針織衫，一下一下噴湧到他胸口的皮膚。這樣的擁抱，讓他心裡莫名的難耐得到了緩解。

空氣裡濃郁的酒氣，似乎能順著毛孔被人體吸收，他明明滴酒未沾，卻覺得自己醉了。

這種感覺，很奇怪。

其實，他從小就厭惡別人的觸碰。

——比如育幼院裡的那群孩子們。

他剛去育幼院的那段時間，遭受了許許多多的觸碰。有一群比他大一些的小孩，不知道從哪聽說了他是個「瘋子」，從此他就變成捉弄、娛樂的物件。他們曾經捉蚯蚓扔進他的衣領裡，把墨水倒在他的衣服上，或者用打火機偷偷地燒他的頭髮。

他越平靜，那些孩子們似乎就越憤怒。

人都是這樣，費勁地做一件事，總想要達到預期的效果，他們想要的，就是看他發瘋。

後來，傳言流傳到了他念的小學裡，同樣的事繼續發生。

直到有一天，他把其中一個男生關進了學校二樓一間廢棄的廁所裡，並用膠帶貼了嘴唇不讓他呼救。

他關了他一整天。

那之後，好奇和捉弄變成了恐懼與害怕，大家對他避而遠之，沒人再來找他麻煩，也沒有人再來觸碰他。

他從前一直覺得，人和人之間的觸碰，就和當年他衣領裡的蚯蚓一樣令人難受，但卻在遇上她之後，澈底改變。

——像是做了一個躺在雲端上，被雲朵環抱著的輕柔的夢。

少年靜靜地抱著他懷裡的少女，聞著她髮端的清香，數著自己越來越快的心跳。

四百九十八，四百九十九，五百……夢該醒了。

他的聲音帶著一股微醺般的嘶啞，彷彿是低音貝斯彈奏的基音。

「張蔓，起來吧，妳媽媽走了。」

張蔓聽到他的話，呼吸困難地鬆開他，抬起頭，緊張地看了酒吧門口一眼。

果然沒有人。

她鬆了一口氣，要是被張慧芳抓到了，還真不知道怎麼解釋。

人放鬆下來，身體的記憶就開始回流。

她想起剛剛那個擁抱，頓時紅了臉。

他的懷抱真的好溫暖……心跳到現在還處於瘋狂的加速中，快到幾乎窒息。

她輕輕吐出一口氣，調整呼吸，還好張慧芳沒有留下，不然她可能會得心臟病猝死。

張蔓的臉頰滾燙，好在酒吧裡光線那麼昏暗，他……應該注意不到。她抬眼偷瞄身旁的少年，卻見他目光淡淡，神色絲毫沒有任何波動，好看的手指握著透明的玻璃杯往嘴邊送，似乎想要喝水。

張蔓微愣，突然心裡就平衡了。

──他的杯子裡根本就沒有水。

張蔓心裡有些好笑，他看起來這麼平靜，心裡肯定也有感覺的吧，再怎麼說她也是個好看的女孩。

為了確保不會在路上碰到張慧芳，兩人又等了一陣子才出酒吧。李惟沒說話，筆直往車站走，打算送她回家。

兩人站在站牌下等車，N城這年的車站只有簡陋的站牌和座椅，不像後來都建成了封閉式的，可以遮風擋雨。

已經將近九點了，冬天加上夜晚，合在一起是最磨人的嚴寒。

張蔓搓了搓發冷的手指，看著少年的側臉，心裡有些疑惑：「李惟，你剛剛跟保全說了什麼啊？他怎麼就讓你進去了？」

「我說我來找我朋友。」

「啊？我之前也說了這句話，他沒讓我進啊。」

少年頓了頓，耐心地解釋：「我恰好認識這家酒吧的老闆。」

張蔓驚奇：「你還有這種朋友？什麼時候認識的？」

她好像聽人提過，這一帶的酒吧都是N城那批最有勢力的道上的人開的，他竟然還認識這些人……

這些事，她怎麼從來都不知道？

少年聽她這樣問，好看的嘴唇抿了抿，喉結微動。

「不算是朋友，從前在育幼院時認識的。」

只不過是一個不像別人那麼討厭他、排擠他的人罷了，算不得朋友。

張蔓聽他輕描淡寫地一句帶過，心裡像貓抓了似的。

她沒有罷休，繼續問：「李惟，你和我說說嘛，你們是怎麼認識的啊？」

少年沉默了一下：「……妳真想知道？」

張蔓用力點點頭，她想知道有關他的全部。

少年言簡意賅地說了幾句：「這家酒吧的老闆從前和我在同一個育幼院，比我大八歲。我們……關係還算可以。他前幾年離開育幼院後，在N城還有Z城闖事業，我上國中時他還回育幼院找過我一次，看我沒什麼朋友，就問我要不要跟著他混。我沒答應，道不同不相為謀。不過，聽說他現在生意做得很大。」

「那……你後來離開育幼院，為什麼自己生活呢？」

少年垂眸，沒有太多表情：「……育幼院裡太熱鬧，我不喜歡。我申請了好幾年，直到國二那年，院裡認同了我有獨自生活的能力，才開了證明。」

也就是說，如果育幼院能早點批准，他早就想出來一個人住了。

張蔓的心揪得緊緊的，是有多麼不快樂，才寧願一個人待著，也要逃離那個地方？他說的輕描淡寫，可她心裡卻有驚濤駭浪。

誰會不喜歡熱鬧呢？但最難受的，就是周圍所有熱鬧與狂歡，都與他無關。

她感覺自己很矛盾。

明明是她想知道關於他的一切，但又不敢繼續問，因為他每說一句，她的心裡就難受一下。她突然覺得，如果她重生的時間能夠再往回一些就好了，她想從他很小的時候就陪在他身邊，把小小的他抱在懷裡，對他說：「別怕，我會一直陪在你身邊，永遠都不離開你。」

張蔓回到家，剛進門就聽到張慧芳在房間裡打電話，應該是打給她某個閨密。

她語氣憤慨地敘述著，時不時還伴著抽泣聲。

張蔓皺了皺眉，剛剛看她優雅果斷地潑了鄭執一杯酒，還以為她根本沒放在心上。

不過也是，張慧芳要強又愛面子的性子，怎麼可能在人前表露出脆弱，哭也要憋著回家哭。

張蔓有些擔心，躡手躡腳地走到她房間門口，貼著房門聽她們打電話。

電話那頭是張慧芳的閨密，叫徐顏，從前和她一起組樂隊的，張蔓也見過。徐顏雖然年輕時也不念書，混樂隊、酒吧，但性子比張慧芳沉靜很多，早在二十幾歲就嫁人生子了，後來還改行當了會計，日子過得很不錯。

「顏顏，我真的沒想到，他是這種人。」

張慧芳一邊掉眼淚，一邊抽著紙巾，為了方便開了擴音，所以對方的聲音張蔓也能聽得一清二楚。

『芳啊，不是我說妳，妳今年三十五了，不是十五，眼角長好幾條皺紋了，怎麼眼光就沒長呢？這麼多年過去，看人還是那麼草率？』

徐顏頓了頓，又嘆了一口氣：『不過這次確實也不怪妳，鄭執平時裝得人模狗樣的，見誰都是一副笑臉，沒想到竟然是個人渣。』

張慧芳抽泣了幾聲，稍微平靜了一點：「是啊，我跟他接觸一段時間了，他表現得一直很紳士。」

她停頓了一下，聲音放輕了許多：「而且……他之前明確透露過，以後不想要孩子。如果我和他在一起的話，他會幫我一起照顧蔓蔓……妳知道的，我有蔓蔓了，不想再生小孩，所以我這次真的在認真考慮……本來想著相處一段時間試試，如果可以的話，就結婚。沒想到啊……顏顏，妳都不知道我今天有多丟人。」

徐顏聽完，突然想起來她上一段無疾而終的感情，倒吸一口氣：『妳不想要孩子……所以，妳之前和徐尚分手是因為他堅持結婚之後要生小孩？徐尚多老實的人啊，對妳又好，他前妻去世後，這些年一直沒找，也沒孩子，家裡壓力很大，想要孩子不是很正常嗎？』

張慧芳聲音有些急：「我知道，徐尚是對我很好，而且說實話，我也很喜歡他，比之前那些男朋友都要喜歡，他……是一個很有魅力的人。那也沒辦法，他媽媽年紀大了，一定想有個孩子，如果要生，我的蔓蔓怎麼辦？」

徐顏停了好久，又問道：『……之前有幾個我覺得不錯、跟妳也算合得來的，也是因為妳不想要生小孩才分手的？』

張慧芳冷靜了一下，聲音不那麼激動了。

「不全是，其中有兩三個雖然答應不生小孩，但接觸下來我覺得他們對蔓蔓都不上心，不可能真心把她當親生女兒的。顏顏，我雖然交了很多男朋友，但我也不是那麼不講究的人，在關係確定之前，一直都是保持距離的。我覺得我多試幾個，應該能找到合適的吧……是我運氣太差了。」

她一邊說著，一邊對著鏡子卸掉哭花的眼線。

「……妳知道我的，我年輕的時候任性又不負責任，蔓蔓完全是我生命中的意外。」

「生她的時候，我自己還是個孩子，根本不會帶小孩。何況，對於那個時候的我來說，愛情和青春就是全部，對她沒那麼上心。但現在……我不能不考慮蔓蔓。」

「她從小就沒見過她爸爸，和我又不親，她那樣的性子，我這個當媽的要負大部分責任。這麼多年，我一直想……一直想找個愛我的，但更愛她的，給她一個她小時候就想要的爸爸。

但是這麼多年過去，實在太難了。顏顏，妳說不然以後我不找了？沒爸爸就沒爸爸，我這個媽媽雖然不像樣，但也能照顧她……」

她哽咽著說完，三十多歲的人了，突然就嗚嗚地哭起來，彷彿還是十六年前那個坐在醫院的樓梯間裡，拿著一張化驗單崩潰痛哭的少女。

張蔓聽到這裡，心裡無比震驚，等回過神後發現臉上已經是一片冰涼。

她捂住自己的嘴，盡量不讓自己發出一丁點聲音，悄悄地往外走。

樓梯間裡昏暗，感應燈壞了一兩個，她麻木地走下長長的樓梯，推開公寓大門。

迎面而來是一陣冰冷寒風。

夜間呼嘯的風越來越兇猛，穿過物體時，還發出尖銳的嗚嗚聲，張蔓在門口緩緩蹲下，這樣的溫度讓她的思緒清晰許多。

如果說她從來沒怨過張慧芳，是不可能的。

她看不慣她混亂的私生活，討厭她一直不安安穩穩地過日子，今天這個明天那個。在她漫長的童年記憶裡，「爸爸」這個詞，是心裡最不能提起的痛。

她根本不知道自己的爸爸是誰，只知道媽媽換了一個又一個男朋友，逐漸的，她再也不問這個問題，冷眼看她的戀情糾葛，讓自己置身事外。

她還記得張慧芳的前任徐尚，兩人談了一年的戀愛，比她之前談的男朋友都要久，久到連張蔓都以為這次該定下來了。卻在幾個月前，兩人和平分手了，她問張慧芳時，張慧芳只說是性格不合。

她又模模糊糊記起好幾個人，好像有幾個也挺合適的，後來都無疾而終。

她一直以為，是張慧芳喜新厭舊不肯將就，是她沒了新鮮感就厭倦了，所以男朋友一個接著一個換。

沒想到，所謂的不將就，其實都是因為她？

原來，事實是相反的，是她一直在拖累她。

她怎麼從來沒明白呢？一個帶著孩子的未婚母親，在這個社會上，會生活得多麼艱難……

張蔓突然想起前世張慧芳和鄭執最後決裂的原因。

鄭執偷偷賣了他們在H城買的房子拿去賭博，後來三人不得已租了一間很破的房子。那棟房子離Z城市中心非常遠，很接近郊區，而且還是兩房一廳的小房子，面積不到二十一坪。那棟是張慧芳選的地方，離她學校近。那時張慧芳自己在市中心上班，每天要坐一個多小時的公車。

她還記得，那棟房子真的很老舊，她房間的門鎖都生鏽了，鎖不上。張慧芳當時為了還賭債，忙得焦頭爛額，她就沒拿這件事去打擾她。

那天張慧芳不在家，張蔓在房間裡換衣服，結果鄭執連門都沒敲就闖進了她的房間。張蔓剛穿好內衣，看他進來嚇得尖叫了一聲，手忙腳亂地套好上衣。然而那個男人卻絲毫沒有感到尷尬或者歉疚，反而大咧咧地站在門口看著她，眼神裡帶著令人作嘔的打量。

他那個時候，是她名義上的父親啊。

這樣的事發生了好幾次，甚至變本加厲。

張蔓終於忍不下去，趁著鄭執不在和張慧芳說了。

她還記得，張慧芳當時的臉色瞬間變得鐵青，嘴唇咬得快要出血，抓著門框發著抖，樣子很可怕。

那天下午，她把自己關在房間裡好幾個小時，不知道在想些什麼。

到了晚上，張慧芳讓她進房間裡寫作業，不管發生什麼都不要出來。張蔓看她似乎很平靜的樣子，點點頭，沒說什麼就進房間了。

然而，當張蔓聽到巨大的動靜打開門時，就看到張慧芳拿著一把菜刀追著喝得醉醺醺的鄭執，從廚房一直追到客廳，砍壞了好多傢俱。她眼睛紅得嚇人，像是真的要把他亂刀砍死。

鄭執嚇得拔腿就跑，那之後好幾天沒回來，後來兩人就協議離婚了。

兩人離婚的那天，張慧芳坐在地上，發著抖和張蔓說，讓她絕對不要跟別人說鄭執曾經想要騷擾她。張蔓那時還以為，是張慧芳丟不起這個臉，現在才明白，她其實是在保護她。

她怕這件事傳到她學校裡，她會被人嘲笑。

原來……是這樣啊。

所以就算鄭執賭博賭得最凶的時候她也沒提離婚，但聽說鄭執冒犯她之後，她拎著菜刀恨不得殺了他。

那次之後，張慧芳像是一夜之間老了好多歲，原本風風火火天天愛往外跑的人，把自己關在家裡一個多月。後來，她就再也沒有談過戀愛，張蔓一直以為她是被鄭執傷了心，不再相信愛情。

原來她不是不相信愛情，而是不相信會有男人在愛她的同時，也能把張蔓當作親生女兒來疼愛。

不是因為她任性不願意將就，只是她想要的愛是雙份的，哪個男人能給得起？所以這麼多年了還如履薄冰，在姻緣上越發艱難。

張蔓捂著臉，淚流滿面。

她直到今天才知道，原來不僅僅是小的時候，張慧芳到現在，和閨密提起她時，叫的也是「蔓蔓」。

就像她說的，她生下她時，自己還是個任性又嬌氣的孩子。

——她是第一次做女兒，她也是第一次當媽媽。

第二天，張蔓依約去李惟家補課，卻心不在焉。

昨天發生的事，對她的震撼實在是太大了。她有些不明白，為什麼生活總是要這樣繞圈子？明明是相愛的人，為什麼不能直接傳達心意，而是要有一層又一層的誤解，從而疏遠？

就好像有一隻看不見的手，在背後笑嘻嘻地操縱著努力生活的人們，戲弄著他們，讓他們產生隔閡，讓他們無時無刻不帶著遺憾。

她和張慧芳是這樣，前世她和李惟也是這樣。非得繞那麼大一圈，才能明白對方的心意。

她心情沮喪，懨懨地趴著不想做題。

少年看她很難受的樣子，也停下手裡正在看的書，轉過身來，目光帶著詢問。

張蔓突然有了傾訴欲，慢慢和李惟說她和張慧芳之間的事，說著說著，不禁落了淚。

她說完後，戳了戳少年的手臂：「李惟，你說為什麼我們有的時候想要知道一件事情的真相，總要繞那麼多彎路呢？為什麼不能直接傳達給對方呢？」

少年認真地看著她，眼睛裡帶著無限溫柔，如水的目光給了張蔓極大的安慰。

他在聽到她的問句後想了一下。

「張蔓，妳知道兩點之間什麼樣的距離最短嗎？」

張蔓不假思索：「當然是直線距離。」

少年搖了搖頭：「只有在空間是平坦的時候，最短的距離才是直線距離，如果空間是彎曲的，那麼最短的距離將會是一條曲線——彎曲空間並不存在直線。所以有時候生活不是故意繞彎子，是因為對於感情而言，或許那就是它最短的距離。」

張蔓愣了一下，知道他在企圖安慰自己，她的心臟在少年說完那段話之後，怦怦直跳。

這種時候，其他人或許會叫她別難過，再用自己的人生經驗開導她，安慰她和媽媽的關係以後肯定會越來越好的。

但他沒有。

關於感情，他毫無涉略，完全沒有這方面的經驗，她和他抱怨，他卻連親人都沒有。

然而他還是笨拙地、盡力地想要用他滿是物理的世界來撫慰她，告訴她其實一切都是最好的安排。

張蔓的心裡豁然開朗。

可不是嘛，如果沒有分離和一波三折，或許情感就不會那麼深刻。何況她已經重生了，她愛著的人，和愛著她的人，現在都在她身邊。

所有的誤會都解開了，他們誰也不會再離開誰，這一切並不是在繞路，都是最短的距離，最好的安排。

張蔓看著他的眼睛，輕聲說道：「李惟，你真好。」

他是這世上最好的人。

第九章　收到聖誕禮物

十二月中旬，N城下了這年的第一場雪。

這天晚自習下課，李惟陪著張蔓到她家附近一個陌生的社區，張蔓對著紙上的門牌號確認地址，按響了防盜門上的門鈴。

一個男人洪亮的聲音響起來：「誰啊？」

他打開門，揉了揉惺忪的睡眼，看到門口兩個穿著校服的學生，愣了一下：「……蔓蔓？」

男人穿著絲質長袖睡衣，個子很高。他理著幹練的平頭，長相偏硬朗，因為額角有一道疤，面相看起來有點凶。

遠遠沒有鄭執溫潤有禮的外表令人有好印象。

張蔓禮貌地打了一個招呼：「徐叔叔好。」

男人眼底浮現出一絲疑惑，但還是笑著請他們進去坐。

張蔓拉著李惟在客廳的沙發上坐下，徐尚則去倒茶給他們。

徐尚完全沒想到張蔓會來找他，印象中小女孩和她媽媽關係很一般，之前對他也是愛答不理的。不過好幾個月沒見過，他差點沒認出她，小女孩比起之前，看起來好像成熟了很多。

還有她旁邊的男孩子，兩人年紀加起來都沒他大，但他卻絲毫不敢怠慢。

徐尚倒了兩杯果汁給他們，自己則是一杯清茶。

他喝口茶潤潤嗓子：「蔓蔓，妳今天這麼晚來找我，是有什麼事嗎？」

張蔓坐得端端正正，挺直背，開門見山：「徐叔叔，我今天來就是想問問你，你還喜歡我媽媽嗎？」

徐尚剛入喉的一口茶差點噴出來，嗆得咳了老半天。

這是什麼事啊？只聽過丈母娘相看女婿，還從沒聽過女兒上門相看媽媽的男朋友。

況且還是前男友。

徐尚不知道她問這個做什麼，但對著小女孩認真的眼神，誠實地點了點頭。

他和張慧芳分手後的這段時間，又被家裡安排去了幾次相親，但沒一次心動的。或者說，其實他對張慧芳一直念念不忘，只不過他也知道，人家對他已經沒興趣了。

小女孩看他點頭，緊繃的一張臉放鬆了不少，看著他的目光也變得善意。

徐尚老臉一紅，掩飾性地咳嗽了一聲：「妳問這個做什麼？」

張蔓拿起果汁抿了一口：「徐叔叔，我媽之前跟你分手的時候，是怎麼說的？」

徐尚聽她這麼問，更是不好意思了，這種私密話，當著小丫頭的面怎麼說出口？何況，這個小丫頭，還是他前女友的女兒……徐尚感覺自己有點頭疼。

小女孩看出了他的尷尬，輕聲撫慰道：「沒事的，徐叔叔，你說就是了，我不會跟我媽說的。」

徐尚猶豫了一下，心情突然有點低落，老老實實回答：「咳咳……也沒說什麼，妳媽覺得我性格太老實太沉悶，和我在一起挺無趣的。」

他說著尷尬地低下了頭，怎麼跟個小孩提起來，自己還傷感起來了。

張慧芳當年是他們那條小巷裡的白月光，他曾經暗戀了她很多年，一直不敢表白。去年偶然重逢，讓他們有緣分能在一起，但他知道，張慧芳看不上他。在一起時她還開玩笑說要嫁給他，後來還不是嫌他太悶。

張蔓聞言，和李惟對視了一眼。

果然如此，張慧芳對徐尚也撒了謊。

她那個性子，知道徐尚肯定要生小孩之後，寧願找別的理由甩了他，也不可能會讓他甩了自己。

「叔叔，我媽不知道我來找你，我想和你說件事，問問你的想法。」

徐尚嚥了嚥口水，聽著她嚴肅的語氣，他怎麼感覺有點緊張？

張蔓開始說明來意：「我媽撒了謊，她其實挺喜歡你的，只不過她知道如果你們結婚，你肯定會想再生一個孩子，但是我媽為了我，不想再生，所以……」

徐尚聽著她的話，雙眼震驚地微睜，緊張得手都抖了，他真的沒想到張慧芳跟他分手竟然是這個原因。

他不想在孩子面前丟臉，於是用右手握住了自己的左手。

他記得張慧芳提過這個話題，當時他家裡催得緊，而且說實話，他都快四十歲了，肯定想趁著還年輕，生個自己的孩子。所以當時他不假思索地說：「生，肯定得生，最好三年抱倆，一個像妳，一個像我。」

確實，說這些話時，他沒有考慮到張蔓，但捫心自問，就算有了自己的小孩，他也不會怠慢張蔓。畢竟是她的孩子。

似乎正是那次談話之後，張慧芳沒過多久就和他提了分手。

「蔓蔓，那我……」

徐尚眼裡有些掙扎。

他知道是這個原因時，其實內心很雀躍，原來她不是不喜歡他。他很想立刻聲明自己可以不再生小孩，但又想起家裡的老母親，這麼大年紀了還是天天盼著抱孫子，有點說不出口。

張蔓看他認真思考的樣子，心裡很滿意。

他沒有立刻改口說自己不要小孩，就是因為他為人老實謹慎，是個會對自己說的話負責的人。

於是她輕聲笑了：「徐叔叔，我想讓你重新追求我媽媽。如果你們以後能給我生個可愛的弟弟或者妹妹，我會很開心的。」

她看到男人猛然抬起的眼神中滿是驚訝，於是又添了一句：「徐叔叔，我知道你對我媽媽一直很好，我也想讓她以後能過得幸福，至於她不想再生小孩的想法，我會說服她。」

徐尚聽著她的話，有點呆愣。

片刻後，他心裡止不住地狂喜，眼前這個小女孩簡直是上天派來的天使，怎麼這麼可愛？

他想裝作深沉一點，不過沒忍住，笑得眼角都有皺褶：「蔓蔓，妳真是個好孩子，徐叔叔絕對不會辜負妳的希望。」

年紀到這了，已經不會像個毛頭小子一樣被喜悅沖昏頭，但徐尚依舊覺得，今天是這段時間以來，情緒最高漲的一天。

恭恭敬敬地送走人以後，徐尚在房間裡搓著手來回走了幾圈，才笑著拍了拍腦門。

好吧，還真是被相看了。

從徐叔叔家出來，雪下得更大了。這場雪從昨天上午就開始下，一直沒停過，白天時社區集合了很多人一起清路，剛到晚上，又被厚厚的大雪覆蓋。

兩人一前一後地走在路上，李惟走在前面，雪地被他踩出了一個個腳印。張蔓鞋底薄，不想溼了鞋，就踩著他的腳印往前走。

這樣的安靜，經過了幾個月的時間，在兩人之間已經變得很自然。

其實下雪的時候反倒沒有那麼冷，張蔓看著他走在前面，心裡更是暖烘烘的，她想著今天的事，覺得自己一定要改變張慧芳的人生軌跡，不能讓她像上輩子一樣孤獨終老。

她聽到張慧芳那通電話之後，知道張慧芳確實很喜歡他，就打聽了徐叔叔家的地址。

其實這也是無奈之舉，以張慧芳這麼死要面子的性子，如果不是徐尚主動，她肯定不會回頭。

張蔓對徐尚的印象不錯，但為了保險起見，還去他的汽車經銷商和店員打聽他的人品。讓她非常滿意的是，得到一致的正面回應，大家都說這人正直、有能力、有責任心還可靠。

張蔓又打聽了他的婚史，聽說是相親結的婚，沒過兩年老婆出車禍去世了，他忙事業沒有時間談戀愛，就一直保持單身，私生活也很乾淨。

這段時間不僅忙著做競賽題，又忙著四處打聽，還不能讓張慧芳知道。連陳菲兒都吐槽她們母女倆絕對是投錯胎了，她反而像操碎了心的老母親。

兩人一路無話到了張蔓家樓下，前面的少年忽然停下，張蔓想事情沒注意，一頭撞上了他的後背。

這一下撞得狠，她捂著鼻子痛呼一聲，眼淚在眼眶裡打轉。

少年轉過來，看她淚汪汪的眼睛，視線停留在她凍得通紅的耳朵上。

她平時上學時習慣紮高馬尾，巴掌大的臉被瀏海一遮，只剩了一半，一雙耳朵也長得好，耳廓小巧圓潤，耳垂又厚，看起來特別可愛。

但現在那雙耳朵凍得通紅，她皮膚白，紅得就很顯眼，看起來有點讓人心疼。

少年的視線頓了頓，又看著她的眼睛：「撞疼了？走路要看路。」

張蔓剛從鼻梁的酸麻中緩過來，話說得不太完整，有些不滿地嘟囔：「……誰讓你不說一聲就停下來的。」

「嗯，怪我。」

少年沒有反駁，嘴角帶著一絲溫暖笑意看著她，路燈下，她的影子比他的要小、薄很多。

他突然想起上次在酒吧抱著她時，那種像是被柔雲擁抱的觸感。

心裡的酥麻感再一次襲來。

遇到她之前，他一直以為，自己是個絕對理智的人，思想絕對能夠掌控行為。

但現在不。身體又在大腦明確反應過來之前有了自我行動。

他暗著眼眸，走上前，雙手搭上了少女的肩膀，正想稍稍用力……

「張蔓，這麼晚才回來也不打一通電話？這位是……妳同學？」

高跟鞋落地的「噠噠」聲和危險的語氣，在樓梯間裡響起。

這天晚上，張慧芳在家等了許久都沒見張蔓回來，電話也打不通。她正打算出去找找，便發現張蔓和一位男生站在樓梯口，姿勢曖昧。

張慧芳登時火上心頭：「這麼晚才回來也不打一通電話？這位是？」

她拿出了相當嚇人的氣勢。

好在男生還有分寸，聽到她的聲音立刻放開了張蔓，規矩地站到一邊。

張慧芳走近了些，借著樓梯間裡的燈光仔仔細細打量了她身邊站著的男生。

這一眼，語氣立刻一百八十度轉變：「哎喲蔓蔓，這位是妳同學吧？小同學，去樓上坐坐啊？」

——帥哥就是驅動力。

她叫得熟絡，盡量讓自己顯得慈眉善目。

張蔓看著她的前後變化，有些尷尬。她立刻向李惟道別，之後匆忙推著張慧芳往樓上走，落荒而逃的模樣很狼狽。可張慧芳卻神采飛揚，頻頻回望。

等上了樓，張慧芳眼裡的興奮再也藏不住：「張蔓，行啊妳，這麼帥的小男生，妳就拿下了？青出於藍而勝於藍啊，比妳媽年輕的時候有本事。」

張蔓走在後面，聞言差點踩錯臺階，這真的是一個正常家長該有的態度嗎？

她有些無奈地出聲提醒：「媽，還沒拿下呢。而且……我這是在早戀。」

沒想到這重磅炸彈並沒影響到張慧芳：「早戀怎麼了？遇到合適的就該把握好機會，不然等妳年紀越大越難挑。條件好的都被人挑走了，等到三十多歲妳就嫁不出去了。」

張蔓被她戳中，她前世不就是三十多歲還沒嫁出去嗎？

張慧芳說著又笑得得意：「以媽的眼光來看，妳就快拿下了，那小男生看妳的眼神，絕對是春心蕩漾的。很好，沒浪費妳媽我遺傳給妳的美貌基因。」

張蔓聞言臉色微紅，她摸了摸鼻子，想起張慧芳前世每通電話都催她談戀愛結婚。好吧，至少她這輩子不會有這個煩惱了。

走神片刻，她忽然想起今天要解決的事情。

她掏出鑰匙開門：「媽，妳先進去，我跟妳說件正事。」

張慧芳踢了高跟鞋，坐到沙發上哼著歌織起毛衣，毛衣已經快織好了，只剩一個袖口。她忙著收尾，讓張蔓有話快說有屁快放。

張蔓放下書包，醞釀了一下。

其實母女倆在表達感情方面，都有一些障礙。她自己不用說，什麼話都憋在心裡。而張慧芳雖然奔放，但最擅長插科打諢炒熱氣氛，真正要直白地表達情感時，往往再笨拙不過。

她對張慧芳的生疏不是一天兩天，突然要把一切說清楚，對她這樣不擅長表達情感的人來說實在艱難。可既然上天讓她重生一次，她不想留遺憾。

她走到張慧芳的身邊坐下，認真地看著她：「媽，上次妳和徐姨打電話，我在門口都聽到了。」

張慧芳聽她這麼說，停下手裡的毛衣針鉤，眼裡很是驚訝，又有些尷尬。

她記得那天因為失戀，在酒吧裡丟了臉，情緒很失控。張蔓又不在，家裡只有她一個人。她打電話給徐顏時，好像哭得很慘，哭著說什麼倒是不太記得了。

她奇怪地看著張蔓，這死丫頭，她聽到了就聽到了，幹麼戳破，怪尷尬的。

沒想到這丫頭繼續語出驚人：「我今天去找徐尚叔叔了，他說他還喜歡妳。媽，我覺得他人挺好的，對妳也好。」

張慧芳放下快織好的毛衣，突地從沙發上站起來，惱羞成怒：「死丫頭，還管起妳媽的閒事來了，妳去找他幹什麼？」

張蔓也站起來，很認真地對她說道：「媽，我都聽到了，妳說不想和他在一起，就是因為他想再生一胎。妳才三十多，再生一胎完全沒問題。」

張慧芳聽了這話，愣了一下，沉默地看著她。

她一直都知道張蔓很早熟，平時沉默寡言跟個悶葫蘆似的，但心裡比誰都清楚。

張慧芳心裡突然有點感慨。

她本來以為自己一個人絕對不行的。

張蔓出生時很小一隻，哭得震天響。她被她吵得一直睡不著，起來幫她換尿布，抱著她哄。她那麼小一個，抱在手裡，還不到她手臂長，脆弱得彷彿隨便得個小病都活不了。

她當時年紀也小，又常年貧血，連奶水都沒有，只好去超市買了一盒奶粉沖泡，一勺一勺餵給她喝。結果張蔓吃一口吐半口，可能是不舒服或者是噎著了，張嘴就開始大哭。

怎麼都哄不好。

於是她哭，她也哭，都崩潰。

那時她坐在家裡簡陋的床板上，就在想，她肯定養不活她的，就算養活了她肯定也帶不好，張蔓投胎到她肚子裡，真是太慘了。

可是時間過得真快啊，轉眼間那個小屁孩就長大了，頑強地長到了現在，沒長歪，還知道為她著想。

張慧芳側過頭，眨了眨眼，不想讓張蔓看到自己有些眼熱。

她撩了撩長髮，笑著揉了揉她的腦袋：「張蔓，妳還小，妳不懂。我呢，自由慣了，不喜歡被家庭約束，有妳一個就夠頭疼的了，再生一個小孩，簡直就是笑話。」

張蔓知道，她又在亂說。

她才三十多歲，人生還有無限可能，誰不想晚年的時候有兒孫環繞膝下，有另一半廝守到老呢？

明明是顧慮她。

她一直是這樣，看起來風風火火坦坦蕩蕩的，卻比誰都口是心非。

張蔓忽然覺得，其實她和張慧芳，在某些地方真的很像。

她不善於表達情感，或許就是遺傳她。

兩個不直率的人之間會形成一種疏離的平衡，而這個平衡，總得有人來打破。

「媽，我明年虛歲十八，就快和妳生我的時候一樣大了。我不是小孩了，我已經長大了，妳也應該有妳自己的生活。」

說著，她捏了捏掌心，咬咬牙走上前，輕輕抱住她。

女人身上有著好聞的香水味，她的身體很柔軟，皮膚也很好，張蔓突然有點記不清前世後來那個白髮蒼蒼、佝僂著背整天絮絮叨叨的老太太了。

她希望她這一世，能一直肆意張揚地活著。

張蔓抱住她時，感覺她全身一顫。

「媽，謝謝妳生下我，照顧我這麼多年。我已經長大了，以後我可以照顧妳了，我希望妳能幸福。」

「嗯……等等試一下那件毛衣，我快織好了，是妳喜歡的顏色。」

張慧芳偏過頭，在她看不見的角度，擦了擦溼熱的眼睛，生硬地轉移話題。

聖誕這天，前幾日斷斷續續的風雪忽然停了，天氣開始放晴。

久違的藍天白雲讓張蔓感到心情舒暢，她趴在桌子上看著窗外，心裡無比輕鬆。

自從那次她和張慧芳聊過之後，張慧芳在她的努力勸導下，堅決不要二胎的想法逐漸鬆動了。而徐叔叔也沒辜負她的期望，展開猛烈的攻勢，一個多星期內約張慧芳出去了好幾次，她能看出來，張慧芳心裡很開心。

徐叔叔是個靠得住的男人，又那麼喜歡張慧芳，如果這一世兩人真的能走到最後，組成一個家庭，真的是再好不過了。

她輕鬆，李惟卻不輕鬆。

他很煩躁。

早上來的時候就看到張蔓的桌上放著好幾個禮品盒，他隨意看了一眼，都是一些不認識的男生送給她的聖誕禮物。

有的包裝上還貼了愛心形狀的便利貼，寫著在他看來非常醜的字，和矯情不通順的告白。

他心裡亂亂的，血液開始沸騰，就好像在他看不見的地方，有一群人在覬覦他的東西。

這種感覺對他而言是非常奇妙的，因為他從小就對物理之外的事物不感興趣。

——和人爭搶是一件很費時費力的事，他根本懶得做。所以他對一切都無關緊要，更別說占有欲了。

但想起那個平時安安靜靜，對別人冷冷淡淡，卻會對著他笑、對著他哭、對著他撒嬌的少女，他就感覺自己心裡塌了一塊。

如果她看到那些禮物，以後也對著別人笑、對著別人哭，甚至躲在別人的懷裡，對別人撒嬌怎麼辦？

想都不能想。

想到五臟六腑就抽痛，火氣上頭，幾乎要控制不住自己。

於是規矩人又做了一件不規矩的事——他把禮物藏起來，放在自己的抽屜裡。

少年用鋼筆尖一下又一下戳著桌上的習作，心情越發煩躁，窗外罕見的陽光在他看來煩人又刺眼。他不明白，為什麼遇上她之後，很多事情就變得不一樣了。

他開始多了很多種情緒，也學會做一些自己原本很不齒的事。

比如那天在酒吧裡，抱著她撒的那個謊，還有今天，可恥地藏起所有的禮物。

他又轉眼看身邊的少女，卻只看到她烏黑的後腦勺和耳後那片白皙的皮膚，她安安靜靜地趴在桌子上，看不出心情。

她沒有收到聖誕禮物，會不會難過呢？

少年趁著中午午休時間，出了一趟校門。

午飯後，張蔓回到教室，發現自己的課桌上堆滿了各式各樣的禮品盒。

她有些驚訝，明明早上都沒看到這些禮盒。她一個個看過去，大部分禮品盒的外包裝上都有署名還有一些告白的話。她一連看了好幾個，有些無奈，這其中有好幾個人她早就明確拒絕過了。張蔓正想把那堆東西全部收起來，到時候一一還回去，卻在眾多禮物裡，發現了一個例外——這個禮物上面沒有任何紙條和署名。

盒子的包裝也很顯眼，紅色的包裝紙上面印著一串「Merry Christmas」，配上墨綠色的飄帶，很有聖誕氣息。張蔓被吸引了目光，拆開包裝盒，發現裡面是一對厚實的耳罩。

竟然是粉紅色的，兩個圓圓的大耳罩上面是兩隻立體的卡通兔子，毛茸茸的，超級可愛。可愛是可愛，但款式說實話……有點幼稚。這個年紀的高中生，戴這麼萌的耳罩出去，多多少少會有點奇怪吧？

張蔓翻了翻禮盒，沒看到任何署名或者卡片之類的，她皺了皺眉，不知道是誰放的，怎麼還回去？

於是她戳了戳旁邊少年的手臂。

「李惟，你剛剛有看到是誰放這個盒子嗎？」

少年沒理她，當作沒聽見，繼續看書。他後來又想，或許她收到那麼多禮物會很開心，所以就把他藏起來的那些，重新拿出來。

當然，混進了他自己的。

張蔓看到他的反應，心裡咯噔一下，擔心他生氣了，於是小心翼翼地戳戳他。

「李惟，你生氣了嗎？我……」

少年皺著眉看過來，似乎是被她打擾得煩了，語氣很不耐煩：「沒有……別打擾我，我看書。」

張蔓看著他的表情，心裡有些奇怪。

他總是讓人捉摸不透的，幾乎不會透露出內心的情緒。

他越生氣，表情就越平靜，越是當作什麼事都沒發生，怎麼會像現在這樣，滿臉不自然的不耐煩？

張蔓心裡突然有個猜測。

她的心瞬間變得柔軟，手裡那對看起來有些幼稚的耳罩變得極其順眼。

張蔓戴上耳罩，轉過身面向他，一邊說一邊觀察他的神色：「李惟，其他禮物我都不喜歡，到時候都要還回去。不過，這個還不錯，我想留著。你覺得這個耳罩好不好看啊？我戴上會不會很奇怪？」

少年這次沒有不耐煩，偏過頭來仔仔細細看了她一眼。

耳罩確實很厚實，看起來溫暖又柔軟，這樣她以後走在路上，耳朵就不會凍得通紅。

——他每次看到她通紅的耳朵，都想伸出手幫她捂一捂。

她的臉真的很小，戴上大大的耳罩之後顯得更小了，他都懷疑她的臉沒有他的手掌大。她的眼睛又大又圓，笑起來時還有兩顆尖尖的小虎牙。

少年的心跳，剎那間忽然亂了。

他想到之前聽到班裡一些男生的討論。他們說張蔓雖然長得好看，但平時太嚴肅了，看起來有點凶。

他覺得他們可能是瞎了。

——明明可愛得他心尖都疼了。

「不奇怪。」

很好看，果然最後選了這個顏色沒有錯。

「嗯！」

心裡的猜測得到了證實，張蔓笑著，用力點點頭。

當天傍晚，張蔓去學生餐廳吃晚飯時戴上了她心愛的耳罩。

雖然是晴天，但空氣帶著冬天一貫的冰冷，她露在外頭的雙手凍得發脹，耳朵卻保護得好好的。

果然很溫暖。

張蔓喜滋滋地走到樓梯口，迎接她的是陳菲兒無比誇張的爆笑：「噗，蔓蔓，妳什麼眼光啊？這耳罩也太土了吧？粉紅色？兔子？噗哈哈哈哈，我小外甥女戴的都比妳的好看。」

陳菲兒指著張蔓的腦袋笑彎了腰，過了好久才直起身：「而且這個顏色，還有這種可愛的卡通形狀，妳不覺得跟妳整個人很不搭嗎？我剛剛看到妳一臉高冷地從班裡出來，結果腦袋上頂著兩隻兔子，我以為妳精神分裂了。」

張蔓懶得理她，摸摸毛茸茸的兔子腦袋，她覺得挺好啊。

當天晚上，一中論壇多了一篇熱門的文章，文章標題叫〈戴著兔子耳罩的冰美人〉，是一張偷拍張蔓的照片。

引起了一堆人熱烈討論。

『我靠，這種極度違和引起的舒適感是怎麼回事？校花太萌了吧？』

『戴著萌萌的兔子耳罩，頂著面癱臉，莫名可愛是怎麼回事？』

『認同樓上，明明那麼土的耳罩，怎麼就這麼可愛呢？』

『啊啊啊，想知道校花的耳罩哪裡買的，求店鋪！太可愛了吧，我也想要！』

反響倒是非常好。

跨年那天，外頭大雪夾風，屋裡卻很暖和。

張蔓在李惟家的書房裡，正在寫一道競賽書上的剛體角動量題，其中的受力分析和計算過程很複雜。她上輩子雖然學過大學物理，但之後在高中教書時也從來沒碰過，已經生疏了。

不過學過的知識，再撿起來還是很快的。

大概五、六分鐘後，張蔓對每個物體都做出了完整的受力分析，計算出不同的力矩，找到了解題的關鍵。她規規矩矩按照步驟寫著解題過程，一步都沒省略。

書房裡大大的桌上，兩邊的風格截然不同。少女坐得端正，字也端端正正，計算紙被她從中間劃了一條分隔線分成兩邊，左邊寫解題過程，右邊打草稿，每個公式後面還標著編號，完美得能治癒強迫症。

而書桌另一側的少年卻沒她這麼講究，他的面前鋪著厚厚一疊論文，上面寫滿了各種注釋。他拿著鋼筆，飛快地在紙上寫著，字跡不是太清楚，也沒完全按照紙上橫線的走勢。

他寫得很快，才能勉強跟上腦子裡的計算，許多字母、數字用他自己習慣的方式一筆連過。這樣的隨性、潦草，除了他自己，大概沒有第二個人能看懂這些推導。

張蔓做完題目，側過臉偷偷地看疾筆書寫的少年。他已經伏案兩個多小時了，沒有停歇地做著大量的計算。其實理論物理專業是浪漫的，它不像計算物理或者偏應用的物電專業，需要大量數據測量以及各種儀器和電腦輔助。

一支筆，一張紙，就能撬動整個宇宙。

少年的神情很認真，近乎虔誠，終於在寫完最後一個公式後得出了想要的結論。

他伸了懶腰，轉過身看著張蔓。

「怎麼了？」

張蔓看著他乾燥裂開的嘴唇，指了指他面前的水杯。

少年恍然，才拿起杯子喝了一口。他總是這樣，認真起來什麼都顧不上。

夏天還好，冬天本來就乾燥，室內又開著暖氣，張蔓有些擔心這樣下去他會上火。

「李惟，我們去一趟商場吧，我想買個加溼器放家裡，房間裡太乾了。」

她說的自然，沒發現自己省略了幾個字。

但一旁的少年卻愣住了。

他聽到她說「家裡」。

家，有時候他真的不知道家是什麼，空蕩蕩的房子只有他一個人，算不算是一個家呢？但剛剛那兩個字從她嘴裡說出來突然有了含義，彷彿自帶了溫度。

燙的他心口直顫。

他點點頭，心口的酥癢傳到手心，指尖開始有些發麻，他情不自禁地抬手去摸她毛茸茸的頭髮。

「唔嗟……」冬天的空氣乾燥，張蔓猝不及防地被他一碰，兩人之間產生了強烈的靜電，在靜謐的房間裡格外響亮。

兩人都愣了下，隨後張蔓笑著說：「看吧，真的好乾燥，走吧！」

第十章　她確信他喜歡她

外頭風雪依舊，路上許多樹枝被壓彎了腰。

李惟家住在市中心，周圍有好多商場。兩人去一家規模較大的，地下一樓是專門賣小電器的商城。

加溼器在比較裡面那排，有各式各樣的品項，有一排國外進口的，還附送可以滴在加溼器裡的香薰精油。張蔓有點心動，她聽李惟說，他的睡眠品質似乎不太好，經常想個物理問題就是一宿。她前世聽陳菲兒說，薰衣草精油能助眠，如果睡覺時滴點薰衣草精油，應該能改善不少。

不過附送精油的也有好幾種，各有各的優點，張蔓挑花了眼。

少年只負責推車，站在一旁安靜地看著蹲在地上的少女，沒有發表任何意見。

少女的脖子上，掛著他送她的那對兔子耳罩，加上羽絨服的毛領，整個人看起來毛茸茸的。她皺著眉，看著每一個加溼器外盒上的功能介紹，仔細研究著，嘴裡振振有詞：「不行，這個容量太小了，隔一個小時就要加水……這個樣子太醜，放家裡不美觀……」

研究購物比做物理題還要認真。

張蔓總算挑好了一個樣子美觀、容量也大的加溼器，放進了推車。她最後看了價格一眼，還行，能接受，於是走去結帳。

這年手機支付在N城還不普及，張蔓拿出錢包想付錢，卻被少年攔住了。他不容拒絕地拿出一張金融卡遞給收銀員。

結完帳，兩人拎著東西走出電器商城，張蔓忽然想起上次去酒吧，他給那個妖豔女人一疊錢，有些疑惑。

「李惟……你一個人生活，哪來這麼多生活費啊？」

少年靜了一下，嘴角勾起：「……我爸留下來的錢，我可能兩輩子都花不完。」

父親自殺前立了遺囑，留給他生前絕大多數財產，各種不動產加上流動資產，他自己也不知道具體的數字。

不過大概是絕大多數人一輩子都不可能賺到的錢。

他說完，心裡又有點好笑。

他只有一個人，對花錢也毫無興趣，根本用不了多少，他給他留下這麼多錢有什麼用？

張蔓聽著他略帶嘲諷的語氣，心裡一緊：「李惟，你……你怨你爸嗎？」

怨他發起瘋來，差點害死他，或是怨他棄他而去，把他一個人孤零零地留在這個世上。

少年沉默著搖搖頭。

半晌後又說了一句：「不怨，我已經不記得他長什麼樣了。」

張蔓聽著他平淡的回答，心裡卻像填了一塊密密實實的棉花，堵得她透不過氣。

她最不想在他臉上看到這樣的表情。他每次說到這些，都是雲淡風輕地陳述，就好像從來沒有得到過希望，也就不會失望。可她卻希望他能像一個正常人一樣，埋怨、責怪、發洩自己的不滿，而不是把這些不幸當成是理所當然。

她深吸一口氣，平復心情，之後彎了彎嘴角，抓住少年的袖子：「李惟，你花不完那麼多錢，今天我就幫你花一點。」

少年低下頭，看著眼前的少女。

她那樣笑吟吟地看著自己，軟軟地抓著自己的袖子，說要幫他花錢。他心裡某個角落，又有點塌陷，忽然覺得父親留給他那麼多錢，也算是有點用。

張蔓拉著李惟直奔樓上的家居城。

她再一次確認李惟真的很有錢之後，就開始瘋狂的買買買，毫不留情。他家裡那麼大，傢俱卻只有幾件，每次去他家都覺得空蕩，裝修又很簡單，東西也少，完全沒有生活氣息。

她按照自己的喜好，挑了幾個素色抱枕，還有復古的金屬花瓶，素色沙發套，又挑了米色羊毛沉穩大氣的地毯……他家的窗簾也得換，黑漆漆的，看了感覺陰沉。還有……對，還有廚房，雖然她之前已經添置了不少東西，但還有很多可以買。

東西多到兩輛推車完全放不下，張蔓這才罷休。

兩人推著推車再一次去結帳時，張蔓瞄了帳單一眼，有點不好意思地吐了吐舌頭。

好像……買的稍微有點多。

她無聊地站在門口，等少年付錢，隨意看著周圍打發時間，突然發現商店門口站了位跟他們年紀差不多的女孩，一直盯著李惟的方向看，眼神有些迷茫，似乎在確認什麼。

那女孩個子挺高挑，五官精緻，和一中學生普遍的樸素、刻板不一樣，她打扮得很潮。棕色的波浪捲中間有幾撮挑染成綠色，身上穿著薑黃色潮牌休閒衣和這年N城還很少見的運動legging，手裡還拎著好幾個精品購物袋。

張蔓仔細回憶一下，她前世並不認識這樣的人。難道是李惟認識的人？

但她一個恍神再看過去，那女孩已經走了。

張蔓搖搖頭，沒放在心上，或許是認錯了也說不定。

兩人回家時，不得不搭計程車，又分了好幾趟才把所有東西都運回家。李惟站在門口，看著客廳裡堆成小山的東西，有點手足無措，但面前的少女卻一臉滿足地開始忙碌。

張蔓花了整晚的時間布置整個家，最後的效果實在驚豔。整個房子變擁擠了很多，許多原本被浪費的空間都被有效利用，看起來溫馨又有人味。香氛機已經在運作，空氣裡帶著薰衣草精油的芳香，聞一下就覺得心曠神怡。

張蔓滿意地挽起袖子，在房子裡轉了一圈，打量著還有沒有地方可以改造。

他家是一間很大的平層，三個房間和一個書房，不過有兩個房間她從來沒進去過。張蔓打開其中一個房門，發現這個房間的面積非常大，應該是主臥。

靠著一面牆的正中央放著一張很大的床，旁邊有床頭櫃、書桌，還有一張圓形的羊羔毛地毯。另一邊還有一排衣櫃，衣櫃旁是一個老舊的梳妝檯，不過梳妝檯是空的。

房間裡有一間廁所，外面則是一個朝南的大陽臺，張蔓推開陽臺門，走出去抬頭往上看。

上面有一根不銹鋼的曬衣桿。

她心裡一緊，趕緊閉了閉眼，讓自己不要去想那些畫面。

她又退回到房間裡，地面和傢俱都很乾淨，看得出來，有人常常來打掃。

少年倚著門框看她，跟她介紹：「這是主臥，Janet偶爾從加拿大回來，就睡在這裡。」

張蔓聽他那麼自然地提起他媽媽，咬了咬唇。她的眼神不禁往外面的陽臺上瞟。

會是這裡嗎？他所有不幸的開始。

李惟看著面前的少女時不時看向陽臺，一臉擔憂又難過的表情，於是走過去，輕輕推開陽臺的玻璃門。

一陣清冷的空氣襲來，刺激著他的神經。

外面已經是晚上，四周的高樓都亮著燈，依稀能看到燈光下面通亮的那一片空氣中有薄雪飄落。縱橫交錯的馬路上，一輛輛汽車奔馳而過，就算是冬日的晚上，城市裡依舊是忙碌的。

他招手，讓少女走到他的身邊，又進去拿了一條毛毯給她，讓她裹上。

「放心……當年的那個陽臺不在這個家。」

張蔓鬆了一口氣，但表情依舊沒有放鬆。

就算不是這個陽臺，那也是他曾經住著的家。

她只要想到小小年紀的他經歷過那些折磨和疼痛，就心痛難耐。他那個時候，是不是很痛啊？如果不是鄰居及時發現，那他就被繩子活活勒死了……

少年以為她不信，沉默了一下，語氣裡帶了一些回憶。

「那年……出事之前，我們家住在另外一個地方……」

回憶觸碰到了一些被他存儲在深處的記憶。

他其實對那天還有一些印象。

他們家當時在N城的一個豪華別墅區，隔壁鄰居家有一個很大的泳池，社區裡幾個孩子沒事就會去那裡游泳。那天孩子們又約在一起游泳，他自然也去了，和幾個差不多年紀的孩子們一起玩瘋了，又是游泳、又是互相潑水，渾身都溼透。

直到玩到晚上，他才溼漉漉地往家裡跑。

父親出現了精神症狀以後，一直沒去上班，對外說是在家裡養病。他當時年紀小，不知道什麼是精神病，只是看他總是又笑又哭的，以為大人們都是這樣。他興高采烈地進門，遇到走出房間的父親，是神智不清的狀態。

其中一些細節其實他已經記不太清了，只記得父親很用力地把他拎起來，走到別墅一樓的大陽臺上。他掙脫不開，又被他抓得很疼，就一直尖叫哭喊，但他卻充耳不聞，瘋瘋癲癲地說著：「溼了不曬乾會著涼，會生病死掉……」

——他拿了一根繩子，將他掛在了陽臺的曬衣桿上。

粗糙的繩結套著他的脖子，父親拎著他的手猛然鬆開。他的雙腿不斷掙扎，想要尖叫卻完全發不出聲音，身體的重量讓繩子束緊了他的脖子，勒進他的肉裡。那種窒息的痛苦，和全身因為極度疼痛產生的抽搐，還有神智一點點抽離，就算過了那麼久，還是不會忘。

人在瀕死之前還有意識時，真的很絕望。

絕望到每次想起來，就不能呼吸，就好像還是有一條繩子，勒住了他的脖子。

就算當時他年紀很小，但鋪天蓋地的絕望卻刻在骨子裡。

這麼多年都忘不掉。

李惟不禁抬手，摸了摸自己的脖子。

今天想起來，似乎沒有那麼難受，那條命運的繩結，好像對他鬆手了。

是不是因為她在呢？

他看著眼前依舊眉頭緊鎖的少女，走過去，笑著摸了摸她的腦袋。

有些事情做多了，就會變得越來越熟練。

「我那時候很小，那件事，我已經完全記不清了。」

「妳不要擔心。」

那天等張蔓回家之後，李惟在書房打了個電話。

他前幾天聽說嚴回養好傷了，已經回來上課了。像他那樣的混混，吃了這麼大的虧，肯定會想要報復回來。他是無所謂，但她不行。只要想到她那天被那人捏著下巴威脅，想到她捏著書包泛白的指節，他就會失去理智。

和她有關的一切，他都不敢有任何鬆懈。

電話「滴」了幾聲就被接通，對面的男人聲音有點粗：『找誰？』

「……易哥，我是李惟。」

司易就是上次張蔓去的那家酒吧的老闆，也是現在N城道上數一數二的人物。當年在育幼院時，他欠李惟一個人情，如果不是事關張蔓，或許這個人情，李惟一輩子都不會提起。

司錦一直沒想起來今天在商場裡看到的那個少年到底是誰。只是覺得心裡有非常熟悉的感覺，她可以確定，她從前肯定在哪裡見過他。但她又有些疑惑，這麼漂亮的少年，要是在哪裡見過，肯定有印象。

「哥，哥？」她搖搖頭不再去想，踢了鞋子，把手裡拎著的大包小包摜到沙發上就往樓上走。

司易正坐在書房裡打電話，她悄悄走到他身後，聽他對著電話那邊說著：「……嚴回是吧？我有點印象，是跟著我們混的一中學生。嗯，你放心，我會讓人警告他，絕對不會出事。」

等司易掛電話，司錦猛地拍了一下他的肩膀。

司易皺起的眉頭看到司錦的瞬間，變得尤其溫和：「阿錦，妳回來了？」

「嗯，累死我了，今天被人放鴿子，我一個人逛了一下午和一晚上。」

她說著隨口問了一句：「哥，你剛剛跟誰講電話呢？」

司易笑著摸了摸她的腦袋：「妳猜猜是誰？妳也認識的人。」

「我也認識？」司錦的鼻子皺起來，想了一下，沒想出答案。

「是李惟，小時候和我們一起在育幼院，他和妳一樣大，妳記得他嗎？」

司易見她還是皺著鼻子，於是寵溺地伸手刮了刮她的鼻子：「妳小時候貪吃跑出去，還是他把妳找回來的，妳忘記人家了？真是個沒良心的小傢伙。」

司錦聽著聽著，腦海裡浮現出一個模模糊糊的身影，突然眼神大亮。

是他？她想起小時候，她蹲在街角嚎啕大哭時，那個小小的少年走過來，牽著她的手，買了一顆糖給她。

那個味道，她到現在還記得，特別甜。

等等……難怪覺得今天在商場遇到的那個人那麼眼熟……記憶和現實開始重疊，司錦的眼睛越來越亮。

難道這就是所謂的緣分？

「哥，我要轉學！」

N城一中最近發生一件非常轟動的事。榮淮的校花轉學來到一中！

N城最好的高中有兩所，其一是一中，另一所是榮淮中學。一中在省內是重點公立高中，而榮淮中學則是非常有名的私立貴族學校，學生們在學校上的是雙語課程，大多以出國深造為目標。榮淮的學生非富即貴，俊男美女非常多，和樸素的公立學校比起來，簡直亮瞎眼。

然而就在前幾天，榮淮的校花司錦轉學到一中，插班在高一文科班。這不算什麼，更讓人轟動的是，這位小公主剛來學校，就對高一一班的李惟展開猛烈的追求。

一中論壇的八卦群眾越來越多。

『你們聽說了嗎？司錦轉到我們學校了！她是榮淮的校花欸，我見過真人，長得超級超級好看！』

『司錦？誰？不認識。我們學校校花不是張蔓嗎？』

『司錦國中的時候被星探挖掘過，之前還上過新聞。張妹子也很好看，但是太沉默了，看起來有點凶，沒有司錦那麼甜。』

『樓上閉嘴，我女神怎麼沒司錦甜？我女神就是不愛笑，那叫高冷、氣質，懂不懂啊你們……』

『我靠，司錦倒追李惟？她不知道李惟是個……嘛，如果他們在一起，我是不會為了他們的小孩的顏值擔憂啦，不過精神就很難說了。』

『不是吧，我女神在追一班那個瘋子？what？榮淮那麼多人排隊追她，人家都愛答不理，不是吧？感覺再也不會愛了。』

『是啊，她上週轉過來之後，天天早上帶早餐給李惟。』

短短一堂數學課，張蔓已經第十八次往李惟那邊看了。

她捏了捏手指，整張臉緊繃著。

剛剛下課時，那個叫司錦的女生又來送早餐給李惟。她認得出來，她就是前幾天在商場家居店門口盯著他們看的女孩，聽其他同學說，她是榮淮中學的校花，前幾天剛轉學過來。

她努力想，一遍一遍梳理，最終確認前世真的沒有這個人。前世除了她之外，一中的其他女生對李惟都是敬而遠之的，畢竟他有那麼多不好的名聲在外。她不由得奇怪，到底是哪裡出了變故，讓很多事情發生變化，導致出現了這個人呢？

張蔓心裡有點不舒服。

正想著，她感到額前一痛，一個粉筆頭砸在她腦門上，又彈出去。她回過頭，發現數學老師正怒氣沖沖地看著她。

「張蔓，我已經不知道第幾次看到妳分心了，不想上課就出去罰站。」

數學老師叫楊敏，是個很嚴肅的女老師，平時不苟言笑，一發起火來更凶。

張蔓本就情緒不好，苦笑了一聲，站起來往教室外面走。但她剛起身，便聽到身邊傳來椅子挪動的聲音，她抬眼看去，發現李惟也站了起來。

「老師，她是在看我。」

少年的聲音波瀾不驚，像在陳述一個極其簡單的事實。全班同學刷刷地看過來，充滿八卦的眼神在兩人之間遊蕩。不過對著李惟，他們不敢起鬨。

張蔓沒忍住，臉紅了，瞪了少年一眼。

他也知道她是在看他啊？那還一直看書，裝作不知道。

楊敏聽這話臉色變得鐵青，噎了片刻道：「……那你們一起去罰站，要看去外面看個夠，我跟你們班導師說一聲，乾脆下節物理課你們也別上了，站到吃飯。」

李惟無所謂地點點頭，跟著張蔓走出教室。

同學們的眼神又齊刷刷地跟著兩人，坐在門邊的同學還兩眼發光地探出了一個腦袋，直到楊敏狠狠拍了一下講臺的桌面，才安分下來。

當然，已經有同學偷偷拿出手機在論壇上發文了。

『超級大八卦！！！原來張女神也喜歡李惟，剛剛她不聽課一直偷看他，結果被我們數學老師抓包了。現在兩人一起在一班門口罰站呢！』

一中資優生是多，但不讀書混日子的人，也是很多的。

高二教學大樓就在高一對面，所以高二那邊從窗戶看過來，就能看到高一一班的走廊。這時，高二的窗戶已經探出了成批的腦袋，往這邊看。

『我靠，還他媽真的是，我拍照了。』

『我靠我靠，直播中，剛剛李惟摸了一下我們校花的腦袋。』

『啊啊啊，樓上的，剛剛校花躲開了你看見沒？』

『所以樓主說反了，我猜測應該是這樣的。李惟在追我們校花，然後校花不樂意，李惟心理變態，威脅校花如果她不答應，就要報復她。然後我們校花就狠狠瞪他結果被老師抓包了。』

『樓上想像能力不錯哈哈哈。不過說的也是，怎麼可能兩個校花都喜歡他？他瘋了，她們又沒瘋……』

此時正在罰站的張蔓當然看不到這些。

她心裡有些慌亂。一陣又一陣的酸意漫上心頭，她不知道自己怎麼了。和李惟有關的事，就容易讓她喪失理智。明明她本來想要有更多的人能喜歡他，能善意地對他，但在司錦出現的這幾天，她雖然也開心有人喜歡他，但與此同時，心裡的不安卻在逐漸累積。

她開始胡思亂想。

前世的時候沒有司錦，所以李惟在高中兩年裡，一直受到大家孤立，除了張蔓。可想而知，一個從小缺愛，一直躲在自己的世界裡生活的少年，在青春期時遇到了一個不怕他，願意走進他的世界的少女，會產生好感是很自然的一件事。

所以前世他喜歡她。

可是這輩子不是了，除了她，又多了一個司錦。她對他的追求，那麼熱烈，雖然他現在每天對她都很冷淡，也沒收下她帶給他的早餐，但是張蔓能看出來，司錦很堅持。

她開始擔心，說不定有一天他會被打動，就像慢慢被她打動一樣。她開始懷疑前世他對自己的喜歡，真的就是因為那個人是她嗎？而不是因為，他身邊只有她？現在他有了選擇，那他還會選她嗎？她都還沒說過她喜歡他。

可是……可是為什麼司錦可以這麼熱烈又明目張膽地追求他呢？而她卻因為擔心他的精神狀態，擔心嚇到他，一直壓抑自己的情感。她每天小心翼翼地控制自己，不敢過分表露出內心。

難道她就不想嗎？她在第一天見到他時，就想抱抱他，之後的日子裡，每次看到他都迫不及待地想跟他表白，告訴他，她喜歡他。可是她都忍住了，她不敢啊，她怕他產生抵觸心理。

那她現在慢了一步，他會不會選擇別人？

張蔓想著想著，眼淚不由自主落了下來。

李惟一直在用餘光觀察著少女，見她突然整張臉都皺起來，烏黑的眼睛慢慢變紅，眼裡大顆大顆的淚水開始往外冒，像是受了極大的委屈。

他的心像被針扎了一樣。從小泡在物理書裡長大的少年，此時真的不知道她的情緒從何而來。他其實有發現，她剛剛一直在看他，他本來想立刻問她怎麼了，但被她一直看著的感覺，又讓他的心情很愉悅。

就像每次在家裡，她寫完作業之後，就會托著腮看他，那麼專注地看著他，還以為他不知道。

但她現在在哭。

她的眼淚於他，是致命的。

李惟只覺得，她每抽泣一下，他的心臟都有感應，也跟著抽痛一下。

他忘了自己還在罰站，走到她身邊。

張蔓心裡的委屈，還有重生以來這麼多天緊繃的內心，在此刻突然崩潰了，她根本控制不住自己，眼淚拚命地往外冒。

這時，她聽到他問她：「張蔓，有誰欺負妳嗎？」

少年的聲音那麼輕，似乎帶著和她一樣的疼痛。

張蔓癟了癟嘴，她此時此刻，就是不太想理他，哪怕他根本就沒有錯。

李惟抬起手，想要摸摸她的腦袋安撫她，卻落空。

少女走兩步遠離他，轉過頭不理他。

李惟一愣，看著自己的手指，心裡突然就抽緊了，身體從剛剛被她躲開的指尖開始變涼。

他又靠過去，想牽一牽她的手，又被她躲開。

伸出的手，就停在了半空中。

這種空落落的感覺直戳內心，心裡也像是被扎了一個洞。

被她躲開的感覺，竟然比所有人一起討厭他，排擠他，加起來都要難受。

少年張了張嘴，低下頭，整個人忽然喪失了力氣。

她在哭，是因為他嗎？難道她開始討厭他了，所以拒絕他的觸碰？

張蔓躲開之後，覺得自己這樣不對，他完全沒錯，她不能無緣無故對他發脾氣。

但她還是有點委屈。

「你……你覺得司錦漂亮嗎？」

少年聽到她略帶抽泣的聲音，第一個反應竟然是——原來她沒有不理他。

第二個反應才是她的問題。

「……司錦是誰？」

他愣了。

張蔓吸了吸鼻子：「就是……就是這幾天每天送早餐給你的那個女生，她說……她說你們小時候就認識。」

她一邊說，眼睛不眨地看著旁邊的少年，仔細觀察他的神情。

他沉默了片刻，才想起來。

他輕輕皺著好看的眉。

「……我沒注意漂不漂亮，應該是學校裡一個很討厭我的人吧。她每天都送我最討厭的純牛奶和水煮蛋給我。」

張蔓聞言抽泣聲一停，她嚥了嚥口水，眨了眨眼，好半天的瞠目結舌之後，破涕為笑。

罰站完就到了中午。

吃過午飯，張蔓和陳菲兒在操場上散步。今天外面的天氣還不錯，雪停了，溫度也比前兩天回升許多。煤渣跑道已不見殘雪，但跑道旁邊的草坪裡，仍舊堆著積雪。

跑道中間圍著一個籃球場，有許多閒不住的男生趁著午睡時間打球，幾個眼尖的看到校花同學在散步，對她們吹了好幾聲口哨。

陳菲兒挽著張蔓的手臂，有些憂心忡忡的：「蔓蔓，我聽說這幾天司錦在追李惟啊，而且來勢那麼凶猛，妳說，他會不會看上她啊？司錦挺漂亮的。」

張蔓想起剛剛李惟的反應，心情很不錯，於是彎了眼：「不會。」

陳菲兒有些疑惑：「蔓蔓，剛開學的時候妳說，妳要追他，現在一個學期過去了，妳們應該關係很不錯了吧？那妳什麼時候表白啊？」

張蔓心裡嘆了口氣。

原本她的打算是順其自然地發展，等到兩個人都覺得時機合適時，就能水到渠成地在一起。畢竟李惟的情況特殊，他遭遇了那麼多，根本就不相信感情，她擔心如果太早表白，他反而會覺得她過於草率。

她就是想用實際行動讓他感受到她對他的喜歡，然後再一點點融入進他的生活，讓他習慣她的存在，這樣才能不去妄想那些虛幻的親情和友情。

然而司錦的出現給張蔓敲了一記警鐘，激發她心裡的占有欲，她知道自己該加快進程了。

操場外面是兩排常青的冷杉，是冬天滿目蒼涼的校園裡唯一的青綠色。冷杉很高大，樹形從下到上由寬變窄，在西方常常被用作為聖誕樹，此時上面落滿了雪，還真有幾分聖誕樹的味道。兩人一邊閒聊一邊往外走，從兩排高大冷杉中間的石子小路走出來，迎面遇到了一個個子高挑、長相漂亮的女孩。

「喂，妳叫張蔓是吧？認識一下，司錦。」

時間回到一節課前。

司錦從榮淮轉學過來已經一週了。她來一中當然不是為了念書，她的目標很明確。她一開始想好，先送送早餐熟絡熟絡，然後再一起追憶追憶往事，說不定用不到一週，就能把小哥哥拿下。

誰知道，事情竟然這麼不順利——小哥哥油鹽不進，每天都拒絕她送去的早餐。她甚至懷疑，她去刷了一週臉，他興許還是沒記住她。

司錦生平第一次開始為一個男人而頭痛。

講臺上，老師正在講她這輩子都不可能看懂的數學。司錦撓撓頭皮，偷偷掏出手機，無聊地翻著論壇。沒多久她就翻到了剛在論壇瘋狂傳播的文章。裡面有一張照片，她的李惟小哥哥伸著左手想要揉一個女生的腦袋，卻被那女生躲開了。

司錦把圖片放大再放大，拍照的仁兄手機畫素還不錯。

她先花癡了一下，真帥啊，而且表情好溫柔。

下一秒才反應過來，咬牙切齒地想，女生？

於是她問班裡一個女生，這女生是誰？

那女生連忙給她看了上次那個「兔子耳罩冰美人」的文章，裡面有照片。

司錦瞇了瞇眼，這張是特寫，長得……確實還挺好看的。等等……這個妹子不是上次她在商場遇到李惟時，站在他身邊的那個嗎？而且她這幾天送早餐給李惟，她好像還是他隔壁桌。

難道兩人已經在一起了？那麼溫柔又漂亮的小哥哥，已經被搶走了？

不會吧，她剛來就晚了一步？

驕傲如她，插足人家小情侶的感情事，她不會做。

她得先去問清楚。

吃完午飯，司錦聽說班裡有男生在籃球場看見了張蔓，於是立刻趕過去，在出口的地方堵張蔓，直截了當地做自我介紹：「喂，妳叫張蔓是吧？司錦。」

司錦沒穿校服，長長的捲髮紮了一個高馬尾，看起來時尚又青春。張蔓靜靜看了她一眼，點點頭神情淡然：「對，我是張蔓，什麼事？」

兩人都在打量對方，張蔓畢竟重活一世，又是性格使然，所以打量得不動聲色。

司錦就放肆許多，幾乎像是電影慢動作般把張蔓從頭打量到腳，最後給出了評價。

「……妳不錯。」

還不等張蔓有機會回擊，她又來了一句：「妳是李惟的女朋友嗎？」

張蔓搖了搖頭，又點點頭：「很快就是了。」

司錦心裡一喜。

她挑了挑眉：「也就是說，現在不是囉？那就好，以後也不會是。」

她說完後對她擺擺手道別，瀟灑地走了。

張蔓抿唇，司錦比她想像中更認真。但她想到那個冷淡的少年，心裡一點也不擔心。

怎麼可能看上別人呢，張蔓在心裡默默地自責。那個少年，不管是前世還是這一世，都曾經溫柔地擁抱她，他看她的眼裡，藏起了他對這個世界的不信任還有內心的黑暗，把最溫柔的一面給她。

從開學到現在，已經過了快一個學期。

他真的改變了很多。

最開始時，他連別人傷了他都懶得去計較，他的世界除了物理，再也沒有其它。就好像這個世界上的任何東西，都不能讓他停留片刻。

但這樣的人，卻為了她失控，把想要欺負她的人打得頭破血流。每天晚上陪她走過一盞盞昏黃路燈和滿地落葉，送她到家樓下。陪她去酒吧解決亂七八糟的事，陪她去徐叔叔家當說客。

他不厭其煩地幫她講題，在她難過時，拍著她的背安慰她，還買了聖誕禮物給她。

短短一個學期，她和少年之間，已經有那麼多的回憶和交集，他因為她，一步步踏入了俗世凡塵裡。

張蔓此刻無比地確信，她愛著的少年，心裡一定一定也喜歡她，而且，只喜歡她。

她怎麼能懷疑他會輕易地被人搶走呢。

李惟中午罰站完沒什麼食欲，坐在教室裡複習《廣義相對論》的內容。

是之前就會的有關倫德勒空間的推導。

鋼筆尖戳破了薄薄的計算紙。

他煩躁地闔上書，看向窗外，滿腦子都是少女白淨的臉上，滿臉的眼淚。心臟再一次像是被人握緊了，那種悶悶的疼痛感讓他快要窒息。

他努力思考自己是不是做錯了什麼，才會讓她這麼難過，難過到那些眼淚彷彿不值錢地往外冒。

他又思考，為什麼她難過時，他會更難過？一個人的情緒，怎麼會由另一個人支配呢？這些問題，比那些複雜的物理推導更難解，他找不出唯一答案。

「李惟，不，李哥，請教一下唄。」

少年聽到聲音，轉過頭。

劉暢搓著手，笑呵呵地坐在張蔓的座位上。或許是因為愧疚，那次他撞了李惟，導致他手臂骨裂之後，對他的敵意就淡了很多。

他國中時也聽了很多關於他的傳聞，又對他特立獨行、生人勿近的樣子很不爽，所以對他一直沒好臉色。但相處久了，他發現他是真的不在乎，也可能是精神病人和普通人的思考模式不同。反正不管大家對他是什麼態度，喜歡也好，孤立也罷，他都獨來獨往的，專心做自己的事情。

李惟面無表情地點點頭：「說。」

「那個……李哥，我想問問你，你這麼面癱的一張臉，名聲又那麼差，你怎麼把到我們兩個校花的啊？司錦女神天天買早餐給你，張妹子為了你吃醋吃成那樣，我剛剛下課看她站在那，眼睛紅紅的，肯定是哭過。」

少年的眼神微凝，過了幾秒才問：「吃醋？」

「對啊，剛剛下課的時候司錦過來送早餐給你，我看張妹子的眼裡都快噴火了，盯著那個早餐快要盯出洞來。肯定是吃醋了。」

劉暢的話音剛落，就看到之前一直面無表情的少年，嘴角略略勾了一下。

他揉揉眼，他的笑容已經消失了，快到他懷疑剛剛那是自己的錯覺。

嗯，肯定是錯覺，他強烈懷疑這人的笑神經有問題，國中跟他當三年同學都沒見過他笑。

他正打算繼續刨根問底，他那個賤兮兮的隔壁桌卻突然揚聲叫他，說的話還特別恐怖：「喂，劉暢，你數學作業還沒寫吧？還有時間在那聊天？午休結束就要交了。」

劉暢一愣，想起數學老師楊敏那張滅絕師太的臉，尾音都帶著顫：「我靠，我他媽忘了！你的借我一下？」

對方冷冷地拒絕了他。

這時，那個他討厭了三年的少年，突然把數學習作塞到他手裡。

「我的。」

劉暢張了張嘴，捏著那本含金量超高的作業，瞠目結舌又受寵若驚。

少年卻側過臉看向窗外，唇角逐漸勾起。

吃醋？

世間最溫柔的事物，莫過於三月小雨和冬日暖陽，此刻外頭的陽光正好，斜斜照進窗臺，窗臺上，一抔落雪在陽光中悄無聲息地融化著。這般溫柔，彷若能融化他內心堅冰。

第十一章　她的男朋友

趁著午休還沒開始，得到答案的司錦忙不迭地到一班門口。

她決定攤牌了。

少年被叫出來時，眼裡還帶著謎之溫柔，以至於給了司錦錯覺。

對嘛，這麼溫柔的小哥哥，就是她一直一直記著的那個，在街頭找到她，並且把她帶回去的小哥哥啊。

他每天拒絕自己的早餐，肯定是因為還不熟。

少年的聲音很輕，像是秋冬時節法國梧桐的落葉：「有事嗎？」

司錦清了清嗓子，很鄭重地說了一句：「小哥哥，你知道我是誰嗎？」

他面無表情地搖搖頭。

司錦的眼神很期待，聲音甜甜的：「我是司錦，司易的妹妹，小時候和你待在同個育幼院，你記得嗎？」

她話音剛落，就看到眼前的小哥哥輕輕皺了皺好看的眉毛，似乎記起來了一些。

對嘛，快點記起來啊，他們可是青梅竹馬，在育幼院一起待了兩年呢。等他記起來了，一定會很激動，也就沒張蔓什麼事了吧？

果然，溫柔的小哥哥點了點頭。

司錦繼續引導：「你還記得你剛來育幼院那年，我因為貪吃從育幼院跑出去，走到街上之前去過的一家糖果店，然後在那裡迷路了。」

「我哥哥急得不行，到處找我都找不到，所有人都不知道我會去哪裡。只有你當時說，我肯定在那家糖果店，最後找到了我。」

「我還記得那個時候我想吃糖，店主說我沒有錢，不給我糖，還趕我出門。我坐在地上哭得起勁時你就來了，幫我付錢買了糖還牽著我的手帶我回去。你那麼聰明，明明只比我大幾個月，但回育幼院的路你記得清清楚楚……」

她說著說著，就懷念了起來。

當時那個小小少年，真的很溫柔啊，他還記得自己之前總是嘟囔，想去那家糖果店，別人都沒把一個小孩說的話放在心上，但他就是記住了，又聰明又溫柔。

然而等她回憶完這段在她腦海裡非常溫暖的記憶之後，面前的少年只冷淡地點點頭。

並且開始看起手錶，似乎有點不耐煩。

司錦有些傻眼，但還是再接再厲，大膽表白：「李惟，我很喜歡你，你願意和我在一起嗎？」

少年在聽完她長篇大論的回憶之後，總算聽到了結論。

他搖搖頭：「不願意。」

終於可以回去看書了。

司錦站在門口，看著少年的背影，整個人都有些石化了。

說真的，自從她稍微懂事之後，從來沒有人這麼直接拒絕她，除了當年那家糖果店的店主和……李惟。她咬了咬牙，心裡有些委屈，明明是那麼美好的回憶，怎麼他完全沒當回事呢？

還真是奇怪。

司錦站在原地想了一下，往自己的教室裡走，坐在位子上開始逛論壇。

憑她多年的經驗，想要了解一所學校的八卦，論壇是最好的選擇。

果然，得來全不費工夫，她沒翻幾頁就看到一個熱門的文章，是十月份的。裡面有一張配圖，一個長相帥氣的男生，穿著一身帥氣燕尾服，手捧著一束百合，遞給了站在臺上抱著吉他的女生。

她看了看下面的評論，挑挑眉，嘴角微勾。

一中風雲人物秦帥，還是文藝部部長，有意思。

李惟那邊難搞，她可以從張蔓那邊下手啊。她早就聽說了，李惟在學校裡的名聲很差，他們都說他是一個精神病患者。她當年和他在育幼院待了兩年，也一直有這種傳聞。

但她模糊地記得，他雖然對人很冷淡，事實上是個很溫柔的人。可是張蔓不知道啊，就算她現在喜歡李惟，但如果有一個同樣優秀並且正常的人猛烈追求她，結果誰也說不準。

她越想，眼睛越亮，哪還有心思看讓她無比頭痛的書，一下課就去高二年級找秦帥。

張蔓散步回來時，就發現李惟一直在看她。她摸了摸自己的臉，有些疑惑。

「怎麼了？」

「……沒什麼。」

少年的聲音低沉又沙啞，像是陽光下微粗的塵粒。

張蔓坐下，他卻還是沒收回他的視線。

「到底怎麼了？」

「我覺得司錦，沒有妳漂亮。」

少年垂下眼眸，鬼知道他這樣的人，要說出這句話有多麼不容易。

但他還是說了。

剛剛在司錦長篇大論時，他有仔細觀察，眼睛、鼻子、嘴巴，都普普通通的，沒有張蔓好看。司錦的個子太高了，他和她說話時沒辦法用最習慣的視角。他喜歡一低頭，就能看到少女頭頂可愛的髮旋，湊近了還能聞到她頭髮上的味道。她的皮膚也沒有張蔓這麼白，眼睛也不夠水靈。

反正，就是沒有她漂亮。沒有她那樣，只要一見到，心裡就癢。

張蔓聽到他的話，微微發愣，好半晌才反應過來，他是在回答她罰站時問他的問題。

張蔓心裡有些樂。

「你怎麼知道？她又來找你了？」

之前不是說完全沒注意嗎？

「嗯，剛剛。」

張蔓還是不可避免地心裡一緊：「那……她找你說什麼啊？」

少年的眼睛往左邊轉了轉，回憶她的話：「她問我，願意和她在一起嗎？」

張蔓嚥了嚥口水，伸手拽住他的衣袖：「你怎麼回答的？」

——「我說，不願意。」

「噗。」

張蔓沒忍住，笑了出來。這麼直白，還真是他的作風。

晚上回去，張蔓坐在床上，開始計劃表白。

一月十號是李惟的生日，又是週末，她想在那天正式和他表白。算算日子，離現在還有五天。

她打電話給陳菲兒。

「喂，菲兒，妳看過的那些言情小說裡，女主都是怎麼表白的啊？」

『噗……哈哈哈哈哈，蔓蔓，戀愛真是一件好事，我發現妳越來越萌了，先讓我笑一下……』

陳菲兒坐在家裡餐桌上，吃她媽煮給她的宵夜，聽她這麼說，湯汁都噴了一桌子。

張蔓無語，好在她過了一下就停止嘲笑。

『咳咳，我看過的言情小說裡，大部分都是男主表白的。』

她又接著說：『蔓蔓，妳沒聽過一句話嗎？叫男追女隔層山，女追男隔層紗。妳要表白，直接上就好了，不用那麼多花樣。』

「是……嗎？」

張蔓深思，那總還是需要有點鋪墊的吧？總不能兩人作業寫著寫著，她突然說一句「李惟，我喜歡你」吧？

那也太奇怪了。

其實張蔓骨子裡真的很難表達情感，那次對張慧芳，就是考慮好幾天，鼓足勇氣才說得出口。

對李惟，也是一樣。

沉默寡言的人，內心的世界往往會比旁人豐富很多，但真正要說出口的時候就膽怯了。

「行吧，我再想想。」

誰知道，她計劃得好好的，事情卻出了變故。

這天是週五，有一週兩次的體育課。一班和十五班正好都是體育課，十五班，就是司錦在的文科班。

因為前幾天又下了雨夾雪，操場上積了許多水，老師便把兩個班的女生帶到了體育館，讓她們自己練習排球。張蔓正無聊地練習著控球，司錦走過來，撿起了她掉落在地的排球。

「張蔓，晚飯去操場一下啊，我有點事和妳說。」

「現在不能說嗎？」

司錦搖搖頭：「現在人太多了。」

張蔓本來不想去，司錦卻說要和她說李惟小時候的事，她想想便答應了，依她的個性，也想不出來什麼害人的主意。

結果到操場之後，沒見到司錦，卻看到了秦帥。

張蔓大概猜出來是怎麼回事了，不禁有些無奈。

秦帥見到她，雙眼微亮地走過來：「抱歉，是我讓司錦叫妳來的。我怕我約妳，妳又拒絕。」

之前司錦來找過他，說要幫他追張蔓。兩人達成了戰略合作關係。司錦幫他上了一堂情感大課，告訴他想要打動女生的內心，試探是不行的。自己給自己保留退路，對方又怎麼肯相信你。一定要真誠，讓她感受到她對你有多重要。性格再內斂的女生，都受不了掏心掏肺的告白。

秦帥想了一天，覺得她說得有點道理，之前他對張蔓的追求以試探為主，從沒有坦誠地告訴過她他的感情。秦帥捏了捏掌心，走到張蔓面前，神色比以往都要認真：「張蔓，我真的喜歡妳很久了，從第一次見到妳開始。其實那天我說了謊，妳的節目，不用加入文藝部，也能上臺。」

「後來國慶表演那次，我托人去買花，本來那天就想和妳表白，但我怕嚇到妳。」

「那兩張電影票，我在家挑了好幾天，我本來不喜歡看愛情片，但一想到要是能和妳一起去看，就覺得只有愛情片最合適。」

「張蔓，在妳之前，我從來沒對哪個女生有這樣的感覺，如果妳願意的話，能當我女朋友嗎？」

他說完，很認真地低下頭看著她，眼神裡帶著一絲緊張。這是他第一次直接真誠地對一個女孩子表白自己的內心。

然而在她沉默良久之後，他預感到結局了。

果然，少女的表情雖然有些不忍，但依舊堅定地搖搖頭，卻沒說話。

秦帥的心裡疼痛了一下，同時放下了一副沉重的擔子，就像有一件事情藏在心裡，現在他去做了，不管結局如何都能放下。

她不說話，只搖頭，總比給他發好人卡來得好，他看著少女的表情，知道她有認真對待他的心思。他抬起手摸摸她的腦袋，手感比想像的好，語氣雖然有些低沉，但也算不上多沮喪：

「張蔓，這已經是妳第三次拒絕我了，事不過三，祝妳以後幸福呀。」

沒等張蔓回答，他轉身離開了。

趁著秦帥表白的時候，司錦在學生餐廳門口堵剛吃完飯的李惟。

她自來熟地走過去，想要去拍拍少年的肩膀，他卻往後退了一步，避開了。兩人擦肩而過，李惟一句話也沒和她說。

司錦撇了撇嘴角，有些無語，這個漂亮小哥哥還真難追。

她又追上去：「李惟，這週六你有空嗎？」

「沒有。」

「那……那週日呢？」

「沒有。」

司錦嘴角抽了抽：「那你說吧，你什麼時候會有空？總不能一輩子都沒空吧？」

「是你問的話，就一直都沒空。」

司錦被他的話劈得焦焦的，整個人愣住了。

她心裡一堵，走過去伸手攔住他，狠狠心：「秦帥剛剛約了張蔓見面，她去了。現在秦帥應該已經和張蔓表白完了，我猜她大概已經答應了吧，你現在只有我了。」

她說著又補了一刀：「和你一樣優秀，又陽光又開朗，哪個女生不會同意啊？而且我看到了論壇上那張圖，她接過花的時候明顯是很開心的，應該對秦帥也有點喜歡吧？」

她說著，就看到眼前少年眼裡的平靜猛然破裂，罕見地起了一陣風暴，整個人瞬間變不一樣。他大步上前，捏著她的肩膀：「她在哪？」

聲音急促，那種沙啞像是粗糲的北風，讓司錦直打了個冷顫。他的力氣又大，她感覺自己的肩胛骨陣陣發疼。

但她還是不想說，咬著嘴唇不出聲。

少年的氣質越來越陰冷，司錦注意到，他的眼睛開始泛上不正常的紅，不是那種溼潤的紅，而是乾澀、充血的紅。

他深吸一口氣，似乎在努力壓抑著某種情緒。他放開她，但依舊盯著她的眼睛：「我再問一遍，她、在、哪？」

明明他不再禁錮她，但司錦卻覺得更可怕。

心裡在這一瞬間突然害怕起來，她的聲音有些發抖：「在……在操場。」

她撇開頭不看他，指甲已經掐進了手心。從小到大，有哥哥在，她何曾受過這樣的對待？他太恐怖了，剛剛的眼神甚至讓她覺得，他下一秒就要殺了她。不就是張蔓嗎，有什麼了不起？她又沒傷她一根髮絲，他至於這樣嗎？司錦蹲下來，害怕和委屈一股腦兒襲來，她控制不住地開始掉眼淚。

哭的時候，她聽到少年輕聲說了一句：「妳說妳喜歡我是因為我很溫柔？那妳也看到了。」

「換個人喜歡吧。」

——除了她之外，這個世界哪有什麼值得他去溫柔對待。

說完這句話，他就走了。

司錦蹲在地上大概哭了兩分鐘，她站起來，擦了擦眼淚，嘴角撅得很高。她有些煩躁地踢了一腳路旁的臺階，但她穿著輕薄軟面的運動鞋，害得腳尖很疼。

她齜牙咧嘴地叫喚著，還是很疼，沒轍，又坐下來緩了一下。

她悶悶地想，什麼溫柔的小哥哥啊，回憶什麼的都是騙人的，他就是一個瘋子，她才不稀罕呢。

李惟到操場時秦帥已經走了，張蔓正從看臺處往下走。

看臺的位置上還有薄雪，學校也沒有讓人來清掃。操場上積了很多水，每踩一腳那塑膠跑道彷彿就能滲出水來。這樣陰沉沉的雨雪天，幾乎沒人會來操場，冷冷清清的，卻讓他的心情更加煩躁。

冬天入夜快，五點多天邊已經黑了一片，操場上的路燈都亮了。

他一路快跑，從來沒有這麼慌張過，心裡那種悶悶的疼痛感讓他再也無法忍受。

他想下一秒就能見到她。

終於，李惟在東邊的看臺上發現了張蔓。他遠遠地看到她單薄的身影，只有她一個人。心裡按捺不住的暴躁和難受稍稍放鬆，但不親口問她，大概往後也無法安眠。

他走過去，攔住她。

張蔓正在想著明天和李惟告白的事，沒想到下一秒，少年就出現在她面前。

他神色嚴肅，嘴唇發白，整個人像是經歷了一場大風暴。他的眼裡爬滿了乾澀血絲，頭髮凌亂，狼狽不堪。

張蔓心裡一緊：「李惟，你怎麼了？」

「妳接受了嗎？」

少年的聲音沙啞得厲害，喉結抖動著，指節都發白。

他想，這種緊張的感覺，從記事起就很少有。他害怕她會點頭，這樣的話，他不知道自己會做出什麼來。

他還記得小時候，爺爺帶著他從醫院出來直接去育幼院。他在車上告訴他，是要帶他去見他的朋友。他當時拿著一個玩具，是爸爸之前買給他的賽車，爺爺和朋友在聊天時，他就坐在旁邊沙發上玩賽車。

他聽到他們的對話，說了什麼「精神問題、錢、寄養」之類的字眼。他是個早慧的小孩，小小年紀心思很多，已經預感到了什麼。

後來爺爺跟他說，他要去一趟洗手間，讓他乖乖坐在房間裡等。他沒聽話，拿著賽車站起來，拉住爺爺的手。他還記得當時他問爺爺，能不能跟他一起去。

那是他這輩子，唯一一次挽留。

但爺爺鬆開了他的手。

那天他坐在院長的辦公室裡嚎啕大哭了很久，任誰來拉都拉不走。沒有人是天生就對萬事萬物毫無留戀的，他也曾那麼難受過，也幻想過爺爺是不是過一下子就會回來。

但爺爺始終沒有回來。

之後的十年，爺爺都沒有聯絡過他。甚至他申請從育幼院出來之後，他也僅僅派了一個祕書過來，和他交接他父親留下的遺產。

從頭到尾沒露過面。

曾經以為，這世上再難有什麼東西讓他這麼緊張。

但是現在出現了，這個讓他緊張得五臟六腑都縮在一起的女孩，就站在他面前，離他一步之遙。

——「妳接受了嗎？」

聽到少年急切的問話，張蔓微愣，片刻後猜到他大概是在說秦帥的事。

她的心在這一瞬間飛速地塌陷下來。

他的雙眼發紅，髮絲淩亂，語氣裡帶著平日少見的慌亂和急躁，不顧一切狼狽地跑來，失了從容和冷靜，就是為了問她這個問題。

張蔓想到了前世，那個站在校門口堵她的少年，此刻他泛紅的眼眶和疼痛的表情，和那時候多麼像。

她的心尖發疼，卻又湧上一絲原本不屬於冬夜的溫暖與甜蜜。

——他最終還是如前世那般，把她放在了心上。

情緒如泉湧，張蔓深吸一口氣，指尖開始顫抖。

她輕聲笑起來，昏暗的操場上，她的聲音溫柔如月光。

「沒有啊，我不喜歡他。」

短短幾個字，對眼前少年來說，猶如天籟。

原來她沒有接受，這個只會對著他哭鬧撒嬌的少女，沒有變成別人的。

少年內心緊繃著的某根弦，在這一刻忽然鬆了，凝固的血液重新在身體裡流淌，他聽到自己的心臟，在胸腔裡熱烈地跳動著。

劫後重生。

命運，沒有像七歲那年那樣，再一次拋棄他。

儘管致命的威脅已然消失，他心裡的疼痛卻絲毫沒能得到緩解。

在這一瞬間，平日裡冷清至極的少年突然意識到，自己有多貪婪。

他想要的遠遠不止這些。

在透著些許寒風的昏暗臺階上，他安安靜靜凝視眼前的少女，額角跳動的神經和心裡劇烈的疼痛，告訴了他所有問題背後，唯一的答案。

他在這一刻，終於恍然大悟。

——他想要的，一直只有她。

所以才會每每看到她，心裡就發癢；才會在她難受的時候，加倍難受；才會在她被人欺負時，開始發瘋。

才會每時每刻，都想擁她入懷。

他想清楚了，那種從未體驗過的心臟炸裂的疼痛就是喜歡。他在不知不覺中，心裡住進了一個人，就是站在他面前的這個嬌小的女孩。

他喜歡她。

他終於明白，喜歡一個人的感覺，就是疼痛。當他每次看到她時，心裡某個角落就會帶著鈍痛。

但人類就是很奇怪，越是疼痛，越要去觸碰。

於是，從來不去奢望虛無縹緲的感情的少年，忽然就想以血肉之身，去撞這道南牆。

他想讓她也喜歡他，哪怕，只有一點點。

——「妳不喜歡他的話，那，妳喜歡我嗎？」

少年低沉的聲音猝不及防地響起來，打破了淡淡夜色。

張蔓看著他的眼睛，他的眼裡帶著難以忍受的疼痛和壓抑。

他小心翼翼地看著她，沙啞的聲音帶著強忍的克制，甚至連呼吸都停了。

張蔓澈底愣住。

他竟然問她，喜不喜歡他。

她的心臟，劇烈地跳動起來，大腦一片空白。

她明明準備好明天要跟他表白，但今天被他這麼直白地問，她的腦子瞬間就頓住了。她想告訴他，她一直一直很喜歡他，他是她在這個世界上，最喜歡的人，嘴巴卻完全不聽指揮。

人有的時候就是這樣，越急切，越難開口，表現出來的，就是短暫的沉默。

——然而，這樣的沉默，對眼前快要瘋掉的少年來說，是致命的。

他內心的疼痛，在這一瞬間達到了頂峰，他貪婪地盯著眼前的少女，盯著她白嫩的臉龐，和那雙如水的眼眸。

他覺得他好像痛得快要麻木了。

她不說話，是不喜歡他嗎？

那，他該怎麼辦？這樣的疼痛，該怎麼緩解呢？

然而就算是這樣，他還是不能離開。他在她面前，放下了所有的驕傲，和自尊。

一次不行，就兩次。

少年深吸了一口氣，往前靠近一點點，努力放輕自己的呼吸，把手輕輕地搭在少女的肩膀上，直視著她的眼睛。

他的聲音，帶著無可奈何的妥協還有難以克制的傷痛。

——「張蔓，妳不喜歡他的話，喜歡我吧，好不好？嗯？」

他的聲音沙啞，呼吸聲裡，帶了一點厚重的鼻音，語氣中有小心翼翼的哀求。

「……我以後會對妳很好，妳喜歡我吧，好嗎？」

張蔓已經紅了眼眶，喉頭的酸澀讓她說不出話來，好半天才發現，自己其實不用說話。

她現在站在臺階上，幾乎和他一樣高，所以稍微往前一步，就能輕易抱緊他。

她也這麼做了。

她狠狠地撲進少年的懷裡，緊緊抱住他的後背，把頭放在他的肩膀上，不由自主噴湧而出的淚水打溼了他的校服領子。

和從前那些擁抱統統不同，沒有任何藉口和理由，只是因為心中歡喜，她抱緊了她愛了兩世的少年。

他的身體在被她抱緊的剎那，瞬間緊繃。

溫熱的胸膛，讓她劇烈波動的情緒，逐漸平息。

張蔓貼近他的耳朵，聲音和她整個人一樣，由於太過激動而微微發抖。

「我一直都很喜歡你啊，李惟。我喜歡你，很久很久了。」

久到這份喜歡已經沉澱在她的骨血裡，成為她生命中的一部分。

久到他離去後，她去了那麼多地方，但不管身在何處，遇到什麼人，每每想起他，心裡某一處就開始疼痛。

久到她這輩子第一天看到他，就想抱緊他，永遠不放開。

張蔓想起了前世，少年放在她桌上的那封情書。

他曾在信裡問她，能不能一直陪著他。

而此時此刻，她抱著他，在他耳邊，溫柔而堅定地給出答覆。

——「往後，我會一直一直陪著你。」

不僅是對現在被她擁抱著的他，也是對前世絕望地等了許久，卻沒有等到答案的他。

她說完，看著眼前少年的耳垂。

他的耳垂長得很好看，不薄也不厚，形狀完美，上面還有一顆血紅色的痣，看著性感又誘人。

情到深處難自禁。她湊上去，親了親少年近在咫尺的耳垂，又張口咬住那顆鮮紅欲滴的痣。

被她抱著的身體狠狠一顫。

她清晰地看到，少年的耳尖開始發紅，那種曖昧的紅色一直傳到脖子。

再然後，他也摟緊了她，力氣比她要大得多，像是要把她整個人揉進懷裡。

他的聲音沉悶，但帶著難以言喻的狂喜，他反反覆覆念著她的名字，又說不出什麼有意義的話：「張蔓，張蔓……」

擁抱不知道持續了多久，那樣濃烈的感情過後，等平靜下來，其實兩個人都有些緊張羞澀，所以一直沒有說話。

但少年把她抱得很緊。

怕她站得累了，他還摟著她的腰讓她完全靠在他懷裡。

心裡的疼痛似乎只有透過更緊更緊的擁抱才能得到宣洩，他們現在擁有的只有彼此。

操場上微弱的燈光正好照不到他們這一片，兩人躲在陰影裡，四周的黑暗讓他們的呼吸都有些灼熱。

教學區嘈雜的背景聲彷彿很遠很遠，彼此的呼吸聲能聽得一清二楚，甚至是心跳，好像越來越快，透過緊貼的胸口傳達給對方，頻率變得一致。

都緊張。

張蔓靜靜抱著少年結實的腰，心尖發著抖，又被溫柔和喜悅填得滿滿的。前世這時她和李惟不過是點頭之交，後來發生那些誤會，澈底錯過。甚至，最後她永遠失去了他。

但現在，這個在她的擁抱裡紅了耳尖的少年，已經是她的了。

是她的，男朋友。

想到這三個字，她的心頭就開始發燙。

張蔓想起少年剛剛說的話，他說他以後會對她很好。她抱緊他，心想，是她要對他很好很好。讓他無時無刻不記著，這個世界上，有個人這麼愛他。

她要讓他有牽掛。

這時，教學大樓那邊傳來響亮的鈴聲，是晚自習開始前十五分鐘的預備鈴。

張蔓的臉微微發燙，竟然這麼晚了。她鬆開抱著他的雙手，輕輕推了推少年，沒想到他力氣實在大，這一推竟然沒推動。

她抬起頭來，看著少年的側臉，說話時還帶著點結巴：「李……李惟，還有十五分鐘上課，我們……回去吧？」

沒想到少年搖了搖頭，死活都不撤手，抱著她的腰把她摟得更緊，還用臉在她的臉頰上蹭了蹭。

「我們今天蹺課不回去好不好？我想這樣抱著妳整晚。」

他的聲音悶悶的，眼睛沒看她，不知道在想什麼。

這時的他，忽然像極了小孩，平時的清冷和理智不知道被丟去哪裡。

張蔓笑了笑：「不行，今天班導師值班，要是我不在，他該打電話給我媽了。徐叔叔今天好不容易約她出去玩，你不想打擾他們約會吧？」

少年沒說話，也沒動作，心裡還是不情願。

似乎是為了逃避她的問話，他側了臉埋在她脖頸上，綿長溼熱的呼吸讓她皮膚癢癢的，又不好意思去掰他的腦袋。

張蔓臉頰發熱，不太敢看他，低低地哄他：「李惟，我已經是你女朋友了，我們來日方長啊。」

她說到「女朋友」這三個字時，少年身體一顫，片刻後難以置信地轉過臉，看著她。

他的雙眼裡帶著那麼亮的光，充滿了狂喜。

「女朋友？」他反問了一句，怕自己聽錯了。

他以為，她喜歡他，已經是最大的幸運了，但是她剛剛說什麼？她是他的女朋友？

她已經是他的了？

張蔓藉機推開他，看他愣愣的樣子，撇了撇嘴：「不是你女朋友我會讓你抱這麼久？」

——她忘了，之前不是的時候，也抱過很久。

她又想逗逗他，語氣惋惜地說道：「你覺得不是啊，那算了……」

但下一秒，她就被摟著腰抱起來，是雙腳離地的擁抱，抱著她輕輕轉了一個圈。

張蔓看到他的眼裡，那黑漆漆的眸子裡，似乎有好多好多顆星星，那麼璀璨。

少年的心臟又開始難受。

他覺得自己變得很貪婪，人對於一個世界的貪戀如果有固定值的話，那麼他從前那些看淡的、無所謂的、放棄的欲念，好似就在她身上累積了。

——原來世上竟然有這麼一個人，讓你每每見到她，都想擁她入懷。而在你真正抱著她時，你又想得到更多。

他放下懷裡的少女，抵著她的額頭，小心翼翼地湊近，幾乎是控制不住想親親她的臉，但再靠近的時候又停頓住。

不行，要慢慢來。

他向來沒有什麼運氣，不能在今天晚上用完，就像她說的，來日方長。

兩人從操場往回走時，張蔓只覺得這條路走得格外漫長，手腳都不知道該往哪裡放。明明已經是男女朋友，她也想牽他的手，但大腦怎麼命令，手也動彈不得。

就在這時，她感受到少年的手背碰了碰她的，感受到她並沒躲閃之後，繞到她的手心，輕輕牽住了她的手。

十指相扣。

她被牽著往前走，心跳忽然加速，黑暗裡，她的嘴角彎起，眨了眨眼睛看向少年的後腦勺。

牽手是一件很奇特的事，明明沒有擁抱那樣大面積的碰觸，但手指上的觸覺神經是那麼敏銳。她能感受到他包裹著她的指節，他的手心乾燥溫熱，還有他往前牽引著她的輕柔力道。

一切都溫柔得不像話。

不過也沒能牽多久，張蔓還是臉皮太薄。走到人多的地方，她好說歹說，少年總算同意鬆手。

「李惟，明天我不去補課了。」

她話音剛落，少年就站住了，又過來牽她的手，聲音有些緊張：「為什麼？妳有事嗎？」

張蔓嘴角彎起，捏了捏他的手心放開他：「因為明天我要陪你過生日啊。」

少年愣了幾秒。

生日？他沒有過生日的記憶，甚至連自己都沒有反應過來，明天是他的生日。

但她剛剛說，明天她要陪他過生日。少年的表情忽地亮起來，他低了頭看她，聲音很輕：

「張蔓……我以後可以叫妳蔓蔓嗎？」

張蔓的心頭火熱，整顆心臟怦怦直跳，她看著他，笑著點點頭。

冬夜裡，晚風蕭瑟，教學大樓下此時沒有幾個人，校園裡昏暗的路燈把兩人的影子拉得很長。

那個平日裡性子清冷的少年，拉著她站在教學大樓旁的牆邊，一聲聲喚她：「蔓蔓，蔓蔓……」

這兩個字，從他嘴裡說出來，和陳菲兒還有張慧芳都不一樣，他沙啞的嗓音帶著無盡熾熱和些許的壓抑，彷彿能灼傷她的心臟。

這天張蔓回到家，張慧芳也才回來沒多久，正在看一部這年在國內很紅的家庭肥皂劇。

自從那次兩人把話說清楚之後，母女倆的關係得到昇華，雖然相處模式還是那樣，但彼此心裡都知道對方的珍視。

「張蔓，妳明天要去Z市玩是吧？多穿點，Z市明天下雪。」

張慧芳說著，又八卦地湊過來：「和誰一起去啊？上次送妳回家的小男生？」

張蔓無奈地點點頭，張慧芳的眼睛就亮了，從錢包裡拿出一疊鈔票：「拿去花吧。」

張蔓接過錢，有些無語，她媽這個典型的外貌協會，什麼時候能改改？

她原先是打算等李惟生日那天表白，所以偷偷買了兩張去Z城的車票。Z城有全國最大規模的海洋館，設有一條長長的海底隧道，張蔓前世就想去，但一直沒有機會。

她原本打算在他生日那天，在海洋館裡和他表白。但沒想到，他急急忙忙來找她，讓這一切提前一天。

第十二章 李惟，生日快樂

這年N城還沒有高鐵，去Z城坐巴士比較方便。

因為是週末，又快到年底，長途巴士站裡人很多。巴士站和火車站修的差不多，都是大大的落地窗，一排排簡陋的座位。

窗外是張蔓最討厭的雨夾雪，又冷又潮溼，地上積了那些水，害得她到現在褲腳都是半溼的。她側眸看著旁邊的空座位，守著兩人簡單的行李。

因為是短途旅行，兩人都只帶了一個背包。張蔓坐著發呆，半晌揉了揉自己的臉。

還是有點沒適應過來，心裡只要一想到就會發顫，就會忍不住笑出聲。

——就在昨天晚上，他們在一起了。今天是他的生日，也是他們在一起後的第一天，更是他們第一次出去旅行。

有種度蜜月的感覺。

過沒多久，少年買了早餐回來，在她身邊坐下。

他細心地在她腿上墊了幾張紙巾，放了兩層塑膠袋，隔熱又防髒。把餐盒打開，幫她拆好免洗筷。

「蔓蔓，吃吧，等等要坐三個小時的巴士。」

他說著，溫柔地摸了摸她的頭髮。

張蔓抬頭看他，少年今天穿了一件厚實的灰色夾克外套，頭上戴了一頂黑色棒球帽。灰黑色本來就是很冷清的顏色，加上他剛剛去外面買早餐回來，渾身上下又多了冰涼水氣。

但眼裡是溫暖的。

或許一個人生活習慣了，他一直是個很細心的人。和那些年紀輕輕對生活一竅不通的莽撞少年不同，他自己照顧自己這麼多年，有許多細緻的生活經驗。

這樣的人，但凡要對一個人好，可以做得很好。

她心裡微酸又微甜，笑著夾了一顆小籠包，送到他嘴邊。

「啊——張嘴。」

那小小的包子撞到他的嘴唇，包子皮溫熱柔軟，很有彈性。

少年無奈張嘴。

張蔓看著他吃下去，毫不吝嗇自己的誇獎：「男朋友真乖。」

少年聽到她的稱呼，眼裡的溫度越發濃烈，嘴角含著笑過來牽她的手，昨天牽了一路，熟能生巧了。

張蔓躲開，夾了一個包子塞進嘴裡：「別牽，我先吃飯，等我吃完了，再牽手好不好？」

說完，她自己都笑了。不知道是不是每個剛談戀愛的人都是這樣，就是這種零碎的小事，都會當作正經事來商量。

少年沉默了一下，看著她鼓鼓囊囊的腮幫子，只好妥協地點點頭。

車子很快發車。

兩人的座位靠後，好在這輛巴士是軟座，可以調整座位。張蔓把座位調成舒服的角度，打算開始補覺。

——昨晚興奮得幾乎一夜未眠，在回想他們在一起的每一個細節。其實除去晚自習，明明只有幾十分鐘，但牽手、擁抱、眼淚，還有他在她耳邊，低聲叫她的名字。

夠她回憶十倍長的時間。

誰知睡不到兩分鐘，車裡就有兩個孩子大哭起來。巴士車廂封閉，不太大的空間，孩子的哭叫聲迴盪在車廂每個角落，在每一個它觸到的平面上反射再反射。

張蔓皺了皺眉頭，剛想睜眼，卻忽然被人輕輕按了一下腦袋。

少年讓她一隻耳朵貼著他的肩膀，右手環過她的脖子，輕輕捂住了她另一隻耳朵。他的掌心溫熱，蓋在她耳朵上，隔絕了一大半的吵鬧聲，就像幫她圍了一個寧靜、安全的小世界。

張蔓側過頭，鼻端是他外套上的清新味道。她輕聲問他：「李惟，你不睡嗎？這樣會不會不舒服？」

「不會，睡吧。」

少女的柔軟髮絲蹭著他的脖子，有點癢。李惟摟著她肩膀的手緊了緊，另一隻手去牽了她的手。怎麼會不舒服呢？他想要每時每刻都觸碰她，牽手不夠，擁抱好像也不夠。只要見到她，他像是得了皮膚飢渴症。

張蔓從這個角度只能看到少年硬朗的下頜線，她不由得用頭頂蹭了蹭他的下巴，心滿意足地入睡。昨夜睜眼到天亮，實在睏極，張蔓靠在少年的肩膀上睡得很沉。車快到站時，她還沒有醒。

車子已經下了高速公路。

窗戶凝結了厚厚的水霧，前座的孩子伸出手，擦去了玻璃上的霧氣，探著腦袋往外看。窗外已是猛烈的大雪，建築和車輛上都積了厚厚的雪頂。路上行人或走或跑，那些身影沒幾步就被隱進風雪之中。

李惟的肩膀稍稍發麻，少女的呼吸規律地在耳邊響起，他輕輕轉頭，看著她可愛的髮旋。不是每年都能記起自己的生日，但有記憶的幾年，都和今天一樣，是下著大雪的深冬。下雪天沒什麼不好的，路上也沒什麼人，不會有他一貫討厭的熱鬧。不會讓他覺得，自己在這個世界上格格不入。

但現在，有她在他身邊。

他的手心裡，還握著她的手，溫暖又柔軟。他恍恍惚惚地想著，原來冬天裡，也能有這樣的溫度。

這樣恰到好處的溫暖，讓他的心快要化了。

少年輕輕彎了嘴角，低下頭，小心地在她的髮旋上，落下一個吻。

等到了Z城已經是中午，兩人收拾東西下車，搭車直奔海洋館。海洋館坐落在Z市的海岸線上，旁邊就是沙灘浴場和礁石公園。

Z城的海比N城的更美一些，泛著翡翠般的綠色。

可惜的是，由於下了大雪，視線很受限制，大海的壯麗景色擋去了一大半。

張蔓在網路上訂了下午的票，這年電子門票還不普及，所以要排隊去窗口取票。張蔓有些詫異的是，這麼大的風雪，竟然還有很多遊客。窗口有好多人，排了長長的隊伍，兩人等了將近半小時才取票入場。

海洋館很大，分了好幾個場館，全都設置在地下。兩人先去最負盛名的主館，海底世界。

進入場館時，周圍的空氣變得潮溼，為了盡可能地模擬出深海魚類的生存環境，燈光也調得昏暗。遊客們一波一波地行走著，看著眼前的景色發出了驚嘆。

映入眼簾的是一個幾層樓高的巨大玻璃牆，後頭就是由珊瑚、礁石和海草搭建的另一個世界。無數的海洋生物在裡面自由徜徉，一些形態奇特的魚，張蔓從來沒見過。鰩類有著扁扁的身子和寬大的胸鰭，像一把帶著尾巴的扇子；洄游性的小魚成群結隊在礁石間穿行；偶爾一兩條長滿了鋸齒的鯊魚，眼神凶惡地巡視領地。

張蔓看花了眼，一邊看魚，一邊看解說板。

她拉了拉少年的手，指著一處礁石：「李惟，你看那群魚長得好可愛，一大群游過去，每條的眼神都很呆滯。」

少年的雙眼也微彎，認認真真贊同她：「嗯，可愛。」

他又輕輕咳了一聲，捏著她的手心：「叫男朋友。」

——他想聽她這麼叫他。

張蔓愣了一下，「噗哧」笑出了聲：「好，親愛的男朋友。」

少年緊緊牽著她的手，嘴角上揚：「嗯。」

兩人繼續往裡走，便是海底世界最著名的百米海底隧道，隧道的其中一邊設置了自動步行機，速度適宜，能讓人靜下心來觀賞藍色海洋的龐大及夢幻，隧道頂部是拱形的玻璃頂，時不時有許多魚類從頭頂游過，彷彿真的置身海底。

海底隧道出來之後就到了連通的水母館，對於小女生來說，這裡才是最夢幻美好的地方。無數透明的水母像一層層輕柔薄紗在水裡自由來去，原本無色的身體被打上淡粉色的光，柔和的粉紅色加上水母柔軟美好的形態，恍如置身夢中。

許多情侶在這裡合照，甚至拍了以水母為背景的親吻照。

張蔓心裡似乎也成了粉紅色，重生到現在，她感覺自己從未這麼輕鬆過。

之前神經一直是緊繃的，不僅僅是李惟，還有張慧芳的事，但現在似乎都好好地解決了。張慧芳擺脫了鄭執，她也和李惟在一起了。一切都在往很好的方向進行，不是嗎？他的病以後肯定會越來越好的。一切都還來得及，她肯定能陪他到最後，等到白髮蒼蒼的時候，還能一起到處旅行。

張蔓這一瞬間忽然有點鼻酸。

她轉過身，輕輕抱住少年的腰，聲音軟糯：「李惟，我好開心。」

少年伸手回抱她：「……嗯，我也是。」

下午四點有個北極熊餵食節目，兩人準時到那，已經人山人海了。整個玻璃牆被圍得水泄不通，一百六不到的張蔓踮起腳尖也看不到北極熊的影子。她本來打算放棄，下一秒卻被人從腰間抱起，雙腳離地，比前面的人群高出不少。

她心裡一暖，回頭摸了摸少年柔軟髮頂，看著那隻北極熊。

玻璃那邊只有一隻北極熊，孤孤單單趴在那裡，對周圍人的圍觀毫無波動。它的毛色有些泛黃，看起來年紀很大了。

飼養員從上面的窗戶扔進大量的魚類肉類，那頭北極熊卻依舊趴著，沒有太大的反應。等所有的食物都扔完，它才慢悠悠睜開眼，動了動爪子，只撿周圍的吃。

整個進食過程都沒變換過姿勢。

旁邊有人說：「我大前年來時這裡的北極熊有兩隻，聽說後來其中有一隻老死了。」

張蔓看著看著，胸口突然有點發酸。牠孤獨地待在這個封閉的展館裡，每日每日麻木地被人圍觀，沒有朋友、沒有親人，時間或者生命的流逝，對牠來說，似乎毫無意義。

生命的意義，到底是什麼？至少不僅僅是活著。

這時，一個小女孩清脆的聲音響起來。

——「媽媽，我看不見，妳抱我嘛！」

大人的聲音有點無奈。

——「妳明年都要上小學了，是大孩子了，怎麼還要抱？」

——「那個姐姐還是大孩子呢，大哥哥還抱著她看，我也要抱！」

張蔓聽著這話，剛剛還在因為孤獨的北極熊而共鳴的情緒煙消雲散，臉頰和耳朵瞬間發紅，她揪了揪少年的頭髮，有些急切：「放我下來吧……」

少年輕笑了一聲，一手輕輕托著她，慢慢放她下來，牽住她的手往外走。

接下來，兩人又去了其他幾個展館，看完鯊魚館就到了出館的時間，張蔓被少年牽著走出海洋館，驚訝地發現外面的積雪已經有膝蓋高。

大雪越發囂張，都不能用鵝毛大雪來形容，密密麻麻的大雪遮蓋了大部分視線，風也颳得狠，張蔓乍一出門，連眼睛都睜不開。旁邊的海變得霧濛濛的，根本看不清海平線。

暴雪來臨。

其實北方下雪時，通常沒人撐傘。雪不像雨，化得不快，等進了房間，拍一拍就乾淨了。

少年也不習慣撐傘。

今天他卻撐開一把透明大傘，摟著她的肩膀走進風雪裡，兩個人的腳步在雪地上踩下一個個深深淺淺的腳印。

他把她摟得那麼緊，沒讓她被淋到一點。

張蔓突然覺得有些恍惚，腦海中記起一些片段。

前世高二的這天，一月十號，也是李惟的生日。

她沒出去玩，坐在家裡，拉著窗簾關著燈，蔫蔫地躺在床上不想動。直到晚上，張慧芳帶著鄭執回來吃飯，她去客廳後才發現，窗外正下著暴風雪。

她翻開手機，很想打電話到李惟家，問問他生日這天他在幹什麼，卻硬逼自己歇了念頭。

他怎麼過他的生日，關她什麼事呢？

說不定，早就有人陪他過，哪裡輪得到她來操心。

有些事情她再也沒有可能知道了，比如，那年他怎麼過生日。

還是說，根本就沒過呢？

透明的拱頂傘下，張蔓的手輕輕繞過去，抱住少年的腰。

——還好，還好，今年他的生日，這個依舊飄著雪的冬天，她陪在他身邊，就在他的傘下，在他的懷裡，陪他一步一步走在漫天雪花裡。

返程車票是七點鐘的，離現在只剩一個多小時，兩人站在海洋館門口的十字路口搭車。

兩人等了二十多分鐘才搭到車。然而，更糟糕的是，兩人緊趕慢趕到了長途車站，卻被告知由於大雪封路，今天的班次取消了。

張蔓無奈地看著窗外越來越猛烈的暴風雪，突然想起來，說不定可以坐火車回去。

她立刻拿出手機查火車時刻表，卻發現最快一班回N城的火車也要等到明天上午了。也就是說，不管怎麼樣他們都要在Z城住一晚。

可是，怎麼住呢……張蔓咬著下唇，捏了捏袖子，臉色不由自主地泛紅。

冬天白天很短，才七點多天已經完全黑了，此時候車大廳裡擠滿了人，都是買了票卻回不去的旅人們。

候車廳裡，座位和座位之間沒有間隔，有幾個大叔一個人占了兩三個座位，蜷著身子開始睡覺，顯然打算在候車廳過一晚。

可惜，張蔓他們趕過來時已經不早了，可以將就的座位一個都沒了，兩人站在候車廳的暖氣底下想辦法。

雖然有暖氣，但候車廳的地磚還是冰冰涼涼的，寒意從腳心往上，凍得張蔓時不時發抖。

少年見狀把她拉過來，雙手捂著她的手，幫她取暖。

她體質偏寒，大冷天的，在地上睡一晚肯定不行。

張蔓琢磨半天，覺得只能去住賓館，她臉一紅，隨即又想，大不了住兩個房間。

「要不……去住賓館？」

少年聽到她的提議，微微咳了一聲，聲音有些沉悶：「嗯。」

兩人沒再說話，尷尬地往外走。一天下來，牽他的手、擁抱他，都逐漸成了習慣，但提到去賓館，還是很尷尬。

張蔓發誓，她真的沒想歪，但是……這個話題對於十六七歲的情侶來說，真的非常奇怪。

她走到門口，突然想起來：「不對啊，李惟，你有身分證嗎？」

她自己沒有身分證，前世還是升學考前才辦，如果沒有身分證，應該住不了飯店才對。

少年聞言也一愣，半晌無奈回答：「我有，不過沒帶。」

他一個人生活，沒有身分證會很麻煩，所以國二那年就拿著育幼院開具的證明辦了身分證。

——這一切都是意外，他從來沒有預謀過，所以……也沒帶。

他倒是鎮定，打開傘摟住她：「蔓蔓，我們先去飯店問問，說不定有些飯店不需要。時間越晚越不好找。」

兩人找了附近的幾家大型飯店，發現都要身分證，並且不允許未成年人獨自入住。另一條小街上部分的賓館或許沒那麼嚴格。

兩人走去了最近的一家，招牌寫著「金山賓館」。推開門，裡頭的裝修是這個年代特有的金光閃閃的KTV風格，很俗氣。

前臺處，一個大腹便便的老頭正對著電腦玩紙牌遊戲，聽見有人進來，抬頭看了兩人一眼，渾濁的目光帶了些熱情笑意。

「只剩一間大床房了，住不住？」

張蔓頭皮一麻，大床房……她抬頭看著李惟，輕輕搖了搖頭。

老頭很會察言觀色，看他們似乎不想住了，臉色冷下來，淡淡說著：「今天外面大暴雪，車站附近的飯店肯定都爆滿了。」

他又拉長著聲音：「而且除了我這裡，基本上都要身分證，小孩子可住不了。」

他又著重強調了「小孩子」三個字。

張蔓已經澈底麻木了。

不就是大床房嗎……

「住！」

李惟付了錢，老頭推了推掉到鼻尖的老花眼鏡，拿起錢對著燈看了一下，才從抽屜裡拿出一把鑰匙，慢慢悠悠開了單子給他們：「右邊第三間，有熱水、暖氣和吹風機。」

他又抬眼看了兩人一眼，無比自然地說道：「那個床頭櫃也有，不過要另外收費，三十元一盒。」

張蔓：「……」

她一把拿過單子和鑰匙，拉著李惟逃一般地躲進了房間裡，關上門，才覺得沒那麼丟人。

然而，下一秒，她就覺得不對了。

這家賓館很簡陋，整個房間狹窄逼仄，通道非常狹窄，除了門口的廁所外，空間就只夠擺一張床。

一張……白色的雙人大床。

床的旁邊，放著一個木製床頭櫃，有點褪色，上面擺著一個玻璃櫃子，裡頭……裝著各種品牌各種型號的……

張蔓偏過頭，一眼都不敢再往床頭櫃看。

少年倒是很自在，自顧自脫了外套，掛在門口的衣架上。

他裡頭穿著一件薄薄的米色V領針織衫，露出性感好看的鎖骨，簡單的基本款放在十九年後也不過時。

十六七歲的少年，已經有許多成年人都不及的筆挺身材，肩寬腰窄，怎麼穿都好看。

張蔓偷偷地嚥了口口水，不敢看他，房間明明沒開暖氣，她卻覺得有點熱。

李惟從床頭櫃上拿了遙控器，打開暖氣，伸手試了一下，確實是熱風。

長腿一邁走到她身邊，低頭看她：「蔓蔓，害羞了？」

張蔓一向死鴨子嘴硬：「沒有，我害羞什麼？」

少年的聲音裡帶了笑意：「那……妳可以不要像門神一樣，筆直地站在門口嗎？」

張蔓身體繃得緊緊的：「我哪有，我就是累了，靠著門休息一下。」

少年輕輕摸了摸她毛茸茸的腦袋，也不為難她：「蔓蔓，妳先休息一下，我試一下熱水。」

他說完走進洗手間，水龍頭轉到熱水那側，靜靜等著，直到手指上傳來輕微刺痛感，才滿意地關了水龍頭。

張蔓一直站在門外看他，等他轉身出來時正好和他眼神撞上，不免有些臉熱。少年輕輕摸了摸她毛茸茸的腦袋：「蔓蔓，我下樓買點東西，妳在房間裡等我好不好？聽到敲門聲別開門，我帶上鑰匙。」

張蔓見他一副對待小孩子的樣子，不滿地拿腦袋蹭了蹭他手心：「知道啦……」

等他重新穿上外套出門，張蔓靠在門口，鬆了一口氣。

兩人之前在李惟家補課時一直是孤男寡女共處一室，但他家那麼大，又都是落地窗，從來沒給她這種逼仄窒息的感覺。

她摸著自己滾燙的臉頰，在心裡默默鄙視自己。

是她自己思想不純潔吧，她看到他，就心跳加速，不自主地想親近他……

她想著，心裡又有些不舒服，為什麼他這麼自在？

剛剛在暴雪裡等車站了很久，後來找賓館又折騰半天，她確實累了，脫下外套走到床邊，把自己扔在被子上。

還好，被子還算乾淨。

雙人床對面的牆上，掛著一台液晶電視，張蔓等得無聊，從床頭櫃上拿遙控器，打開電視。

不知道是接觸不良還是訊號不好，每台的畫面都帶著點雪花點，聲音也很嘈雜，有輕微的電流聲。

聊勝於無，張蔓坐在床墊上，看著這個年代很紅的綜藝節目。四個主持人，兩男兩女，朝氣蓬勃，都還是年輕的模樣。張蔓看著不免有些懷念，這個年代的笑點在她看來有點古早，但螢幕裡每個人的笑容都很真誠自然，節目裡也沒摻雜那麼多廣告、宣傳。

不過可惜的是，這個節目在十年之後停播了，幾個主持人各有各的生活。

其中張蔓最喜歡的女主持人隱退了，嫁給圈外人，生了兩個小孩。另外一個女主持轉行當演員，後來去演電影，拿了好幾個國際電影節的影后，事業直線上升。

那兩個男主持還是做著老本行，名氣也很響亮，經常主持每年各大衛視的新年節目。

正好是考驗講冷笑話的時間。

一個嘉賓想了一下：「……一隻公鹿，牠走著走著，越走越快，最後牠變成了高速公路！」

張蔓看著，沒忍住，「噗哧」笑出聲來。

等李惟買完東西回來時，就看到坐在大床上的少女雙眼盯著電視，笑得眉眼彎彎。房間裡微黃的燈光打在她臉上，泛出溫暖的色調。她長長的黑髮放了下來，鋪在背上，和潔白的被子形成鮮明對比。

狹小房間、老舊傢俱、昏暗燈光。

明明簡陋又陳舊，但因為畫面裡有她，讓他覺得，這個一百元一晚的小賓館，竟然比他家還要溫暖。

少年站在門口，抖落自己身上的雨雪，久久沒走進去。

——這樣的場景，讓他覺得很不真實，他怕他走進去了，就會發現不過是一場夢。

「李惟，你回來了？」

張蔓笑得肚子痛，回過神見他拎著東西站在門口，敏捷地從床上下來，走到他身邊。她牽著少年的手，把他拉進來，關上門。

見他發愣，張蔓伸手在他眼前晃了晃：「幹嘛站在門口不進來，傻了？」

少年笑著搖搖頭，打開袋子，裡頭是幾條新毛巾和兩條毯子：「我擔心洗手間的毛巾不乾淨。」

他說著，又捏了捏她的臉，聲音帶著點歉疚：「蔓蔓，今天在這裡將就一下。」

張蔓微怔。

其實她對於這些，並沒有那麼在意。前世大學畢業實習時，她被分在一個鄉村學校。那時她住的教師宿舍，比這裡還要簡陋很多倍，有一次夜間睡得迷迷糊糊時，伸手一摸，抓到一條長長的蜈蚣。

她畢竟不是真正養在溫室裡的少女。

但她隨即又有些鼻酸。

他真的是一個很細心、很成熟的人啊。

人的成長，需要很長一段時間，有些幸運的人，或許到了二十幾歲都不需要學會照顧自己。比如陳菲兒，前世她生二胎時從沒做過飯、洗過衣服。

李惟卻不一樣，他在這個年紀，不僅能好好照顧自己，還能學著照顧她。

在這樣下著暴雪的夜晚，簡陋的房間，有限的條件，他也想給她最好的一切。

無微不至。

她走上前，輕輕抱住少年的腰，把頭埋進他懷裡。

他的外套冰涼，冷硬的拉鍊頭硌著她的臉，她抽了抽鼻子，把他抱得更緊一些。

——「李惟，生日快樂啊。」

她聲音軟軟的，帶著一些鼻音，剛說完，就聽到他的心跳。

少年鬆開手裡拎著的袋子，袋子掉在地上，放出「嘭」的輕響。

他空出雙手，抱住她。

——「嗯。」

這個擁抱持續了很久很久，等張蔓最後放開他時，發現她剛剛竟然把他抵在門前，整個人壓在他身上，姿勢相當曖昧。

因為房間小，暖氣早就布滿每個角落，冬日裡，難得的燥熱蔓延全身。

兩個人單獨待在房間裡，氣氛就夠……緊張的了，她這個擁抱，直接讓氣氛升溫到沸騰。

少年鬆開環著她的手臂，脫下外套掛起來，聲音有些沙啞，不太敢直視她：「蔓蔓，妳再看一下電視，我……去沖個澡。」

他迅速進了廁所，關上門，兩人的心跳隔著一道門，都越來越快。

張蔓摸了摸自己的胸口，坐回床上。這時綜藝到了尾聲，主持人們熟練地說著結束語、贊助商、冠名商。

她關了電視，仰面躺在床上。

躺了一下後電話響了，她拿起來一看，有點頭痛。是張慧芳。

不接的話，她肯定會擔心，張蔓聽著廁所裡「嘩嘩」的沖水聲，硬著頭皮接了電話。

「喂，媽……」

『張蔓，妳回來沒啊？N城下暴雪了，我剛剛看天氣預報，Z城也下了吧？』

「嗯……」張蔓走到窗邊，盡量遠離廁所，艱難地說：「媽，我今天回不去了，大雪封了路。」

『啊？那妳現在在哪？』

「……賓館。」

『……』

一陣可怕的沉默過後，張慧芳輕飄飄地問了一句：『那小子在妳旁邊？』

張蔓輕咳了一聲，撒謊：「……沒有。」

『我聽到廁所裡的水聲了，他在洗澡？』

「……」她這個媽，真的無敵了。

張蔓弱弱地嘟囔：「媽，今天大暴雪都住滿了，賓館裡只剩這間房了，再說了，妳不是也很樂意我跟他一起出來玩嗎？」

『呵呵，我可不樂意妳跟他開房。等他出來，讓他打電話給我。』張慧芳說完，「啪」地一聲掛了電話。

張蔓張著嘴，聽著對方掛斷後的「嘟嘟」聲，有些頭痛。

過了一下，李惟推開洗手間的門走出來。

張蔓看了他一眼，沒出息地嚥了下口水。

少年剛洗完澡，白淨的皮膚此刻透著點紅潤，眉眼上凝結了些許霧氣，水順著黑髮往下滴。他雖然還是穿著剛剛那一身，但整個人的感覺瞬間變了。

太……居家，像一隻溼漉漉的大狗。

他手裡拿著剛買的毛巾，擦著頭髮走過來：「蔓蔓，妳也去洗漱吧，妳的毛巾我放在洗手間裡了。」

他說著，掀開被子，從袋子裡拿出剛剛買來的乾淨毛毯，鋪在床單上。他做得細緻，邊邊角角都弄得整齊平坦，睡上去乾淨又舒服。

「我等一下再去。」

張蔓掏出手機遞給他，尷尬地咳了一聲：「那個……我媽說，讓你現在打個電話給她。」

少年明顯一愣，擦頭髮的動作停了停，髮梢的水珠順著鎖骨往下流進了領口。

張蔓的視線跟著那滴水珠，臉紅了，她轉過臉不敢看他，把手機往他面前推了推。

他笑著搖搖頭，接過手機坐在她身邊，把毛巾遞給她：「蔓蔓，我打電話，妳幫我擦頭髮，好不好？」

張蔓點點頭，坐得近了些，拿起毛巾輕輕包住他的腦袋，揉搓著他的頭髮。

少年打開她的手機，回撥過去，很快就通了。

張蔓突然有點緊張，不知道張慧芳會和他說什麼……她說話向來粗暴直接，不會上來就臭罵他一頓吧？

可惜他沒開擴音，又把聲音調得很小，她根本聽不到，急得抓心撓肺的。

「阿姨好……嗯……嗯，我知道……好。」

電話大概只打了一分鐘多，李惟這邊只簡短回應幾個字，她完全聽不出意思。

張蔓心裡著急，把毛巾的邊緣稍微往上折，露出他的雙眼：「李惟，我媽媽和你說什麼？」

少年黑漆漆的眸子看了她半晌，沒說話。

「男朋友？」

她試探著換了稱呼。

少年的眼眸果然帶上了笑意，卻還是搖搖頭：「嗯……我不告訴妳。」

張蔓磨了磨牙，報復性地用毛巾在他柔軟的頭髮上狠狠揉搓了幾下，以示憤怒。

等張蔓洗漱出來之後，驚訝地發現少年已經在床和窗戶中間狹小的通道上鋪好了毯子。他靠著牆坐在毯子上，還拿了自己的外套蓋在身上——他竟然打算睡地上。

她已經做好兩個人一起睡的準備，床這麼大，兩人睡在兩側也不會碰到。

大床房都大床房了，其實她也不是那麼死板的人，有些事情，邁出了第一步，第二步就簡單了。

反正又不是真的要做什麼。

而且，她心裡覺得其實是她占了他的便宜。

賓館的隔音不太好，窗外猛烈的暴雪和呼嘯風聲在窗邊聽得一清二楚，張蔓走到他身邊，脫了鞋踩在毯子上試了試。

毯子不算厚，雖然疊了兩次，但腳踩上去還是一下就壓扁了，腳底就是冷硬的地板，很不舒服。何況這個通道靠近窗戶，有一點透風，張蔓站了一下就感覺到了絲絲透骨涼意。

這怎麼行，這麼睡一夜，和在車站裡睡沒什麼區別。

少年見她眉頭緊鎖，以為她是害怕外頭的狂風暴雪，於是他安撫地牽了她的手，輕輕捏了捏她的手心：「蔓蔓，睡吧，不用怕，我在妳身邊。」

「不行，李惟，你和我一起睡吧，睡在地上不舒服。」

張蔓剛說完，就聽到了少年輕微的笑聲，他略略挑眉看她，帶著點平時從沒有的不正經。

她臉一紅，立刻改口：「我是說，我們一起睡在床上……你和我，我們都睡床上……」

她想咬掉自己的舌頭。

少年靠在牆上，看著近在咫尺的她。

少女烏黑柔軟的長髮隨意紮成一個小球盤在腦袋上，瀏海用夾子夾起，露出了飽滿的額頭。她很適合這樣的髮型，原本精緻的五官顯得比例更佳。

她洗完澡出來，只穿了最裡面的打底衫，身形纖細，最上頭的兩顆釦子沒扣，領口露出小巧的鎖骨。

微紅的小臉因為害羞染上了更深的血色，像是白皙的美玉裡透出的淡淡粉紅，嘴唇也懊惱地微撅著，格外誘人。

他的心臟和之前擁抱她時一樣，也和剛剛在門口看著她的笑容時一樣，又帶著些微疼痛和慌張的劇烈跳動，完全不受控制。

他有些不明白。

世界上為什麼會存在這個女孩，不論是笑還是鬧，都能扯動他的心尖，掌控他的大腦。

他的喉結上下滾動，眼神微暗，牽著她的手輕輕一用力，把她拉得坐倒在毯子上。

張蔓輕呼一聲，險些跌倒。

少年穩穩地把人接過來，一把抱住她，靜靜地看她的眼睛。

她的腰極細，特別是現在穿著單薄，讓他覺得彷彿盈盈一握。

離得近了，他能聞到她身上淡淡的沐浴乳味道，明明他自己剛剛也沖過澡，但他卻只能聞到她的。他的全部感知，在對上她時，被乘上了極大的權重。

少年的眼神從她的雙眼挪到她的唇邊。

張蔓跌進他懷裡，見他直勾勾地盯著她看，覺得氣氛簡直曖昧到了極點。外面的風雪聲，暖氣運作時的「呼呼」聲，還有廁所裡水管的水流聲。

但她滿腦子都是自己的心跳，一下比一下劇烈。

她緊張地嚥了嚥口水，強撐著勇敢地和他對視，片刻後發現少年的眼神竟然慢慢地往下。狹小的房間裡，逼仄的通道，薄薄的地毯上，他緊緊地抱著她，眼神下移，最終停在了她的唇角……

這種情況下，就算再沒有經驗，她也覺得接下來應該……

張蔓緊張地揪了揪毯子，不知道該怎麼辦，心裡有個聲音在叫囂著，一鼓作氣親上去。

她想親他，很久了。

但她這個人一向如此，悶騷、內心戲很足，就算心裡已經從和他相戀想到以後孩子是男孩還是女孩，但行為上仍是缺乏勇氣。

身體彷彿不是自己的，她緊張地睜著眼睛亂瞟，像是找到救星般盯著他身後的窗戶。

嗯，窗簾上繡著一簇土氣的紅花，其中有一朵脫了線，中間露出一點點窗臺，牆皮有些脫落了，果然很老舊。

這時，少年極輕地在她耳邊笑了一聲。

他忽然改成單手摟著她的腰，伸出右手輕輕蓋在她的眼睛上。

「蔓蔓，接下來要專心。」

他說著，偏著頭找好角度，覆了上去。

親吻，是人類表達感情最直接的方式，是所有靈長類動物與生俱來的本能，更是所有的風月故事裡，最動人心魄、令人心碎的那一部分。

張蔓緊張地閉上了雙眼，渾身的感官收起，只有嘴唇處變得格外敏感。

她感覺到，少年慢慢靠近她，離她嘴唇很近的地方，停頓了一下。

他的呼吸噴湧在她唇角，帶著燙人的溫度，讓她的心裡忽然湧上無邊的鈍痛。

他禁錮著她腰的手有些顫抖，但片刻之後，他堅定地將她更緊地帶向他。

與此同時，少年輕輕地，極其緩慢貼上了她的唇，溫柔卻堅定，再不給她後退的可能。

雙唇相觸時，時間彷若靜止。

人類的嘴唇充滿了敏感的末梢神經，輕輕的相互觸碰就會向大腦傳遞強烈的電位訊號，那種如同罌粟般的濃郁刺激，讓兩人的心臟猛烈顫抖。

這種感覺，不是任何其他舉動可以替代的，愉悅到，連心跳都停止。

嘴唇被堵上，張蔓的呼吸驟停。

她真真切切地感受到，少年的嘴唇柔軟溫暖，和他整個人一樣，帶著難以言說的溫柔。

挺直的鼻梁頂到她臉上，於是他換了個角度，調整親吻的姿勢。

他貼了一下，心裡的躁動又湧上來。

她的嘴唇，太過香軟，因為緊張還略微顫抖著。

這樣不夠，不足以讓他饜足。

於是少年開始嘗試著不再靜止。

他有些急切地用嘴唇摩擦著她的嘴唇。

嗯，這樣好像好一些。

——原來這個世界，竟然存在著超越冷硬物理規則的致命柔軟。

少年的呼吸變得濁重，摟著她的手也越來越用力。

平時篤定又理智的他啊，此刻終於像是一個普通的十六七歲少年，在這場親吻中，亂了心跳，變成了世上最笨拙、生疏的初學者。

他也會有難以掌控的東西。

或許每個人對於初吻的記憶，都是甜蜜的，像是甜美軟糯的水果軟糖，或者香甜濃郁的鮮花。

然而對於張蔓來說，卻更像一杯冬天裡的摩卡，入口是甜蜜的巧克力和奶油，但稍後便是苦澀的義式濃縮。

在深深的悸動之後，她心裡的鈍痛達到了頂峰。

——她終於在那麼多年之後，在下著大雪的晚上，在綿軟的毯子上，在他的懷抱裡，親吻了她愛了兩世的少年。

張蔓在這時，想到了之前看過的一個英文單字。

「crush」有兩個意思，「碾碎」和「心動」。這個單字很微妙，兩個意思無比緊密地契合在一起，因為心動給人的感覺，就彷彿是有一顆小石子在輕輕碾著心臟，疼得皺起眉頭，卻又還能忍受，甚至想要更多。

這個時時刻刻牽動著她心神的少年，他所帶給她的一切，都讓她幸福又疼痛。

——如果可以讓時間停留在某個時刻，她想，她希望是現在。

她眼眶已溼，不能自已。

只有伸出雙手，緊緊地擁抱他，大膽地、難以克制地、青澀地回吻他。

嘴唇與嘴唇的摩擦讓感知升溫，兩個人用靈長類動物表達感情最原始的方式，彷彿要道盡一生的思念與溫柔。

到了後來，兩人都不甚滿足，甚至開始輕輕的啃咬、舔舐，呼吸加重，雙唇糾纏在一起，難捨難分，互不相讓。

少年天生聰慧，很快便找到了最能疏解心中鬱結的方式——他摟著他的女孩，手心蓋著她的雙眼，嘴唇貪婪地、瘋狂地舔咬著她的唇；他熟能生巧地撬開她的唇瓣，闖進了她顫抖著的牙關；他甚至勾著她溫軟的舌頭，一直不放開。

再也沒有任何顧忌。

她的味道，比他曾經想像的，還要甜美千萬倍，令他欲罷不能，想要永遠沉溺其中。

少年在這一刻，迷迷糊糊地想，他收到了這麼多年以來，最好的生日禮物。

第一次漫長又深刻的親吻，在張蔓呼吸不足的危機下，宣告結束。

她輕輕推開他，張著嘴微喘幾下調整呼吸，緊張地閉著眼不敢看他。

少年卻趁著這間隙，舔了舔自己的嘴唇，上面還帶著她的味道，甜美可人。

他垂眸，看向面前的少女。

她雙眼緊閉，睫毛微顫。由於呼吸不暢，只能略張著嘴來輔助，淡粉色的雙唇間還帶著些溼潤，看起來比平時更柔軟。

少年的喉結，上下滾動著，第一次沒順著她的意思——他沒給她太多時間調整，重新低下頭。

開始了第二個吻。

第十三章　保佑你一生平安

兩人分開時，外頭的暴風雪已經停了，暖氣也設置好了睡眠模式。

彷彿整個世界都因為他們的親吻，停止了全部的喧鬧。

昏暗狹小的房間裡，只剩下兩人不太平穩的呼吸聲。

又冷又硬的地板即使隔著毯子，也讓張蔓覺得僵硬、不舒服，他要是在這裡睡一晚，明天肯定會生病。

「吶，李惟，你和我一起睡吧，好不好？」

張蔓抓著少年的衣襟，頭抵在他胸口，輕聲問著。剛開口，連她自己都嚇了一跳。

——她的聲音，竟然比平時要軟糯很多，帶著些親昵的撒嬌和親近的依賴。

少年慵懶地靠在牆上，環抱著她，搖搖頭，聲音裡帶了點無奈笑意：「蔓蔓，和妳一起睡，我會睜眼到天亮。」

其實就算睡地上，或許今夜，他也要一夜無眠，才能平復此時火熱的心跳。

「我不會打擾你的，我跟你離得很遠不行嗎？」

張蔓怕他不同意，立刻不過大腦地多加一句：「反正我就要跟你一起睡！你要是不睡床上，我就跟你一起睡地上。」

非要和他睡不可……

少年聽到她這句話後，難以抑制地笑起來，胸膛的震動透過她貼著他的皮膚，傳到她身體裡。

張蔓惱羞成怒，抬起手掐了一下他的手臂：「你別想歪，我就是說一起睡，沒指別的。」

少年咳嗽了一聲，聲音裡帶著難以言說的愉悅：「嗯，我沒想歪。」

最終他抵不過她的堅持，和她一起躺在床上。兩人蓋著同一條被子，睡在床的兩邊，互不打擾。張蔓把毯子疊起來，放在兩人中間，設了一條分界線。

防止自己忍不住想要抱著他睡。

「晚安，蔓蔓。」

少年抬起手，關了房間裡唯一的燈，聽到她的呼吸逐漸變得規律平順。

他睜開眼，逐漸適應著頃刻間襲來的黑暗。

漫過全身的黑暗和寂靜，還是熟悉的老樣子，他很習慣，因為他們每個夜晚都不請自來，日復一日，年復一年。

雙眼明明睜著，卻看不到任何東西，內心的無力感再一次席捲。

然而下一秒，一隻溫熱的小手從分界線那邊伸過來，摸索著握住了他的手。

「李惟，我……我睡不著，我們聊聊天好不好？」

「嗯。」

少年彎著唇角，閉上了眼，輕輕捏了捏她的手心。

他想，大概從今往後，他有辦法可以抵禦黑暗了。

「剛剛我媽媽和你說什麼？」

張蔓翻身面向他，心裡還是很好奇。

少年安靜了一下，半晌後平靜地回答：「她說她認識很多社會上的人……我要是對妳動手動腳，她會讓人打斷我的腿。」

張蔓倒吸一口氣，沒想到張慧芳說話還真狠，隨即又不免有些好笑，她吹牛真是吹上天了，她哪有認識社會上的人啊。

她想到剛剛那個吻。

「那你還……」

少年戲謔地笑：「還……什麼？」

「……沒什麼。」

臉皮薄的毛病，再一次發作。

張蔓轉移話題，小心翼翼地問：「李惟，你媽媽最近聯絡過你嗎？」

少年這次沒有猶豫就給出回答，語氣輕鬆：「沒有，我們有一段時間沒聯絡了。我最近很忙，我猜 Janet 的生活也很充實。」

「那……你那個朋友呢？就是上次我去你家的時候，和你一起討論問題的朋友。」

「妳說 Nick？他最近也有自己的事，很久沒來找過我，怎麼了？」

「沒什麼。」

張蔓不敢多說，怕他察覺到什麼，但聽他的回答，那些妄想已經很久沒發作了。

她那顆躁動不安的心稍微放鬆下來。

看來她之前的推斷是有效的，他和她在一起後，生活充實了，發病的頻率也降低了很多。她心裡甜滋滋的，這樣下去，或許他發病的頻率會越來越低，直到不再發病。

等到他再也沒有妄想症狀時，她再選擇要不要告訴他。

到了那時，這件事情對他的打擊應該會小很多吧？

張蔓在思考中，逐漸陷入沉睡。

每天上早自習造成的生理時鐘，讓張蔓一大早就睜開了眼。窗簾緊閉，她睜開眼時房間裡依舊一片昏暗，讓人分不清是什麼時候。

一瞬間張蔓還以為是在N城的家，在自己的床上，她慢悠悠地翻了身，卻在下一秒，對上了一雙眼。

那雙眼的主人，離她只有兩指的距離，呼吸可聞。

少年的臉在昏暗的房間裡，看得不是很清楚，但那雙眼眸和她對視時，彷彿亮起了千萬盞燈，他輕輕地湊過來，在她唇角一吻。

「蔓蔓，早安。」

柔軟溫熱的觸感讓張蔓渾身的迷糊瞬間就醒了，她的臉爆紅，憋住呼吸不太敢出氣。

他離她實在太近，他的呼吸輕輕拂過她臉上的毛孔，弄得她有些癢。

張蔓的記憶開始復甦，手揪緊了被子。

昨晚，他們是一起睡的……

但是她明明記得，她在中間放了折好的毯子當分界線啊？

張蔓努力回憶，對，一開始確實有這個毯子，但是後來，她好像越過毯子去牽他的手，之後……她看了看自己現在躺著的位子。

好吧，是她越界，她整個人躺在了分界線的另外一邊。

張蔓懊惱地伸手摟住身邊的少年，把頭埋在了他的肩窩裡。

既然都越界了，早晨來個抱抱，也沒什麼大不了的。

張蔓又開始後悔，早知道她睡著睡著會越界，昨晚就直接抱著他睡了。

少年的身上很清爽，一點黏膩的感覺都沒有，而且他的身體溫暖，胸膛滾燙，比她暖和得多，在冬天低溫的早晨，不異於一個溫暖火爐。

張蔓舒服地在他懷裡拱了拱。

她的聲音還有些沙啞，闔了一整晚的嘴張不大開，小聲地咕噥著。

「現在幾點了？」

少年在她抱過來的一瞬間，身體有些顫抖。他靜了片刻才回答，聲音出奇乾澀，和平時不太一樣：「很早，現在是早上五點多，妳再睡一下吧，我剛剛看雪停了，今天應該能回去。」

張蔓驚訝，居然才五點多，他怎麼起這麼早。

「李惟，你昨晚睡著了嗎？」

「嗯，睡得很好。」

——其實他根本沒睡著。他在黑暗裡睜著眼，看了她 整夜。

他看到了她不太好的睡姿，時不時伸出被子的手，還聽到她偶爾冒出一兩句夢囈。

他根本捨不得睡著，他想聽她的每一聲呼吸，在無邊黑暗裡，給他一種真實無比的活著的感覺。

從前不是沒有失眠到天亮過，大部分時間是因為某些推導沒搞清楚，一想就想了一宿。

但從不曾像今天這樣。

心潮澎湃到難以入眠，又擔心自己睡著了之後，睜眼發現只是一場夢。

——他想，他愛極了這個女孩。

或許是少年的懷抱比被窩還要溫暖，張蔓的睏意重新上湧，她打算睡回籠覺：「我想抱著你再睡一下，好不好？」

「嗯……」

少年克制地親吻著她的髮旋，伸手拍拍她的背，啞著嗓子：「睡吧，等一下我叫妳。」

十六七歲的少年，最是血氣方剛。

其實躺在床上被她緊緊抱著，是很難受的，特別是早晨的時候，實在是躁動又難忍。

但這種煎熬，被抱她滿懷的魘足，澈底打敗。

張蔓再一次睜眼時，天已經大亮。她尷尬地發現自己像一隻章魚一樣緊緊掛在少年身上，一條腿還搭在他腰間。

她趕緊把作亂的大腿拿下來，抬起臉看他。

少年閉著眼，安靜地呼吸著，似乎在睡覺。

晨光透過繡了豔俗小花的薄紗窗簾，呈現粉色，肆無忌憚地打在他的半邊側臉上。光影效果讓他的臉看起來輪廓分明，流暢的眉骨，挺直的鼻梁……每個長得好看的人，都有一副極好的骨相。

她看得入神，卻發現少年忽然睜開眼。

「醒了？我剛剛查了，中午和晚上都有回N城的車，蔓蔓，妳想什麼時候回去？」

「中午吧，我媽應該在家等我。」

「嗯……蔓蔓，那我們該起床了，離發車還有兩個半小時。」

他們簡單收拾後退房，下樓吃早飯。退房之前，昨晚那個老頭還專門去一趟房間，特地檢查床頭櫃上的東西有沒有少一盒。

漫天的大雪在昨天夜裡停了，此刻外面是白茫茫的一片。暴風雪後的Z城格外寧靜，像極了動畫裡的冰雪之城，銀白色的街道、老舊的屋頂上厚厚的雪蓋、天空中被冰雪包裹住的一段段電線……

一切都平靜地迎接這個溫柔的世界。

暴風雪，似乎已經過去了。

經過幾個小時的車程，他們回到了N城。

和Z城不同，N城此刻還下著大雪。茫茫大雪中，馬路上都結了厚厚的冰，每一步都很滑，然而張蔓一點也不擔心——因為她身前的少年一直牽著她的手。

街道上行人很少，兩人從車站一直走到公寓大樓下，也只碰到幾個人——其中有個白髮蒼蒼的老奶奶，抱著幾歲大的孩子，一邊哄她入睡，一邊佝僂著背替她遮擋風雪。

在漫天風雪裡，有別樣的溫情。

張蔓看著她們，感慨了一下，但某一瞬間心裡覺得有些奇怪——這兩人，她似乎有種熟悉的感覺。

可是等兩人走進隔壁公寓大樓之後，她還是沒想起來。

大概是在社區裡見過，才覺得熟悉吧。

張蔓搖了搖頭，不再去想，拉著少年的手，絮絮叨叨地囑咐：「李惟，我到了，你回去吧，回去記得吃蛋糕，我讓蛋糕店的人改成今天送去你家裡。」

「叫我什麼？」

少年對於她的不自覺，有些懊惱。

「——男、朋、友。」

張蔓微微低頭，額頭抵著他的胸口蹭了蹭，一個字一個字往外說。

「男朋友，我上去啦。」

「嗯，蔓蔓，去吧。」

他鬆開她，在她臉上捏了一下。

張蔓一步三回頭地上了樓，走到二樓時，心還是怦怦直跳。她趴在二樓的窗戶，探身往下看，發現少年還在樓下站著，正在仰頭看她。

他站在公寓大門旁的綠化帶，身後就是大片大片的雪花。社區裡的長青灌木此刻全被沉沉鬱鬱的白雪覆蓋，少年一身灰衣，戴著黑色棒球帽，乾淨的臉上有令她心動無比的溫暖笑容。

他的身上落了雪，她注意到，因為他抬著頭，有一片俏皮的雪花落在了他的鼻尖。

張蔓的心跳越來越紊亂，她急切地向他揮了揮手，又從樓梯上飛快地跑下去，跑到他身邊，拉住他的衣袖。

——戀愛的感覺，真的很奇妙。

她前世後來曾被陳菲兒拉去電影院看一部青春文藝電影，女主角站在樓梯轉角，要離開男主角時，一步一步地後退，一邊說著：「我離你一步遠了哦，我離你兩步遠了哦……」

她還記得，當時她看到這裡，還忍不住和陳菲兒吐槽：「又不是再也見不到了，這是何必。」

但輪到她自己，她才明白，不是因為見不到而思念，而是，還未分開，就已經開始想念。

陷入戀情的人們，總是這樣奇怪，明明直到第二天就會再見面，卻不忍每個別離。

她挽著少年的手臂，輕輕地湊上去，親了一下他的左邊臉頰。

張蔓親完，有些不好意思看他，低著頭：「這次……我真上去了？」

少年的聲音帶著愉悅笑意，側過身來抱了抱她，聲音低沉地回應：「嗯，快上去吧。」

茫茫大雪之中，一身清冷灰黑色的少年站在雪地裡凝望著樓上某個窗戶，久久沒有離開。

回到家，張慧芳正抱著手臂，靠在餐桌一角，好整以暇地看著她。

「嘖嘖嘖，張蔓，我剛剛在窗外看到了，妳這戀愛談得很火熱啊。」

她說著，有點咬牙切齒。就算那小子長得是很帥，她看著也不錯，但這種感覺還是有點微妙啊。

好歹，是她養了十六七年的大白菜。

何況長得再俊的豬，那也是豬啊。

張蔓聞言一陣尷尬。

失策了，她應該料到，客廳窗戶往外向下看就能清晰地看到公寓門口。她假裝蹲下鬆鞋帶，沒理她。

誰知張慧芳繼續一針見血，絲毫不給人緩衝的時間：「說吧，昨晚睡沒睡？我放了狠話，那小子要是真敢碰妳，我是要打斷他的腿的。」

張蔓無言：「媽，妳說什麼呢？他還是未成年。」

她意識到說漏嘴了：「妳太不純潔了，我們都還是未成年，怎麼能做那種事呢？」

她理直氣壯地說完，忽然又想到昨晚一個接著一個纏綿的吻，心裡有點發虛。

也不是什麼都沒做。

她咳嗽了一聲來掩飾：「嗯，反正沒……咳咳。」

張慧芳看她那樣子，心裡大概猜到了幾分，坐在沙發上，有點語重心長：「張蔓，我呢，一直主張過了這個村，沒這個店，遇到好的不要錯過。不過，我還是要提醒妳，女孩子一定要保護好自己，談戀愛沒問題，但是在成年之前，妳有判斷力之前，千萬不要突破最後一道防線。」

「可千萬別像我一樣……」

張蔓神經一跳，她居然提起了她從前的事。

但張慧芳顯然也意識到了，很快轉移了話題：「蔓蔓，昨天，妳徐叔叔……和我求婚了。」

張蔓有些驚訝：「這麼快？」

距離他們重新在一起還不到一個月，她還以為兩人要磨合小半年。

「嗯，蔓蔓，我還沒……答應，想問問妳的意見。」

說到自己的事，張慧芳就沒那麼直白了，走到沙發坐下，手裡拿了新的毛線在織圍巾——似乎不摸點東西，話就很難說出口。

「媽，妳不用擔心我，妳自己覺得合適就行，妳覺得和徐叔叔在一起，妳幸福嗎？」

張慧芳又開始插科打諢，裝作毫不在意地揮揮手：「我都這把年紀了，什麼幸福不幸福的，我就是看他還可以，能勉強一起過日子罷了。」

張蔓這次沒輕易讓她過關，在她身邊坐下，表情有些嚴肅：「妳別說這些有的沒的，妳要是說不出口，點頭也可以。我再問一遍啊，妳和他在一起，幸福嗎？」

張慧芳一怔，放下手裡織得亂七八糟的圍巾，好半晌，微不可察地點點頭。

張蔓鬆了一口氣：「那就嫁，媽，到時候我當妳的伴娘。」

只要她覺得幸福就好。

張蔓想到她剛剛說了一半沒往下說的過往，她想，或許是和她親生父親有關。

她原本想再問幾句，話到嘴邊還是嚥下了。

張慧芳要是不想說，她怎麼問都沒用，前世就是這樣，她一直到了三十幾歲，都不知道自己的親生父親到底是誰。

每個人心底最深處，都有不可言說的傷痛。人生之中，很多事情不是一定要去釋懷的，或許深深埋在心裡，不再去回憶，未嘗不是個很好的選擇。

猛烈的風雪一直持續到半夜。

這天晚上，張蔓忽然從夢中驚醒，她知道今天看到那個老奶奶時，熟悉的感覺從哪裡來了。前世這段時間，她們的社區裡曾經發生過一件非常可怕的事。隔壁公寓一戶人家的孩子被人販子抱走了。

奶奶帶孫女出門買菜，把孫女放在嬰兒車上，沒注意就被人抱走了。

張蔓想不起來具體的時間和地點，只依稀記得，好像是在這年的冬天。那個老奶奶之後大受打擊，每天拿著孩子的照片在社區門口晃蕩著，見人就問，有沒有人見過他們家囡囡。

當時N城電視臺還報導過這件事。

張蔓記得，在她轉學去H市之後，聽張慧芳提起過這件事。聽說後來那個人販集團落網了，但老奶奶的孫女因為幾年的輾轉買賣，在中途生病夭折了。

實在是一個悲劇。

張蔓想起這件事，突然睡不著了，今天她看到那個老奶奶，她懷裡抱著的那個孩子，應該就是前世後來被拐賣的小孩。

第二天一早，張蔓在隔壁公寓大門樓下等著。

這件事就是在今年冬天發生的，她還記得那戶人家丟了孩子的那天，在樓下撕心裂肺的哭聲和當時白茫茫的背景。

是冬天，也就是說，離現在不遠，說不定是今天或明天。

張蔓不知道老奶奶家的門牌號，只能乾等，好在現在外面風雪停了，也不算太冷。

大概一個多小時後，張蔓等到了熟悉的身影。

老奶奶佝僂著身子走出來，手裡拿著一個環保袋，大概是要去社區外頭的菜市場買菜。

張蔓早就想好了說辭，攔住她，甜甜地笑著說：「奶奶好，我是我們社區的學生志願者。

這段時間N城發生了幾件兒童失蹤案，人販子猖獗，希望每個有孩子的家庭都要注意，一定要看好自家的小孩！」

老奶奶微愣，半晌笑著回答：「謝謝小同學啊，我一定看好我家囡囡。這些拐賣小孩的，都不是人，比最壞的惡鬼還要壞上幾百倍！」

張蔓不放心，又囑咐了一句：「奶奶您一定一定要注意，就是這個冬天，一定要小心。千萬要注意別把她放在嬰兒車上，很容易被人抱走的。」

「嗯，我會的，小同學。這麼冷的天，辛苦你們啦！我一定每時每刻都看好我家寶貝，放心吧，不會出差錯。」

張蔓這才放心。

她想，她不僅僅希望她愛著的人們能一世平安，既然知道一些悲劇會發生，也一定要盡力去阻止。

孩子對於每一個家庭來說，都是獨一無二的，沒有哪個家庭經得起那麼大的打擊。

一月中旬，N城已是深冬。

下了幾乎整整一週的暴風雪，在昨天半夜停歇，屋簷、車頂、灌木叢……積雪已有四十幾公分高。

此刻，偌大的城市在皚皚白雪之下，進入了冬眠。

下週一就是全校期末考試，張蔓帶了幾本物理習作，打算去李惟家和他一起自習。

她背著書包，去樓下買了兩盒早餐，拎著往公車站去，心情有些雀躍，這是從Z城回來，她第一次去他家。

張蔓穿了一雙厚實的雪地靴，踩在積雪上咯吱咯吱地響。從來沒有哪個冬天，像這個冬天一樣，全世界都發著光。

她熟門熟路地坐上去李惟家的公車，心裡急切地想著，開快點，再快點。

終於，半小時之後，彎過一條崎嶇的海岸線，他家社區就在不遠處了。

公車還沒到站，張蔓一眼就看到了在站牌邊等著她的少年，一身黑衣，穿得比旁邊那些等公車的老人們單薄許多。

他抬眼看著公車的方向，規規矩矩地站在那，就彷彿是雪地裡一道最亮眼的風景。

張蔓聽到站在她身邊幾個小女生的對話。

「我靠，快看，站牌下那個男生好帥啊。」

「哪裡？」

「妳往那邊看，那個紅衣服的大叔旁邊。」

「啊啊啊我看到了，好帥啊！！」

她聽著她們的議論紛紛，心裡的自豪感油然而生——她愛著的這個少年，是這世界上最美好的人。

公車緩緩靠站，張蔓對著車窗外揮了揮手。

少年看到她的瞬間，面無表情的一張臉立刻被點亮，他勾著唇角看著她，眼睛裡帶著無邊笑意，歪了歪頭。

車還沒停穩，張蔓急切地從後門下車。月臺的邊沿上結了冰，很滑，她不小心往前跌了一下，撲進了少年的懷裡，被他穩穩接住。

他不在的時候，她一個人走路，走得一直很穩當。但他在的時候，她總是差點摔跤。

——其實他不在的時候，也不是沒有結過冰，但就是因為他在，她才不會事事都小心。

「蔓蔓。」

少年扶著她的肩膀讓她站穩，又牽過她的手，十指相扣，往他家裡走。

他身上的外套冰冷，是硬挺的牛仔布質料，又冷又硬，但張蔓毫不在意，抬起臉在他手臂上親暱地蹭了蹭，晃著他的手：「你等多久了啊？」

「沒多久。」

——其實已經數了七八輛車。

她傳訊息給他說她要出發的時候，他就立刻下了樓。從她出發到他家，大約半個小時的車程，但就算大腦計算得再清楚，也控制不住想要見她的心。

李惟家裡經過上次的布置，比起之前有人氣許多，客廳裡的窗簾換成了薄紗，此時就算拉著窗簾，也有明媚的陽光照進來。張蔓一進門就躺在客廳的沙發上，隨手抱了一個大大的抱枕，滿足地在沙發背上蹭了蹭。

少年去餐廳倒了一杯水放在茶几上給她，走到她身邊坐下，二話不說把她撈過來，捏著下巴就想親下去。

剛剛在車站就想親她，怕她害羞，才忍到了現在。

誰知張蔓抬起手，捂住自己的嘴唇。

「不行，不能親。」

她搖搖頭，把早餐往桌上擺：「我今天是來念書的，過兩天就期末考試了。」

這次期末考試的物理試卷會有好幾道附加大題，關係到競賽選拔，她雖然沒太大壓力，也還是得刷幾天題——限時考試就是這樣，除了考這個重點會不會之外，還考熟不熟練。

張蔓想著，悄悄紅了臉。

他這一親，說不定……又會像那天在旅館裡一樣，好久才會停。

少年一個急切的吻，落在在她的手背，他黑漆漆的眸子閃過一絲不樂意，但看她堅決地搖頭，只好無奈地在她手背上輕輕嘬了一口。

他對她真的無可奈何。

張蔓見他妥協，獎勵般地湊過去親了親他的臉：「男朋友乖啊，吃完早餐，我們去念書吧。」

兩人分著吃完早餐，走去書房。

張蔓把習作鋪開，準備好紙筆，打算做一套限時訓練。

開始之前，她和少年約法三章：「李惟，在書桌上不能親親，好不好？」

不能影響她解題。

「嗯。」少年不樂意地轉過臉不看她，翻開了厚厚一疊論文。

這次考試的附加題，會比之前的所有大題都難一個等級，內容也超過他們目前學的內容，接近物理競賽預賽水準。

張蔓正埋頭算一道力學分析題，很快在鉸接木杆、傳送帶和堆疊起來的三四個木塊之間找到了解題關鍵，列出一溜的牛頓第二定律、角動量和力矩、動能定理方程式。

她做完一道，看了手錶一眼。

很好，才過去不到八分鐘，一個小時七八道大題沒問題。

房間裡很安靜，冬日清晨溫暖的陽光，從大大的落地窗裡毫不吝嗇地照進來，打在書房中埋頭學習的兩人身上。

李惟看著前兩天沒看完的那份論文，二十多年前幾個加州大學的理論物理學家共同發表，有關 blackstrings 和 p-branes 的綜述。

不像日新月異的電腦、電子領域，理論物理的基礎框架，其實早在幾十年前就奠定得差不多了，近幾年來都沒有巨大的突破和進展。

二十世紀思想活躍的天之驕子們，對這個世界的本質，提出了難以檢驗的猜測。他們給這個世界留下一個又一個撲朔迷離的大膽猜想，等著後來者去證實或是推翻。

少年垂著眼眸，看完二十多頁的綜述，終於看到最後引用裡那排長長的名單後，放下了這篇論文。

他偏過腦袋，看著一旁奮筆疾書的少女。

她認真的時候喜歡皺著眉，還喜歡微微地鼓著腮幫子，她自己都沒發現。他的視線從她厚厚的瀏海往下，沿著她挺翹的鼻梁再往下，停在她微微嘟起的嘴唇上。

帶著粉色的嘴唇，和他做了一整夜的夢一樣。

讓他的心尖又泛起密密麻麻的癢。

他勾了勾唇角，抬起手，裝作不小心把寫滿了注釋的、已經被他記進腦海裡的這篇論文，輕飄飄地扔到了地上。

正好落在張蔓的椅子下面。

神聖的論文標題下，幾個知名科學家的名字呈倒三角的形狀排列，無辜地躺在冰涼的地板上。

少年抬起手，用鋼筆尾巴戳了戳張蔓的手臂：「蔓蔓，妳幫我撿一下好不好？」

「嗯。」張蔓沒太在意，看完下一道題目，一邊在腦海中思考，一邊把椅子往後挪，蹲下來去撿那疊論文。

然而就在她蹲下來，手搆到論文，身子低於桌面的剎那，書桌那側的少年忽然就彎下腰，壓著她的下巴親過來。

猝不及防。

他左手捏著她的下巴，右手按著她的後腦勺，急切地吻著她。

一回生，二回熟，上次好久才領悟到的，這次剛開始就派上用場。

沒幾下，張蔓就開始氣喘吁吁，她被親得怔愣，完全摸不著頭腦，剛想掙扎，少年卻稍微離開她一指的距離。

他眼裡帶著無邊的悸動和曖昧，喉結上下滾動，那樣溫柔又難耐地直視她的雙眼，在她嘴邊輕聲解釋：「沒有在書桌上。」

呼吸灼熱。

說完，又鋪天蓋地親過來。

張蔓一愣，被親得迷迷糊糊時反應過來，原來他是在說她剛剛的約法三章。

他的意思是，他沒犯規。

好像有點道理？

這個親吻太醉人，就算是再堅定的內心，也會化成一灘水。

張蔓在心裡點點頭，認同了他的想法，輕輕抱住少年的肩膀，溫柔地回應。

雪後的寧靜清晨，大大的落地窗後，寬闊的紅木書桌下，少女無力坐在地上，少年彎著腰，忘乎所以地親吻著。

張蔓最後還是抽空艱難地完成那套試卷。

她癟了癟嘴，瞪一眼罪魁禍首：「我今天本來打算做兩份卷子，現在只完成了一份，都怪你！」

她話音剛落，身邊的少年就低低沉沉地笑起來，他湊過來討好地牽她的手，安撫般在她唇角輕輕一碰，聲音無比溫柔：「嗯，怪我。」

話是這麼說，但臉上的表情卻沒有絲毫歉疚，反而愉悅得很。

他又湊到她耳邊：「明天我幫妳出一份押題的卷子。競賽題我很早就寫完了，大概就是那些套路，肯定八九不離十。」

張蔓這才放下心，算他有點良心。

但少年又繼續拉著她，說著欠扁的話：「這樣就能節省好多的時間，可以做別的事。」

他覺得自己一向會利用時間，追求效率。

張蔓反應過來，臉刷得通紅，氣急：「我才不節省時間呢，我有大把大把的時間，為什麼要節省？」

她氣了一下，才想起來，從書包的內袋翻出一個明黃色的紙符。

「李惟，過完年我媽和徐叔叔要結婚了，徐叔叔的媽媽之前去寺廟求了幾個平安符，給了我媽三個，我們一人一個！吶，這個給你，你收好。」

昨天聽張慧芳說，原本徐叔叔的媽媽只準備拿兩個，還是徐叔叔讓她拿三個。

張蔓手心裡放著小巧的平安符，她認認真真地看著少年，彎了彎眼睛：「你一定要放好呀，這個平安符，一定會保佑你一生平安喜樂，再沒有任何痛苦和不幸。」

——這也是她此生最大的願望。

少年微怔，鄭重地接過紙符。

唯物主義和信仰寄託，有時候並不衝突——西方歷史上，大多傑出的科學家，都有自己的固定信仰。

李惟手心裡捏著那塊小小的紙符，心裡某個角落微微發燙。

他從前，沒有固定的信仰，但往後有了。

就是眼前這個鄭重其事遞給他一個平安符，說能護他一世平安的女孩。

他湊上去，親吻了她的唇角，一觸即分。

像是虔誠膜拜的信徒。

——此時此刻，完全沉溺在愛裡的兩人絲毫不知道，平安符在守護平安之前，會把所有的矛盾和痛苦，提前激發。而命運，往往會在他們看不見的地方，轉著彎、猙獰地，試圖回到原地。

——《去見16歲的你》未完待續——

高寶書版集團
gobooks.com.tw

YH 157
去見16歲的你（上）
作　　者　鍾　僅
封面繪圖　夏　青
封面設計　夏　青
責任編輯　楊宜臻
內頁排版　賴姵均
企　　劃　何嘉雯

發 行 人　朱凱蕾
出　　版　英屬維京群島商高寶國際有限公司台灣分公司
　　　　　Global Group Holdings, Ltd.
地　　址　台北市內湖區洲子街88號3樓
網　　址　gobooks.com.tw
電　　話　(02) 27992788
電　　郵　readers@gobooks.com.tw（讀者服務部）
傳　　真　出版部(02) 27990909　行銷部 (02) 27993088
郵政劃撥　19394552
戶　　名　英屬維京群島商高寶國際有限公司台灣分公司
發　　行　英屬維京群島商高寶國際有限公司台灣分公司
法律顧問　永然聯合法律事務所
初　　版　2024年4月

本著作物《重生之拯救大佬計畫》，作者：鍾僅，由北京晉江原創網絡科技有限公司授權出版。

國家圖書館出版品預行編目(CIP)資料

去見16歲的你/鍾僅著. -- 初版. -- 臺北市：英屬維京群島商高寶國際有限公司臺灣分公司, 2024.04
冊；　公分. --

ISBN 978-986-506-968-1(上冊：平裝). --
ISBN 978-986-506-969-8(下冊：平裝). --
ISBN 978-986-506-970-4(全套：平裝)

857.7　　113004383